여우 피리

Koteki no Kanata

Text copyright © 2003 by Nahoko Uehashi
Illustrations copyright © 2003 by Yumiko Shirai
First published in Japan in 2003 by Riron-Sha Co., Ltd., Tokyo
Korean translation rights arranged with Riron-Sha Co., Ltd.
through Japan Foreign-Rights Centre/ Shinwon Agency Co.

매화문고 컬렉션 1

여우피리

우에하시 나호코
장편소설

매 화 책 방

✢ **차례**

만남 11

봉인이 풀리다 43

주술사와 수호자 99

노비와 사요 179

저주의 결말 263

와카사 들판을 327

지은이 후기 333

옮긴이 후기 334

✧ 등장 인물

사요 小夜
요나 마을 변두리에서 아야노 할머니와 함께 살고 있다. 「깊이 듣는 귀」의 능력을 지녔다.

아야노 綾野
아기를 받는 산파 일을 하며 사요를 키웠다.

노비 野火
주술사에게 잡혀 심부름꾼이 된 영물여우. 들불이라는 뜻의 이름을 가지고 있다.

코하루마루 小春丸
요나 숲의 숲그림자 저택에 갇혀 있는 소년.

다이로 大郎
「오기」라는 술법을 쓰는 주술사. 유지 하루모치를 섬긴다.

스즈 鈴
다이로의 여동생. 아들 이치타를 데리고 다이로와 함께 매화가지 가옥에서 살고 있다.

코우로 高郎
큰 바다를 건너 온 「오기」술사. 다이로의 아버지.

하나노 花乃
사요의 어머니. 사요가 어릴 때 숨을 거두었다.

나다 那舵
하나노의 아버지. 유지 마사모치를 섬겼다.

키나와 도령 木縄坊
신통력을 지닌 긴 코 도깨비에게 납치되었다가 담쟁이덩굴의 정령과 혼인을 맺어 자신도 반도깨비가 되었다. 노비의 친구.

이요 대공 威余大公
하루나국과 유키국을 포함한 넓은 일대를 다스리는 대영주.

쿠나 久那
유키 모리타다를 섬기는 주술사. 심부름꾼으로 삼은 영물여우를 여우피리로 자유로이 부린다.

카게야 影矢
주술사에게 잡혀 심부름꾼이 된 영물여우.

타마오 玉緒
주술사에게 잡혀 심부름꾼이 된 영물여우 여인.

【유지有路 일족】

하루모치 春望
하루나국의 영주. 옆 나라 유키국 주술사의 저주로 가깝게 지내던 이들과 부인을 잃었다.

마사모치 雅望
하루모치의 아버지. 유키 요시타다의 큰형.

야스모치 安望
하루모치의 장남이자 후계자.

【유키湯來 일족】

모리타다 盛惟
하루나국의 옆 나라, 유키국의 영주. 유지 하루모치와는 사촌이지만, 아버지 대에 유지 일족에게 국경의 수원지인 와카사 들판을 빼앗겨 원한을 품고 있다.

요시타다 芳惟
모리타다의 아버지. 유지 마사모치의 동생. 유키국에 데릴사위로 들어왔다.

스케타다 助惟
모리타다의 차남.

서장

만 남

1
노비, 달리다

바람이 쓸쓸하게 불어오는 해 질 녘의 들판을, 불길이 가로지르듯 빨간 털을 반짝이며 어린 여우 한 마리가 달리고 있었다.

그 뒤로 개들이 사납게 짖어 대는 소리가 어지럽게 쫓아온다.

배에 날카로운 아픔을 느낀 어린 여우는 순간 부르르 몸을 떨었다.

어린 여우—「노비」는 자기 목숨이 한 줄기 연기처럼 나부끼며 꺼져 가는 것을 느꼈다.

코에는 아직 뜨뜻미지근한 피 냄새가 짙게 남아 있다. 표적의 숨통을 물어뜯을 때 뒤집어쓴 피 냄새다.

주인의 명령으로 사람을 해친 것은 이번이 처음이었다. 하지만 상대 무사는 쉽게 죽일 수 있는 표적이 아니었다. 누가 귀띔이라도 해 주었는지 액막이 쇠칼을 몸에 지니고 있었던 것이다.

역겨운 쇠붙이. 돌이나 흙도 아니고, 사람 손에서 태어나 역한 쇳내를 풍기는 것. 게다가 쇠칼에는 주술呪術의 힘까지 깃들어 있었다. 만약 노비가 주인의 힘을 나눠 받지 못한 보통 영물여우였다면, 지금쯤 죽음이 지배하는 어둠 속으로 사라졌을 것이다.

이번 일을 시킬 때 주인이 불어넣어 준 주술의 힘 덕분에 가까스로 목숨을 건질 수 있었다. 하지만 그 힘도 언제까지 버텨 줄지 알 수 없다. 「틈」 속으로 도망치고 싶지만, 쇠로 더럽혀진 몸으로는 밖으로 튕겨 버릴지도 모른다. 몸을 물들인 피 냄새가 사냥개들을 불러 모은 이상, 지금 할 수 있는 일이라고는 달리고 또 달리는 것뿐이다.

"네가 달리는 모습은 마치 들불野火 같구나"란 말을 주인에게 들었을 만큼 재빠른 발이 지금은 마음처럼 움직여 주지 않는다. 상처 입은 가슴에서 흘러내리는 피와 함께 서서히 힘이 빠져나갔다.

끝없이 펼쳐진 참억새 이삭들이, 석양에 금빛 물결이 되어 노비의 몸을 어루만지며 지나간다.

흥분한 개들이 내는 소리가 바짝 뒤로 다가왔다. 동시에 개들의 냄새도 점점 더 진하게 풍겨 온다.

개의 이빨에 물어뜯겨 죽는 마지막을 떠올리며 눈을 감으려던 때였다. 노비의 눈앞에서 붉은 무언가가 휙 움직이더니 곧 사람의 따듯한 살냄새가 느껴졌다.

사요는 우두커니 서서 저녁 바람이 불어오는 들판을 바라보고 있었다.

추수가 끝난 이맘때면, 마을 아이들은 버섯을 따러 자주 산에 오른다. 사요도 친구들과 함께 버섯을 잔뜩 딴 뒤, 마을로 돌아가는 아이들과 지금 막 헤어진 참이었다.

사요는 마을과 떨어진 이곳 요나夜名 숲 변두리에 살고 있다. 산파 일을 하며 생계를 꾸리는 할머니가 유일한 가족이다. 이제 사요도 열두 살. 할머니와 자신이 마을 사람들과는 조금 다른 삶을 살고 있다는 것도 이해할 수 있는 나이였다.

같이 노는 친구들은 "요나 숲 옆에서 살면 외롭지 않니?", "밤에 요괴가 어슬렁대지는 않아?"라며 걱정해 주었다. 하지만 사실 사요는 지금 생활이 외로운 적은 없었다. 여기 해 질 녘의 들판처럼, 세상의 소리가 허공으로 흩날리며 사라질 만큼 고요한 곳이 좋았다.

사람이 많은 곳에 있으면 오히려 초조하고 불안했다.

아무에게도 말하지 말라고 할머니가 단단히 일렀기에 친한 친구인 오하루에게도 이야기한 적은 없지만, 사실 사요에게는 다른 사람의 마음속 소리가 들렸다. 들린다기보다 다른 사람의 생각이 두 눈썹 사이로 스며들어 오는 것이다.

예민한 코를 지닌 개가 악취를 피하는 요령을 터득하고 있듯, 사요도 평소에는 다른 사람의 「마음」을 느끼는 부분—스스로는 「마음의 귀」라고 부르는—을 닫고 지냈다. 그래도 주위에 사람이 너무 많으면 어쩔 수 없이 다른 사람의 「마음」을 들어 버리는 일이 종종 생겼다. 그것이 싫었다.

참억새 들판의 고요함이 사요에게는 무척이나 아늑했다.

옅은 미소를 띤 채, 무성한 참억새가 흔들리는 들판을 바라보던 사요의 눈이 갑자기 휘둥그레졌다.

멀리서 짐승 떼가 들판을 헤치며 달려오고 있었다.

개들이 뭔가를 쫓고 있다고 생각할 겨를도 없이, 참억새 사이에서 적갈색 짐승이 뛰쳐나왔다. 어린 여우가 깜짝 놀란 듯 사요를 쳐다보았다.

여우의 금빛 눈망울에는 공포와 초조… 그리고 불안이 뚜렷이 드러나 있었다.

사요는 저도 모르게 재빨리 양손으로 옷깃을 열어젖혔다.

그 순간 여우가 뛰어올랐다. 그리고 한 줄기 바람이 되어 사요의 품으로 미끄러지듯 들어왔다. 사요는 따뜻한 바람이 등 뒤로 옮겨 가는 것을 느끼며 쏜살같이 달리기 시작했다.

숲속으로 뛰어들어 무작정 도망쳤다. 나뭇가지들을 헤치고 또 헤치며 정신없이 나아가다 보니 갑자기 작은 오솔길처럼 보이는 곳이 나왔다.

'…아, 이건 숲그림자 저택으로 가는 길인데….'

사요는 달리던 여세 탓에 몇 발 더 내딛다 멈춰 섰다.

숲그림자 저택은 요나 숲속에 있는 기묘한 저택으로 마을 사람들의 출입이 엄격히 금해진 곳이었다.

저주에 걸려 괴물이 된 아이가 남의 눈을 피해 저택 깊숙이 숨어 산다는 것이 마을에 떠도는 소문이었다.

그러나 망설일 여유가 없었다. 개들은 바로 턱밑까지 쫓아왔다. 마음을 정한 사요는 숲그림자 저택을 향해 달리기 시작했다.

등 뒤에 자리 잡은 어린 여우의 몸은 따듯했고, 흔들릴 때마다 조금씩 움찔거리는 것이 느껴졌다. 혹시라도 허리끈이 느슨해져 어린 여우가 밑으로 떨어지는 일이 없도록, 사요는 등 뒤를 손으로 받치고 구르듯이 계속 달렸다.

 나뭇잎 그림자 사이로 높게 솟은 판자 울타리가 보이기 시작했다. 그 울타리 너머로 작은 판자 지붕이 보인다.

 마침내 개들이 덤불 밖으로 뛰쳐나왔다. 발톱으로 땅을 벅벅 긁는 소리가 들리고, 흥분해서 짖어 대는 소리가 바로 등 뒤로 다가왔다.

 너무 무서운 나머지 결국 다리가 굳어 한 발짝도 뗄 수 없게 되고 말았다. 사요는 땅바닥에 웅크리고 눈을 질끈 감았다. ― 이제 물릴 거야….

 순간 캥, 하는 개의 비명이 들렸다.

 놀라서 눈을 떠 보니 울타리 위로 사내아이의 얼굴이 보였다. 활시위를 당겨 이쪽을 겨누고 있었다. 화살 끝에는 화살촉 대신 동그란 구슬 같은 것이 달려 있었다.

 "엎드려! 그대로 엎드려 있어!"

 사내아이는 높고 날카로운 목소리로 외치고 계속해서 활을 쏘았다. 개를 맞힌 화살도 있었지만 빗나간 화살도 있었다. 그래도 개들은 갑작스러운 공격에 당황했는지 컹컹 짖으며 허둥거렸다.

 사요는 그 틈에 일어나 울타리를 향해 달렸다. 사내아이가 오른쪽을 가리켰다.

 "이쪽이야. 여기 구멍이 있으니 들어와."

 사내아이가 가리킨 곳에는 정말로 울타리의 판자 사이가 썩어서 생긴 구멍이 있었다.

울타리 바깥쪽에는 적의 침입을 막기 위한 도랑이 빙 둘려 있었다. 하지만 한동안 비가 내리지 않아서인지 바닥에는 낙엽이 쌓이고 흙탕물이 고여 있을 뿐이었다. 사요는 온몸이 흙투성이가 되면서도 간신히 도랑을 건너 울타리 사이의 구멍에 다다를 수 있었다.

사요는 납작 엎드려 바닥을 기듯 안으로 들어갔다.

한쪽 발을 울타리에 걸친 채 정원의 돌 위에 서 있던 사내아이가 훌쩍 뛰어내려 와 사요를 일으켜 주었다.

사요를 쫓아온 개가 울타리 구멍으로 콧등을 내비쳤다.

"이 돌로 막자! 도와줘!"

사요는 사내아이의 말을 듣고 서둘러 정원의 돌을 미는 것을 도왔다. 큰 돌이었지만 두 사람이 힘을 모아 밀다 보니 돌이 굴러 개가 들어오지 못하게 구멍을 좁힐 수 있었다.

개들이 울타리 밖에서 시끄럽게 짖어 댔지만 사요는 안도의 한숨을 내쉬었다.

소란스러운 바깥 기척을 느꼈는지 저택 안쪽에서 굵은 남자 목소리가 들려왔다.

"무슨 일이냐! …아니, 너희들은 밖을 살펴라!"

그 목소리를 들은 사내아이가 사요의 등을 다급히 떠밀었다.

"어서 숨어! 여기 있는 걸 들키면 큰일 나."

사내아이는 활쏘기 연습 때 과녁으로 쓰는 방패를 보고 사요를 그 뒤로 밀어 넣었다. 두꺼운 판자 방패는 사요의 작은 몸을 완전히 가려 주었다.

"…코하루마루 도련님. 이게 웬 소란입니까?"

바로 곁에서 굵고 엄한 남자 목소리가 들려왔다.

"개야. 먹잇감이 근처를 지나갔나 봐. 사냥개들이 울타리 너머로 시끄럽게 굴어서 우는살로 쏴 줬지. 다섯 발 중에 세 발이나 맞혔다고!"

못 말린다는 듯 남자가 한숨을 내쉬는 소리가 들렸다.

사요가 쪼그려 앉은 탓에 옷 뒷부분이 답답해졌는지 어린 여우가 배 쪽으로 오려고 바둥거렸다. 사요는 간지러움을 참지 못하고 소리를 내려다 급히 양손으로 입을 막았다.

"…뭔가 소리가 난 것 같은데."

사요는 남자의 말을 듣고 부들부들 몸을 떨었다.

사내아이가 크고 분명한 목소리로 태연하게 대답했다.

"그래? 아마 쥐 소리일 거야. 난 못 들은걸."

그때 밖에서 다른 남자의 목소리가 들려왔다.

"별일 아닙니다! 마을 사냥꾼의 개들이 소란을 피웠을 뿐입니다. 사냥꾼이 왔기에 데려가도록 했습니다."

남자가 답했다.

"그렇군! 알았다."

남자의 짚신이 땅을 차는 소리가 났다.

"이번만은 그냥 넘어가겠습니다만, 다시는 저택 밖의 개한테 활을 쏘시면 안 됩니다."

사내아이는 한동안 말이 없었다. 잠시 뒤 불만에 찬 대답이 들렸다.

"─알았다."

자리를 뜨는 남자의 짚신 소리가 사라지고 시간이 조금 흐르자 사내아이가 방패 뒤쪽을 들여다보았다.

"이제 나와도 돼. 조용히 움직여."

잔뜩 겁먹은 채 조심스레 나가 보니 코하루마루라고 불린 사내아이가 손가락을 세우고 소리 내지 말라는 신호를 했다.

"여기로 나가면 개가 냄새를 맡고 알아챌지도 몰라. 헛간 뒤에 아까 같은 구멍이 하나 더 있으니까 그쪽으로 내보내 줄게. 날 따라와."

어느새 날이 저물어 저택 정원은 파르스름한 어둠에 휩싸였다. 정원의 네 모퉁이에 화톳불을 태울 준비가 되어 있었지만, 아직 불을 피우지 않은 탓에 저택에서 새어 나오는 불빛만으로는 사람 얼굴조차 분간하기 어려웠다.

사요는 배 쪽으로 이동해 온 옷 안의 어린 여우를 손으로 받치고 일어섰다. 코하루마루가 그 모습을 보더니 궁금하다는 눈으로 사요를 바라보았다.

"뭘 가지고 있는 거야?"

사요는 옷깃 언저리를 살짝 열어 보여 주었다. 안을 들여다본 코하루마루의 눈이 커다래졌다.

"강아지야?"

"…아기 여우야. 다쳤어."

사요가 속삭이자 코하루마루의 눈이 생기를 띠며 반짝였다.

"그래서 개들이 쫓아왔던 거구나. 너 말이야, 계집애치고는 용감한데!"

어린 여우는 전혀 겁내는 기색도 없이 코하루마루를 똑바로 올려다보았다. 코하루마루는 기뻤다.

"요 녀석도 눈빛이 좋은걸."

코하루마루는 작은 목소리로 말하고 사요를 재촉해 걷기 시작했다.

눅눅한 얼룩조릿대 냄새가 나는 헛간에 도착하자, 코하루마루는 쭈그려 앉아 울타리가 갈라진 곳을 가리켰다.

"날 보필하는 자들이 하인들을 시켜서 구멍을 막지만, 난 녀석들이 놓친 구멍을 잔뜩 알고 있지."

자랑하듯 말한 코하루마루가 뒤돌아 사요를 쳐다보았다.

"넌 이름이 뭐야?"

"…사요."

사요, 하고 입속에서 되뇌어 본 코하루마루는 말할까 말까 고민하는 것처럼 잠시 사요를 쳐다보았다. 그러고는 마음을 굳힌 듯 말했다.

"너 말이야. …또 놀러 오지 않을래?"

사요는 깜짝 놀라며 이제는 흐릿한 그림자로만 보이는 코하루마루를 쳐다보았다. 코하루마루는 재빨리 속삭였다.

"난 계속 여기 갇혀 지내는 신세야. 저택 사람들 말고는 사람 구경도 못 해. 밤에 다들 잠이 들면 뒷간 가는 척하면서 이 울타리 구멍 밖으로 나가 볼 때가 있어. 하지만 그게 다야. 밤에는 산속에 사람도 없고 놀지도 못하니까."

'이 아이가 저주에 걸려 숲그림자 저택에 숨어 산다는 아이구나' 하고 사요는 생각했다.

그러나 전혀 괴물처럼 보이지 않았다. 오히려 어린 여우를 보고 밝게 빛내던 눈을 생각하면 사이좋은 친구가 될 수 있을 것만 같았다.

그래도 사요는 묻지 않을 수 없었다.

"너, 저주에 걸렸니?"

코하루마루는 얼굴을 찡그린 듯했다.

"몰라. 그런 걸 왜 물어?"

"마을 사람들이 다 그렇게 말하거든. 놀러 오는 건 좋지만, 밤이 되면 괴물로 변해 날 잡아먹는다거나… 그러는 건 아니지?"

코하루마루가 울컥한 목소리로 속삭였다.

"바보 같은 소릴! 내가 왜 괴물 따위로 변한다는 거야? —됐다, 됐어. 역시 계집애들은 겁쟁이야. 무서우면 오지 마!"

"하나도 안 무서워. 난 겁쟁이가 아니란 말이야."

"겁쟁이야. 괴물이 무서워서 밤에 뒷간도 못 가지?"

"겁쟁이 아니라고!"

무심결에 목소리를 높인 두 사람은 황급히 얼굴을 마주 보고 서로 손가락을 세워 "쉿!" 소리를 냈다.

사요는 속삭였다.

"겁쟁이 아니야. 우리 집은 마을 아이들이 대낮에도 가까이 오길 겁내는 여기 요나 숲 옆에 있어. 그래도 밤에 뒷간 가는 것쯤은 아무렇지도 않단 말이야."

어린 여우가 몸을 꼼지락거려 여민 옷깃 틈으로 콧등을 내밀었다.

"아, 그렇지. 얘 다친 걸 잊고 있었어."

"어디 보여 줘 봐. 깊은 상처야?"

사요는 어린 여우를 품 밖으로 꺼내 주었다. 어린 여우는 몸을 한껏 늘여 기지개를 켠 후, 상처 입은 옆구리를 핥으려다 불쾌한 냄새라도 맡은 것처럼 머뭇거렸다.

"…그렇게 심한 것 같지는 않아. 화살이 스쳤나 본데."

땅거미 내린 어스름 속에서 찬찬히 상처를 살펴본 코하루마루가 말했다.

"잠깐 기다려 봐."

코하루마루는 일어선 뒤, 울타리 옆에 난 잡초들 사이에서 풀 한 포기를 뜯어 왔다.

"피막이풀이야."

코하루마루는 손으로 풀을 살짝 비빈 다음, 어린 여우의 상처를 조심스레 닦아 주었다.

풋내가 나는 풀 즙으로 상처를 닦아 내자 역한 쇳내가 점점 옅어졌다. 노비는 몸이 훨씬 편해지는 것을 느꼈다.

코하루마루가 간단한 치료를 끝내자 사요는 작은 목소리로 말했다.

"고마워."

그리고 문득 이 사내아이가 자기와 여우의 목숨을 구해 주었다는 사실을 떠올렸다. 그런데도 고맙다는 인사는커녕 괴물로 변하는 건 아니냐며 상처 주는 질문만 하고 말았다.

사요는 고개를 들고 코하루마루를 쳐다보았다.

"나, 또 올게. 구해 준 답례로 호두떡을 가져올 거야."

코하루마루의 눈이 반짝였다.

"호두떡? 진짜야?"

"응. 나랑 할머니가 같이 만드는 호두떡, 얼마나 맛있는지 몰라. 많이는 못 가져오지만 두 개 정도 사라져도 할머니는 모른 척해 주실 거야."

코하루마루의 얼굴에 미소가 번졌다.

"약속한 거다!"

그렇게 말한 코하루마루의 눈에 문득 불안의 빛이 어렸다.

"하지만 조심해. 나랑 만나는 걸 들키면 네가 위험해질지도 모르니까."

"괜찮아. 밤에는 밖에 나올 수 있지?"

두 사람은 언제 만나고 어떻게 신호를 주고받을지 등을 열심히 의논했다. 코하루마루는 기쁨에 들떠 있었고 사요도 왠지 모르게 설레기 시작했다.

이야기를 끝낸 뒤 사요가 판자 울타리 구멍으로 나가려고 하자 코하루마루가 걱정스레 속삭였다.

"…완전히 깜깜해졌어. 밤에 요나 숲을 지나 돌아가는 건 위험하지 않을까? 헛간에 숨어서 하룻밤 보내는 게 낫지 않겠어?"

"할머니가 걱정하실 테니 돌아가야 해. 괜찮아, 금방이니까."

"그래도 요 나 숲에는 무서운 여우가 나온다는데."

그렇게 말한 코하루마루는 저도 모르게 사요 품에 안긴 어린 여우를 바라보았다.

"…어린 여우를 구해 준 사람을 홀리지는 않겠지."

어린 여우는 그저 금빛 눈망울을 반짝일 뿐이었다.

사요는 손을 살짝 흔들어 코하루마루에게 인사한 뒤, 울타리에 난 구멍을 통해 밖으로 빠져나왔다.

밖은 이미 캄캄했지만, 막 떠오른 달이 숲속 오솔길만은 어렴풋이 드러내 주었다. 사요는 걷기 시작했다. 뒤돌아보아도 울타리 주변은 어둠에 잠겨 아무것도 보이지 않았다. 하지만 코하루마루가 그 자리에서 계속 지켜봐 주는 듯한 느낌이 들었다.

노비는 온기 어린 사요 품속이 아늑해서 꾸벅꾸벅 졸았다.

사요의 손이 따듯했다. 그 따스함이 조금씩 몸에 스며들어 시린 강철의 아픔을 녹여 주는 것 같았다.

어째서일까. ― 애틋하고 서글픈 감정이 가슴에 차올랐다.

예전에도 누군가의 품에 이렇게 안긴 적이 있었다. 아주 먼 옛날에. …멀리 사라져 버린 기억이 깊은 어둠 속에서 갑자기 모습을 드러내며 노비를 당혹스럽게 만들었다.

이건 대체 언제 적 기억일까? 누군가의 정이 담긴 손길을 받아 본 것은 철든 이후로 한 번도 없었을 텐데. 노비의 가슴속에 남아 있는 가장 오래된 기억은 누군가의 큰 손에 목덜미를 잡혀 끌어 올려진 감각이었다.

── 가엾지만 이것도 이번 생의 네 운명.

귓가에 남아 있는 목소리. 주인님의, 굵직한 목소리. 그리고 코를 찌르는 향냄새.

그 순간부터 지금까지 오직 「심부름꾼」으로서 살아왔다. 이렇게 누군가의 품에 안겨 본 적이 있을 리 없는데….

어두운 산길을 걷고 있었지만 사요는 무섭지 않았다.

사요를 덮혀 주듯 부드럽고 따스한 것이 배에서 가슴으로 퍼져 있었기 때문이다. 햇볕에 잘 말린 풀 같은, 어딘가 구수하기도 한 냄새….

이것은 어린 여우의 「마음」이다. 사요는 부드러운 햇살이 가슴속을 밝혀 주는 것을 느꼈다.

바로 그때, 사요의 머릿속에 날카로운 피리 소리가 울려 퍼졌다. 눈앞의 풍경이 흔들리고 귀가 울렸다.

순간 불이 바람에 훅 꺼진 것처럼 어린 여우에게서 전해져 오던 온기가 사라졌다. ──품속에서 뛰쳐나간 게 아니라 마치 연기처럼 사라져 버린 것이다.

사요는 어린 여우의 온기가 남은 양팔을 한동안 멍하니 내려다보았다.

2
대나무 등불 곁에서

밤하늘의 보름달이 참억새 들판을 환하게 비춘다. 바람이 불면 참억새 이삭들이 은빛 파도가 되어 일렁인다.

참억새 들판은 등불이 없어도 어떻게든 걸을 수 있었다. 하지만 숲속으로 발을 들이자, 달빛이 가려진 곳은 한 치 앞도 보이지 않을 만큼 칠흑 같았다.

사요는 쪼그려 앉아서 할머니 몰래 꺼내 온 굵은 죽통과 가느다란 대나무 줄기를 땅에 내려놓았다. 기름 먹인 새끼줄에 옮겨 온 작은 불로 가느다란 대나무 줄기에 불을 붙였다.

길고 가느다란 대나무 줄기 끝에 작지만 아름다운 불빛이 켜지자 사요는 참고 있던 숨을 후 내쉬었다. 불이 바람에 꺼지지 않도록, 죽통 속 마디 부분에 뚫어 둔 구멍에 불붙은 대나무 줄기를 꾹꾹 눌러 끼운 후, 죽통을 손에 들었다. 비스듬히 잘린 굵은 죽통 속에서 작은 불빛이 춤을 추었다.

코하루마루에게는 무섭지 않다고 큰소리쳤지만, 밤에 숲길을 걷는 것은 역시 너무나 무서웠다. 그래도 약속은 약속. 코하루마루는 틀림없이 마음을 졸이며 사요가 와 주길 기다리고 있을 것이다.

사요는 죽통의 불빛이 꺼지지 않도록 조심하며 앞길을 재촉했다. 불빛에 비친 자신의 그림자가 흔들리면, 주위의 얼룩조릿대 덤불도 그 속에 뭔가를 숨기고 있는 것처럼 흔들려 보였다.

죽통을 꼭 쥐고 걷다 보니 숲이 조금 열리며 보름달 빛에 비친 숲그림자 저택이 눈에 들어오기 시작했다.

'코하루마루는 밖에 나와서 기다린댔는데…' 하고 생각한 그때였다.

갑자기 얼룩조릿대 덤불이 술렁이며 뭔가가 튀어나왔다.

엉겁결에 비명을 지른 사요는 죽통을 휘둘러 자신을 덮친 검은 그림자를 때렸다. 검은 그림자는 황급히 몸을 피하더니 죽통을 든 사요의 손을 붙잡았다. 자그마한 불빛은 꺼져 버리고 캄캄한 어둠 속에서 목소리만이 들려왔다.

"나야! 사요야, 나라니까! …놀라게 해서 미안."

코하루마루가 사과했지만 사요는 털썩 주저앉고 말았다. 코하루마루는 사요 곁에 앉아 얼굴을 들여다보곤 곤란한 표정으로 속삭였다.

"정말 미안하다. 네가 진짜 와 준 것이 너무도 기뻐서 그만…."

사요는 땅바닥에 주저앉은 채 한숨을 크게 내쉬었다.

"…일부러 호두떡도 챙겨 왔는데."

코하루마루가 기쁘게 웃는 소리가 들렸다.

"정말 가져온 거야? 사요야, 고맙다."

너무나 기뻐하는 그 모습을 보고 사요는 화낼 마음이 사라져 버렸다.

둘은 저택 사람들에게 들키지 않도록 커다란 후박나무 뒤편에 자리를 잡은 다음, 꺼져 버린 대나무 등불에 다시 불을 붙여 땅바닥에 꽂았다.

등불 곁에 앉아 사요가 조릿댓잎에 싸 온 떡을 먹기 시작했다. 부드러운 떡을 한입 가득 베어 문 코하루마루의 눈이 휘둥그레졌다.

"와, 맛있는걸!"

코하루마루는 베어 물고 남은 반 토막을 불빛에 비춰 보고 사요에게 속삭였다.

"안에 든 호두가 진짜 달콤하다."

"벌꿀에 조렸거든. 메밀가루를 반죽해서 벌꿀에 조린 호두를 싸. 그다음에 삶아서 석쇠에 구우면 돼."

사요의 말을 듣고 코하루마루가 감탄하며 말했다.

"이렇게 맛있는 건 처음 먹어 봐."

코하루마루는 품속에서 작은 꾸러미를 꺼냈다.

"나도 너 맛보라고 주방에서 슬쩍해 왔지. 사탕이야. 엄청 달다고."

사요는 작은 사탕을 입에 넣고 깜짝 놀랐다. 정말로 아주 달콤했다.

"어때, 맛있지?"

사요가 놀란 얼굴로 끄덕이자 코하루마루는 기쁜 듯 웃었다.

그날 이후로 두 사람은, 밤에 남몰래 숲속에서 만나 집에서 가

겨온 감이나 나무 열매를 먹기도 하고 이야기도 나누는 것을 손꼽아 기다리게 되었다.

사요는 코하루마루와 이야기하는 것이 즐거웠고, 코하루마루는 사요와 함께 보내는 시간이 그 무엇보다도 소중했다.

"나는 저 저택에 계속 갇혀 지내."

코하루마루는 자신의 처지에 대해 들려주었다.

"저택에 처음 왔을 땐 유모가 있었는데, 내가 열 살이 되던 해 저택을 떠나 버렸어."

쓸쓸한 표정의 코하루마루를 바라보며 사요가 속삭였다.

"부모님은 어디 계셔?"

"나도 몰라. 조금 더 크면 알려 준대. …하지만 다른 건 몰라도 우리 아버지가 굉장히 높은 분이란 건 알아. 언젠가 아버지를 뵙게 되면 '역시 내 아들이구나'라는 말을 듣고 싶어. 그래서 훌륭한 무사가 되기 위한 수련을 하고 있지."

코하루마루는 가슴을 쫙 폈다. 활쏘기와 말타기, 검술과 격투 연습을 매일 하고 있다고 했다.

"하지만 저택 안에서만 하는 건 너무 답답해."

사요는 얼굴을 찌푸렸다.

"밖에는 전혀 못 나가는 거야?"

"정말로 어쩌다 한번 다이로가 와 줄 때만, 사람 없는 들판에서 말을 타고 달리거나 활을 쏠 수 있어. 그건 정말 기분이 좋아. 아아! 좀 더 자주 너른 들판에서 마음껏 말도 타고 활도 쏴 보고 싶다!"

소망이 가슴 밖으로 흘러넘친 듯 한숨 섞인 목소리였다.

"그 사람한테 더 자주 와 달라고 해 보지 그래?"

사요의 말에 코하루마루는 고개를 저었다.

"나도 부탁해 봤어. 자주 와 달라고. 하지만 너무 자주 밖에 나가면 다른 사람 눈에 띄기 쉬워져서 위험하다고 타이르던걸."

사요는 얼굴을 다시 찌푸렸다.

"그 사람 정말 쫌탱이다."

"쫌탱이?"

코하루마루는 처음 듣는 말을 입속에서 여러 번 되뇌어 보다 그 말소리가 재미있었는지 갑자기 소리 내 웃기 시작했다.

"좀생이 말이구나! 흠, 쫌탱이라니 아주 재밌는걸. 쫌탱이! 쫌탱이!"

한동안 크게 웃은 코하루마루는 여전히 웃는 얼굴로 사요에게 말했다.

"다이로는 좀생이가 아니야. 좋은 녀석이지. 다른 나라 이야기도 해 주는데 얼마나 재밌다고! 너도 뭔가 이야기를 좀 해 줘. 그래, 마을 이야기를 들려줘."

그래서 사요는 마을 이야기를 풀어놓기 시작했다. 지금은 농작물을 거두는 시기라 아이들도 정신없이 바빠서 같이 놀기 힘들지만, 추수가 끝나고 나면 가을 잔치가 찾아온다는 이야기를.

"다들 잔치 이야기만 해. 잔치 준비를 맡은 마을 청년 모임이 있는데 거기 들어간 오라버니를 돕고 있다는 둥, 올해는 무슨 유명한 사람이 와서 재주를 보여 준다는 둥. 다들 잔칫날만 손꼽아 기다린대."

코하루마루는 그 목소리에 섞인 쓸쓸한 울림을 알아채고 사요의 얼굴을 들여다보았다.

"넌 안 그래?"

"…난 마을 수호신을 모셔 온 사람들의 후손이 아닌걸. 할머니가 잔치에는 얼굴을 비치지 말래. 그래서 그냥 먼발치에서 구경한 게 다야."

"후손이 아니라니? 무슨 소리야?"

"할머니는 이 마을 사람이 아니야. 옛날에 산을 넘어서 여기 마을로 왔대. 우리 엄마가 죽은 뒤 아직 아기였던 나를 업고서 말이야. 마을 사람들은 밖에서 흘러들어 온 외지 사람을 싫어해. 그런데 그때 마침 니시하타 씨네 부인이 심한 난산으로 고생하고 있었는데, 마을 할머니들 힘으로는 어떻게 할 수 없어서 곤란해하고 있었다나 봐. 그 부인을 우리 할머니가 구해 줬어."

"그래서 마을 사람들과 사이가 좋아진 거구나?"

사요는 끄덕였다.

"우리 할머니는 정말 대단해. 시장에 가면 다른 마을 사람들까지도 우리 할머니 이야기를 한대. 이 마을에서 아이를 낳다가 죽은 사람이 없는 건 모두 할머니 덕분이라고."

"그건 진짜 대단한걸! 그럼 잔치 정도는 당당히 참석해도 괜찮지 않아? 다들 너희 할머니가 받아 준 애들일 거잖아."

사요는 복잡한 표정을 지었다.

"그렇긴 하지만 잔치에 얼굴을 내밀면 분명 다들 곤란한 얼굴을 할 거야."

사요는 양손을 비비고 재빠르게 말했다.

"…괜찮아. 아기를 받고 나면 다들 울면서 웃는 얼굴로 고맙다고 말해 주니까. 할머니는 약초에 대해서도 잘 알고 천 짜는 솜씨도 일품이야. 나도 할머니한테 많이 배우고 있어."

"그렇구나. 사요도 수련 중이구나!"

코하루마루는 미소를 띤 얼굴로 힘내라는 듯, 사요의 어깨를 토닥토닥 다독여 주었다.

이렇게 이야기를 나누다 보니 어느새 코하루마루는 마을 아이들에 대해 속속들이 알게 되었고, 사요 역시 저택 사람들에 대해 훤히 알게 되었다.

어린 여우를 구해 준 날, 숨어 있던 사요를 찾아낼 뻔했던 굵은 목소리의 남자는, 코하루마루를 보필하는 사람들의 우두머리로 이름이 토치하 츠네유키라고 했다.

"츠네유키는 강한 무사지만 너무 엄해. 내가 이렇게 빠져 나와서 널 만난다는 걸 알면 널 칼로 베어 버릴지도 몰라."

어느 날 코하루마루는 어두운 얼굴로 그렇게 말했다.

"나에 대해선 아무도 알면 안 된다나 봐. …저기, 사요야. 지난번에 이렇게 만나는 게 네게 위험하다고 했던 건 거짓말이 아니야. 난 비겁한 놈이구나. 너랑 이렇게 놀고 싶은 마음에 네게 위험한 일을 시키고 있으니."

사요는 그런 말을 들어도 목숨이 정말 위태로울 거란 생각은 들지 않았다.

"괜찮아. 우리 들키지 않도록 조심하자."

반딧불처럼 작은 불빛에 비친 두 사람의 모습을, 나무 뒤에 숨어서 가만히 지켜보는 그림자가 있었다. 어린 여우였다. 지난번 밤도, 그전의 밤도, 어린 여우—노비는 얼룩조릿대 뒤에 웅크려 앉아 두 사람이 노는 모습을 구경했다.
'…같이 놀 수 있으면 재미있을 텐데.'
함께 떡도 먹고 술래잡기도 하면 얼마나 신날까.
하지만 노비는 어째선지 두 사람이 있는 곳으로 나가서는 안 된다고 느꼈다.
이 숲에 있으면 털이 따끔거린다. 심부름꾼의 침입을 물리치기 위한 수호의 주술이 걸려 있는 것이리라. 넌 여기 있으면 안 된다고 말하는 것 같아 서글펐다.
나는 주인님이 시키는 대로 움직이는 심부름꾼. 저주를 나르는 화살이니 저 아름다운 불빛에 닿아서는 안 되리라.
깊은 숲의 어둠 속에서, 얼어붙은 코끝을 햇볕이 잘 드는 쪽으로 향하듯, 노비는 두 사람을 조용히 바라볼 뿐이었다.

3
천둥 치는 밤

어느덧 낙엽이 지는 깊은 가을이 찾아왔다. 밤의 산속은 얼어붙을 듯 온도가 내려가 등불 곁에 앉아 이야기하기도 힘들어졌다.

추위에 사요가 이를 딱딱 부딪치는 소리를 내자, 코하루마루는 발을 동동 구르며 속삭였다.

"우리 따듯한 봄이 올 때까지 만나지 말자."

단호한 말투… 는 아니었다. 사요는 코하루마루의 얼굴을 쳐다보았다.

"봄이 올 때까지는 뭘 하면서 지내?"

눈 속에 갇힌 겨울만큼 코하루마루에게 괴로운 계절은 없었다. 마당이 눈에 덮여 검술 연습은 물론 말타기도 할 수 없었다. 오직 저택 안에 틀어박혀 글을 배우는 것이 전부였다. 사요는 잠자코 있는 코하루마루가 불쌍해서 속삭였다.

"있지, 우리 처음 만난 날에 구멍이 뚫린 울타리로 데려다 줬잖아. 그 옆에 헛간이 있지 않았어? 거기라면 따듯하고 밤에 오는 사람도 없지 않을까?"

코하루마루의 얼굴이 밝게 빛났다.

"그래! …그렇지만 저택 안으로 널 데려가는 건 내키지가 않

아. 만약 들키기라도 하면 못 도망칠지도 모르니까."

"괜찮을 거야. 일단 한번 해 보자."

사요가 코하루마루의 손을 잡고 걷기 시작했다. 코하루마루는 깜짝 놀랐다.

"지금 숨어들자고?"

"응. 추워 죽을 것 같거든."

코하루마루는 저택으로 걸어가며 못 말린다는 듯 고개를 저었다.

"사요는 배짱이 두둑하구나. 사내로 태어났으면 좋았을걸."

그 순간 빗방울이 뚝뚝 떨어지기 시작했다. 두 사람은 잠시 발을 멈추고 오늘 밤은 이대로 헤어지는 편이 좋을지 고민했다. 하지만 내일로 미뤘다가는 모처럼 낸 용기가 꺾일 것 같았다. 사요는 다시 걸음을 옮기기 시작했다.

울타리의 썩은 틈을 통과해 들키지 않고 헛간까지 가는 것은 생각보다 훨씬 쉬웠다. 헛간은 당직을 서는 무사들의 눈이 잘 닿지 않는 곳에 있었고, 수행원이나 하인 들이 자는 곳에서도 조금 떨어져 있었기 때문이다.

짚 냄새 가득한 헛간 안은 바깥보다 훨씬 따뜻했다. 사요와 코하루마루는 마주 보고 미소를 지었다. 빗소리가 거세졌다.

"…비가 제대로 온다. 집에 갈 땐 삿갓과 도롱이를 빌려줄게."

판자 지붕을 두드리는 빗소리를 듣고 있다 보니 함께 있는 것이 왠지 더욱 즐겁게 느껴졌다.

그때 츠네유키가 뒷간에 가지 않았더라면 두 사람은 아무 일

없이 한동안 이야기를 나누다 헤어졌을 것이다.

뒷간에 들른 츠네유키는 세차게 내리는 비를 보고, 문득 지난번 비가 왔을 때 코하루마루의 침실 근처에 비가 새는 곳이 있었다는 사실을 떠올렸다.

'아직 비가 새고 있다면 도련님을 다른 방으로 옮기는 것이 나을지도 모르겠군.'

그렇게 생각한 츠네유키는 코하루마루의 침실 앞에 와서 복도에 한쪽 무릎을 꿇고 널문 너머로 말을 건넸다.

"주무시는데 죄송합니다."

답이 없었다. 적막에 휩싸인 침실에서는 아무런 기척도 느껴지지 않았다. 츠네유키는 눈살을 찌푸리며 문에 손을 댔다.

코하루마루의 잠자리는 침실 안쪽에 깔린 돗짚자리 위에 마련되어 있었다. 실내는 어두웠지만, 이부자리 곁에 다다르기도 전에 츠네유키는 이변을 눈치챘다.

코하루마루는 자리에 없었고 헝클어진 이부자리는 만져 보니 차갑게 식어 있었다.

츠네유키의 얼굴이 딱딱하게 굳어졌다.

헛간에서 이야기를 나누던 코하루마루가 갑자기 입을 다물고 귀를 기울였다.

"무슨 일이야?"

"…지금 무슨 소리 안 들렸어?"

귀를 기울이자 정말로 사람들이 분주하게 움직이는 기척과 목소리가 전해져 왔다.

코하루마루는 등줄기가 오싹하는 것을 느꼈다.

헛간 문을 살짝 열어 밖을 보려 했을 때, 여러 명의 발소리가 들려왔다.

―― 밖은 이미 찾고 있다! 부엌과 헛간을 찾아봐!

누군가가 명령하는 소리가 들렸다.

두 사람은 얼굴을 마주 보았다.

"…내가 침실에 없단 걸 들켰나 봐."

코하루마루는 사요를 짚단 뒤에 숨겼다.

"밖이 잠잠해질 때까지 여기서 꼼짝 마. 내가 나가서 적당히 둘러대 볼게. 배가 고파서 부엌에 몰래 들어갔다든가 하면 될 거야. 걱정하지 마."

코하루마루는 나가려다 몸을 돌려 사요를 쳐다보았다. 얼굴은 어둠에 잠겨 있었지만 눈만은 빛나고 있었다.

"조심해서 돌아가. …그리고 다신 여기 오지 마."

"어?"

코하루마루의 목소리는 갈라져 있었다.

"난 역시 비겁한 놈이야. 사내놈이 외롭다고 억지를 부려서 친구를 위험에 빠뜨리고 말았어."

사요는 깜짝 놀라 자리에서 일어났다.

"넌 비겁하지 않아. 나도 놀러 오고 싶었는걸."

코하루마루는 고개를 저었다.

"그래도 마찬가지야. …지금껏 고마웠다. 이걸로 안녕이야."

코하루마루는 장대비가 내리는 어둠 속으로 뛰쳐나갔다.

사요는 코하루마루를 발견한 사람들이 멀리서 웅성대는 소리를 들으며 울타리의 썩은 구멍으로 살며시 저택을 빠져나왔다.

사요는 슬퍼서 눈물을 주르르 흘리며 산길을 걸었다. 달빛도 없는 어둠 속에서, 때때로 번쩍이는 번갯불이 일순 하얗게 산길을 드러내 주었다. 사요는 벼락을 다스리는 신의 호통 소리가 들리지 않도록 귀를 막고, 그 빛만을 의지해 산에서 내려왔다.

빗물과 진흙으로 더러워진 발을 수건으로 닦은 뒤, 발소리를 죽여 집 안으로 들어간 사요는 흙마루에서 발을 멈췄다.

할머니가 화롯가에 무릎을 꿇고 앉아 가만히 사요를 쳐다보고 있었다.

"…나이가 들면 잠에서 쉽게 깨지."

할머니는 부드럽게 말했다.

"네가 밤이 되면 몰래 나가는 건 알고 있었다. 친구들끼리 담력 겨루기라도 하는 건가 해서 잠자코 있었다만."

사요는 화롯가에 무릎을 꿇고 고개를 숙였다. 머리카락 끝에서 뚝뚝 떨어지는 물방울이 마룻바닥에 검은 얼룩을 만들었다.

자리에서 일어난 할머니가 옷걸이에 걸린 수건을 가져와 사요의 머리를 닦아 주었다. 차갑게 식은 머리칼을 만져 주는 할머니의 손길이 따뜻했다. 사요는 고개를 숙인 채 흐느꼈다.

할머니는 문득 손을 멈췄다.

"울 거 없다. 하지만 이제 밤에 나가 노는 건 그만하렴. 밤중에 산에 가 봐야 좋을 게 없단다. 너희야 그저 같이 논 것뿐이겠지만, 귀신이라도 나와서 홀리기라도 하면 큰일이잖니."

사요는 흐느끼며 할머니에게 용서를 구했다.

"…할머니, 제가 잘못했어요."

"알면 됐다. …자, 어서 젖은 옷을 갈아입고 이불 속으로 들어가거라. 이불 덥혀 뒀으니까."

사요가 이불을 뒤집어쓰는 것을 보고 나서 할머니도 자신의 잠자리로 돌아갔다.

"아무렴, 자는 게 최고지 최고야."

할머니는 입버릇처럼 하는 말에 한숨을 섞어 중얼대며 자리에 몸을 뉘었다.

이불 속은 따뜻했지만 사요는 이불로 몸을 감싸고 한동안 덜덜 떨었다.

이불 냄새. 연기 냄새. 비에 젖은 흙마루 냄새. 할머니가 뒤척이는 소리. 이렇게 누워 있으니 오늘 밤 있었던 일이 모두 거짓말 같았다.

그러나 그건 꿈이 아니다. ―진짜로 일어난 일이었다.

코하루마루는 혼나고 있을까.

다시는 코하루마루를 만날 수 없다고 생각하니 슬펐다.

코하루마루가 불쌍했다. 같이 놀 친구도, 어머니도, 유모도 없이, 무서운 수행원들과 함께 계속 저택에 갇힌 채로 살아가야 하는 걸까.

우르르… 하고 벼락의 신이 내는 목소리가 점차 멀어져 가는 것을 느끼며 사요는 잠이 들었다.

✢ ✢

코하루마루가 불쌍해 견딜 수 없었던 사요는, 할머니와 한 약속을 어기고 그 뒤로도 여러 번 숲그림자 저택에 몰래 찾아갔다.

하지만 코하루마루가 저택 밖으로 나오는 일은 다시 없었다.

겨울이 지나 봄이 오고, 그렇게 한 해 두 해 세월이 흘렀다.

어느덧 세 번째 해가 찾아올 무렵이 되자, 코하루마루와의 추억은 옛날에 꾼 꿈이 아닐까 여겨질 정도로 멀어진 것이 되어 있었다.

1장

봉인이 풀리다

1
설밑 대목장

야마사시山指강과 큰길이 만나는 곳 주변에서 설밑 대목장이 열렸다.

좁은 산길로 내려오다 큰길이 나오자 갑자기 오가는 사람들이 많아졌다. 사요는 등에 짊어진 바구니가 행인들에 부딪히지 않도록 조심하며 걸음을 옮기기 시작했다.

새해가 밝으면 사요는 열여섯 살이 된다.

섣달 그믐날에 열리는 설밑 대목장에는 매년 빠지지 않고 찾아왔지만 혼자 온 것은 처음이었다. 큰길이 나오면 언제나 앞장서서 걸어 주시던 할머니의 뒷모습이 떠오르자 금방 코끝이 찡해졌다.

지난가을에 할머니가 돌아가신 이후로 사요는 홀로 밭을 매고 약초를 캐며 살아왔다.

한번은 아기를 받아 준 적도 있었다. 그때는 적은 양이지만 돈과 소금을 답례로 받았다. 옷감을 짜서 팔면 괜찮은 벌이가 되기에, 실을 사려고 조금씩 돈을 모아 두었다.

언젠가는 사요가 이렇게 혼자 살아가야 할 날이 올 것을 할머니는 오래전부터 염두에 두셨던 것이리라. 「산파」일을 할 때는 꼭 사요를 데려가, 가끔은 사요 혼자 아이를 받게 해서 마을 사람들의 신뢰를 얻을 수 있게 해 주셨다.

병마를 물리치는 주술이나 약초에 대해서도 알고 있는 것은 모두 가르쳐 주셨다.

할머니는 사요 혼자서도 어떻게든 살아갈 수 있도록 자신이 할 수 있는 모든 것을 해 주신 것이었다.

생선 장수가 양쪽 통에 생선이 가득 찬 물지게를 지고 휘청대며 걸어왔다. 사요는 생선 장수를 피해 길 가장자리로 걸으며 한숨을 쉬었다.

'…벌써 시집가서 아내 역할을 야무지게 해내고 있는 오하루 같은 친구도 있는데.'

혼자 장에 가는 것이 참을 수 없을 만큼 싫은 자신이 한심하게 느껴졌다. 섣달 그믐날 밤에는 죽은 사람들의 영혼이 돌아온다고 한다. 가져온 약초를 좋은 값에 팔아 할머니 제사상에 올릴 것과 새해에 필요한 물건을 사야 하는데….

행인들의 냄새, 코를 톡 쏘는 말의 냄새. 뭔가를 찌는 냄새…. 장터에 가까워질수록 냄새가 진해지고 소리도 커진다. 오가는 사람과 말의 발길에 흙먼지도 부옇게 피어오른다.

평소에는 휑하던 강변이 지금은 무척이나 붐빈다. 판잣집이 길게 늘어서고 물건을 사고파는 사람들이 큰 목소리로 흥정을 한다. 강에는 짐을 잔뜩 실은 배가 정박해 있고, 겨울인데도 웃통을 벗어젖힌 남자들이 땀을 흘리며 짐을 나른다.

흥분한 개들이 이곳저곳을 휘젓고 다니고, 물건을 지키는 아이들은 빽빽 소리를 질러 개가 상품을 채 가지 못하도록 쫓는다.

그 소란 속에서 비파 뜯는 소리와 꽹과리 치는 소리가 흥을 돋우듯 울리며 사람들의 기분을 들뜨게 했다. 떡을 굽는 구수한 냄새도 풍겨 왔다.

여느 해와 다름없이 가게가 선다면, 약재상藥材商은 기름장수 옆에 자리를 잡았을 터였다. 사요는 사방에서 들려오는 「마음」의 소용돌이에 휩쓸리지 않도록 단단히 「귀」를 막고 약재상을 향해 걸음을 옮겼다.

화려한 색깔의 매듭 끈이 잔뜩 걸려 있는 가게를 지날 때였다. 사요는 바로 곁에서 개가 으르렁대는 소리를 듣고 흠칫하며 발걸음을 멈췄다. 개가 한 남자를 쳐다보며 으르렁거리고 있었다.

매듭 끈 가게 앞에 서 있던 그 남자는 그다지 신경 쓰지 않는 듯했다. 하지만 으르렁대는 개의 모습이 심상치 않았다. 온몸을 떨며 뒷다리 사이에 꼬리를 말아 넣고 있었다.

'…겁내고 있어.'

사요는 무심결에 고개를 들고 남자를 쳐다보았다. 성에서 일하는 무사일까. 남자는 감색紺色 허리띠에 칼을 차고 있었다. 햇볕에 그을린 평범한 중년 남자였다.

'도대체 이 남자의 무엇이 이렇게까지 개를 겁먹게 하는 걸까…' 하고 생각했을 때, 남자가 시선을 느꼈는지 사요를 내려다보았다.

남자의 눈을 본 순간 미간에 날카로운 통증이 느껴졌다. 토할 듯한 짐승 냄새가 나더니 현기증과 함께 시장의 소음이 순식간에 멀어졌다.

 언제의 광경일까. 갑자기 옛 기억이 생생하게 되살아나며 사요는 자기 의지와 상관없이 먼 과거 속의 밤으로 돌아와 있었다.
 사요는 가리개 뒤편의 돗자리 위에 몸을 웅크리고 있었다. 갑자기 눈앞의 돗자리 위에 붉은 액체가 확 튀었다. 더는 참지 못하고 가리개 밖으로 얼굴을 내밀자 큰 체구의 남자가 엄마를 난폭하게 발로 차 쓰러뜨리고 시선을 이쪽으로 돌렸다.
 눈이 마주친 순간, 남자의 「마음」이 덮쳐 왔다. 그것은 예리한 날붙이처럼 날아와 사요의 미간에 박혔다. 사요는 내팽개쳐진 강아지처럼 돗자리 위에 웅크린 채 남자의 눈에서 벗어나기만을 간절히 빌었다….

 등에 짊어진 바구니를 누군가가 세게 잡아당기는 바람에 제정신이 돌아왔다.
 사요가 멍하니 서 있는 것을 눈치챈 악동 하나가 바구니를 훔치려고 잡아당긴 것이었다. 사요는 허둥지둥 바구니를 당겨 되찾으려다 그만 짚신이 미끄러져 자빠지고 말았다.
 "이 녀석이! 그만두지 못해? 놓지 않으면 패 줄 테다!"
 야단치는 소리가 들리고 바구니를 당기던 손이 사라졌다. 누군가가 사요의 팔을 잡고 일으켜 주었다.
 "괜찮아? 현기증이 난 것 같던데."
 개가 으르렁대던 남자의 얼굴이 바로 눈앞에 있었다. 짐승 냄새가 강하게 풍겼다. 친절한 말과 달리 팔을 잡은 손에는 힘이 들어가 있었고 쳐다보는 눈에서는 사요를 수상쩍게 여기는 마음이 전해져 왔다.

사요는 몸을 세게 비틀었다. 그러나 남자의 손은 사요의 팔을 단단히 잡은 채 놓아주지 않았다.

그때 등 뒤에서 밝은 목소리가 들려왔다.

"어라? 사요 아니니! 무슨 일이야?"

뒤돌아보니 스무 살 남짓한 여인이 어린 사내아이를 등에 업고 서 있었다. 전혀 모르는 사람이었다. 어째서 내 이름을 알고 있는 걸까? 그렇게 생각한 순간 「목소리」가 들려왔다.

—— 살고 싶으면 아는 척을 해.

그것은 평소의 「마음」과는 달리 분명한 말의 형태로 들렸다.

—— 그놈이 눈치채면 넌 죽어. 자, 어서 '스즈 언니' 하고 불러보렴.

사요는 입을 열었지만 갈라진 목소리밖에 나오지 않았다.

"…스, 스즈 언니."

걱정스러운 표정의 「스즈」가 종종걸음으로 다가왔다.

"어머나, 괜찮니? 자, 내 손을 꽉 잡으렴. 네 어머니가 계신 곳으로 데려다줄게. 저기서 널 기다리고 계시니까."

술술 말한 스즈는 남자에게 미소를 지으며 고개를 숙였다.

"사촌 동생이 신세를 졌네요. 뭐라고 인사를 드려야 할지…."

남자의 의심은 아직 다 풀리지 않았지만 조금씩 옅어져 가는 것을 사요는 느낄 수 있었다. 남자가 「스즈」에게 답인사를 건네고 사요의 팔을 놓아주었다. 「스즈」는 재빨리 사요의 손을 잡고 사요에게 허리를 굽혀 인사하게 시킨 뒤, 잡은 손을 이끌며 걷기 시작했다.

── 돌아보지 마. 저 녀석은 아직 널 보고 있으니까.

사요는 「목소리」에 등 떠밀리듯 스즈가 이끄는 대로 계속 앞만 보며 걸음을 옮겼다.

붐비는 사람들 사이로 숨을 헐떡이며 계속해서 걸어갔다. 마치 악몽 속을 걷는 기분이었다.

얼굴조차 기억나지 않는 엄마의 피 색깔이 머릿속에서 되살아나고 남자의 눈이 이쪽을 향한다. 그 장면이 계속 반복해서 눈앞에 떠올랐다. 얼굴과 소리가 붉은 소용돌이처럼 윙윙대며 사요를 덮쳤다. 사요는 결국 머릿속이 백지장처럼 하얗게 되어 버렸다.

얼굴에 닿은 차가운 것을 느끼고 사요는 정신이 번쩍 들었다. 어느새 자신이 판잣집 안쪽의 작은 화로 옆에 누워 있다는 것을 깨닫고 깜짝 놀랐다.

"걱정하지 말고 가만 누워 있으렴."

「스즈」가 물에 적신 천으로 땀투성이가 된 얼굴을 부드럽게 닦아 주었다. 사내아이가 여인의 품속으로 들어가려고 무릎을 기어오르고 있었다.

「스즈」가 팔을 들어 올릴 때마다 가게의 모습이 조금씩 엿보였다. 가게는 큰길가와 접해 있었고, 그 앞에는 다양한 약과 부적, 빗 같은 물건이 진열되어 있었다.

부드러운 목소리로 손님과 이야기하는 남자의 뒷모습도 보였다. 이제까지 이 시장에서는 본 적이 없는 차림새의 가게였다.

사요는 「스즈」를 올려다보았다.

"저기… 정말 고맙습니다."

「스즈」는 미소 지었다.

"뭘, 신경 쓰지 마."

사요는 스즈의 웃는 얼굴을 바라보며 역시 이 사람을 처음 본다고 확신했다. 그 표정을 보고 있던 「스즈」는 사요가 입을 열기 전에 말했다.

"놀랐지? 모르는 여자가 갑자기 말을 걸어왔으니. 하지만 난 널 알고 있어."

사요의 얼굴이 어두워졌다.

"…네?"

「스즈」는 사요의 머리를 쓰다듬었다.

"저녁까지 기다리렴. 가게 물건을 팔고 나면 오라버니가 전부 이야기해 줄 거야."

사요의 시선이 움직인 것을 눈치채고 「스즈」가 끄덕였다.

"그래, 저기서 약을 파는 사람이 우리 오라버니야. ─아, 그리고 내 이름은 정말로 스즈니까 스즈 언니라고 부르렴. 요 장난꾸러기 꼬마는 우리 아들이야. 이름은 이치타인데 이번에 두 살이 된단다."

아들을 무릎 위에 눕힌 채 사랑이 가득 담긴 손길로 흔들어 주는 스즈는 이목구비가 또렷한 미인이었다. 예쁜 눈썹 아래로 심지가 곧아 보이는 눈이 반짝였다. 더 이상 「마음의 소리」는 들려오지 않았지만, 스즈에게서는 한여름 햇살처럼 강렬한 것이 느껴졌다.

몸을 조금 움직이자 등에 짊어지고 왔던 바구니가 발에 닿았다. 사요는 아직 약초를 팔지 못했다는 사실을 떠올렸다. 모처럼 시장까지 왔는데 이대로라면 약초를 팔지 못할 것이다. 그렇게 되면 섣달 그믐날 제사상에 올릴 것도, 새해맞이에 필요한 것도 살 수 없게 된다.

사요는 서둘러 일어나려고 했지만 주위가 기우뚱거리며 빙글빙글 돌기 시작했다. 사요는 다시 천천히 몸을 눕혔다.

"아직 움직이지 않는 편이 좋을 거야. 푹 쉬렴. 걱정하지 마. 네가 가져온 약초는 우리가 살 테니까. 장 보는 것도 내가 대신해 줄게."

사요가 놀라며 살짝 경계하는 기색을 보이자 스즈는 웃어 보였다.

"의심하는구나? 남의 친절에는 보통 다른 이유가 있기 마련이니까. ―내가 잘해 주는 것도 분명 이유가 있긴 하지만 네게 해를 끼치려는 건 아니니까 마음 놓으렴."

2
도적과 그림자

잠시 누워 쉬려던 것이 저도 모르게 잠들어 버린 듯했다. 어디선가 들려오는 목소리에 사요는 의식이 돌아오기 시작했다.

"…틀림없이 「잎그림자」였어요."

사요는 아직 잠이 덜 깬 상태로 '조금 전 여자 목소리구나' 하고 생각했다.

남자 목소리가 대답했다.

"…인가. 감색 띠면 저녁나절을 담당하는 호위병이야. 슬슬 성으로 돌아갈 때가 되었을 거다."

"그럴 거예요. 방금 장을 보면서 시장을 한 바퀴 둘러봤지만, 모습이 보이지 않았어요."

"이런 식으로 만나게 될 줄은 생각도 못 했다만 별일 없이 넘어가서 다행이야…."

깊이 있는 목소리였다. 그 부드러운 울림 탓인지 사요는 편안한 기분에 젖어 꾸벅꾸벅 졸았다.

털썩하고 무거운 짐을 돗자리 위에 내리는 소리를 듣고서야 사요는 제대로 눈을 뜰 수 있었다.

"아, 미안. 깨워 버렸구나."

스즈는 사요가 깬 것을 알아채고 몸을 일으킬 수 있도록 도와주었다. 정신을 차리고 나니 잠결에 일어난 일들은 전부 꿈이었던 것처럼 연기가 되어 사라져 버렸다.

사요는 바구니에 담아 왔던 약초 대신 떡이며 건어물, 해초, 소금 등이 잔뜩 들어 있는 것을 보고 눈이 휘둥그레졌다.

"…이렇게나 많이."

중얼거린 사요는 스즈를 올려다보았다. —이 친절에는 분명 다른 목적이 숨어 있다. 의심은 사라지지 않았지만, 스즈의 쑥스러운 미소를 보자 순수한 고마움이 가슴을 채웠다.

자세를 바로 한 사요는 바닥에 머리를 대고 스즈에게 감사 인사를 전했다.

"뭘, 이런 걸 가지고…. 괜찮아. 아까 약속한 대로 했을 뿐이니까 말이야."

스즈는 재빨리 말한 다음 다리에 붙어 있는 이치타를 안아 올렸다.

"저기, 그것보다 점심 먹어야지? 떡꼬치를 사 왔어."

그러고 보니 좋은 냄새가 난다. 화로에 얹어 둔 석쇠 위에서 떡이 익어 가고 있었다.

스즈는 몸을 돌려, 가게 앞에 앉아 있는 남자의 등에 대고 말했다.

"오라버니, 떡 다 구워졌어요. 점심 드세요."

남자는 알겠다며 뒤돌아보았다. 스물대여섯쯤 된 것 같았다. 상냥하게 웃고 있었지만 눈동자에 강렬한 빛을 담고 있었다. 또

렷하고 굵은 눈썹 아래의 눈은 스즈와 똑 닮은 모양이었다. 남자는 화로 곁에 앉아 사요를 바라보았다.

"참한 아가씨로 컸구나. …어머니와 많이 닮았어."

사요는 숨을 멈추고 남자를 쳐다보았다.

엄마. ―어째선지 사요는 어릴 때부터 엄마를 떠올린 적이 없었다. 엄마가 없어서 외롭지 않냐고 오하루가 물었을 때도 고개를 저은 사요였다.

"네가 다섯 살 때 네 어미가 죽었지. 그래서 내가 너를 맡아 키웠단다" 하고 할머니가 가르쳐 주셨을 때도 엄마의 죽음이 슬프지는 않았다.

「엄마」라는 단어는 뿌연 안개 너머에 존재하는 느낌이었다. ―그러나 오늘 시장에서 만난 남자의 눈을 본 순간, 안개가 걷히며 먼 기억이 얼굴을 들이밀었다.

사요의 몸이 굳어진 것을 느꼈는지 남자가 팔을 뻗어 사요의 어깨에 손을 올렸다.

이유는 모르지만 긴장이 사르르 풀리며 몸이 편해졌다. 굳었던 턱에서도 힘이 빠졌다.

"사요야, 나는 다이로란다. 네 어머니의 지인이지. …과거에 무슨 일이 있었는지는 나중에 천천히 들려주마."

그렇게 말한 다이로는 사요에게서 손을 떼고 스즈에게로 시선을 돌렸다.

"이건 어디 떡이야?"

"야하기네 가게 거예요. 오라버니가 좋아하는 가지 된장이 들어간 떡도 사 왔어요."

"좋아, 잘했어."

다이로는 싱글벙글 웃더니 곧바로 가지 된장이 든 떡꼬치에 손을 뻗었다.

사요는 다이로라는 이름이 왠지 낯설지 않았다. 하지만 어디서 들어 본 것인지 생각해 낼 수가 없었다.

스즈는 따끈따끈한 떡을 사요의 손에 올려 주었다. 후후 바람을 불어 식힌 후 한입 베어 물자 속에서 달콤한 떡고물이 나왔다. 구수한 떡과 고물의 맛이 사요를 한결 편안하고 행복하게 만들어 주었다.

다만 가게 보는 사람이 없는 것이 마음에 걸렸다. 시장에는 약삭빠른 아이들이 많다. 가게를 지키는 사람이 없어도 괜찮을까.

사요의 시선을 알아챘는지 다이로가 후후 소리 내 웃었다.

"맘 놓고 먹도록 해라. 우리 가게 약은 도둑놈한테는 독이 되니까."

설마 그럴 리가 하면서도 두 사람이 전혀 걱정하는 기색이 없자 사요도 걱정을 접고 떡 맛을 즐기기로 했다.

두 사람은 집이 아주 풍족할 것이다. 떡을 이렇게나 많이 살 수 있는 걸 보면.

"사요야, 오늘 밤은 우리 집에서 자고 가려무나."

두 입 만에 떡 하나를 해치운 다이로가 두 번째 떡을 향해 손을 뻗으며 말했다.

"우리 집은 나가토長戶 마을의 매화나무 숲속에 있다. 여기서는 조금 멀지만, 객사 마구간에 맡겨 둔 말을 타고 돌아가면 밤까지는 도착할 거야. 집 뒤쪽에는 온천물이 솟는데 말이다. 밤하늘을 올려다보며 뜨끈한 물에 몸을 담그면 천국이 따로 없지. 좀 진정되고 나면 천천히 너에 대해 알려 주마."

사요는 떡을 먹으며 잠시 생각하다 얼굴을 들었다.

"…구해 주시고, 또 큰 친절을 베풀어 주셔서 정말 고맙습니다. 하지만 오늘은 섣달 그믐날이에요. 지난가을에 할머니가 돌아가셔서 집에서 제사를 지내야 합니다."

다이로는 옅은 미소를 띤 채 사요를 바라보고 있었다.

"우리는 사람을 납치해서 파는 자들이 아니야. 겁낼 필요는 없단다."

사요는 다이로의 눈을 똑바로 바라보았다. 이 사람의 마음은 전혀 읽어 낼 수 없었다. 그래도 자신에게 호의를 가지고 있다는 점만은 어쩐지 믿을 수 있었다.

다이로가 두려워서 초대를 거절한 것은 아니었다. 이유는 알 수 없지만, 이 남자를 따라가면 지금까지의 평범한 일상들이 완전히 끝나 버릴 것만 같은 느낌이 들었기 때문이었다.

다이로는 잠시 사요의 눈을 바라보다 고개를 끄덕였다.

"그래, 그렇다면 억지로 권하지는 않으마. 하지만 넌 네게 얽힌 비밀을 알고 싶지는 않으냐?"

사요는 눈을 깜빡였다. ─그야 물론 알고 싶었다. 하지만 시장에서 만난 무서운 남자나 엄마에 대해 알고 싶은 마음보다는 지금 이대로 지내고 싶은 마음이 더 컸다.

다이로가 방긋 웃었다.

"뭐, 됐다. 서두르지 않아도 비밀이 도망갈 일은 없으니까. 매화꽃이 필 무렵 심부름꾼을 보내마."

인사를 마친 뒤, 묵직해진 바구니를 짊어지고 떠나가는 사요의 모습을 지켜보며 다이로가 중얼거렸다.

"얌전하지만 심성이 곧은 아이로구나. ─남에게 쉽게 자신을 내맡기지 않는 아이야."

스즈가 오빠를 올려다보았다.

"혼자 보내도 괜찮을까요? 저 애 집이 가깝긴 해도 산길을 지날 때쯤이면 해가 저물기 시작할 텐데…."

다이로는 고개를 저었다.

"저 아인 그 정도로 어리석진 않을 거다. 마을 여자들을 찾아서 함께 돌아가겠지."

다이로가 말한 대로였다. 사요는 묵직해진 짐 탓에 살짝 구부정한 자세로 시장 변두리에 멈춰 서서, 아는 사람이 지나가길 기다렸다.

해가 기울어 사람 그림자도 나무 그림자도 길게 뻗은 지금, 이런 짐을 지고 혼자 산길로 돌아간다면 도적에게 습격을 받을지도 모르기 때문이다.

다행히 오래 지나지 않아 아랫마을 여자들이 무리 지어 오는 것이 보였다. 사요가 말을 걸자 흔쾌히 일행에 넣어 주어 함께 귀로歸路에 올랐다.

이윽고 산길이 둘로 나뉘는 곳에 다다랐다. 길을 내려가면 마을, 똑바로 가면 사요가 사는 집의 뒤편이 나온다.

"혼자 가는 건 위험할 거야. 좀 돌아가긴 하지만 마을을 지나서 가지 그러니?"

함께 온 여자들은 그렇게 말해 주었다. 하지만 곧 해가 질 것이다. 마을을 둘러 가면 캄캄한 어둠 속을 돌아가야 한다. 이렇게 늦어질 줄 몰랐던 사요는 등불을 챙겨 오지 않았다.

마을 여자들은 친절하니 사요가 부탁하면 등불을 빌려줄 것이다. ─하지만 오늘은 섣달 그믐날. 지금쯤이면 슬슬 남자들이 집 안의 모든 불을 끈 후, 새해를 맞을 때만 쓰는 신성한 부싯활로 새롭게 「새해맞이 불」을 피우기 시작했을 것이다. 묵은해의 끝에서 타기 시작해 새해의 시작으로 이어지는 청정한 불을.

「산파」는 마을 사람들이 의지하고 존경하는 존재다. …그러나 「산파」는 양손을 피로 물들이며 저세상에서 아기를 꺼내 오는 자이기도 했다.

──산파는 스스로 부정不淨한 것 속에 손을 집어넣어 아기를 꺼내지. 거룩하지만 동시에 무서운 일이기도 해. 원치 않는 아이를 저세상으로 살짝 「돌려주기」도 한단다.

할머니는 그렇게 말하며 사요를 일깨워 주었다.

──마을 사람들은 우리를 공경하지만 동시에 두려워하기도 해. 그래서 우리는 마을의 가장 변두리에 사는 거란다. 출산 때가 되면 꼭 두 사람씩 짝을 지어 우리를 부르러 온다는 건 알고

있었니? 장례식을 알릴 때와 같지? 태어나는 것도 죽는 것도 모두 저세상과 가까운 것이란다. 혼자서는 위험하니 두 사람이 함께 오는 것이 예로부터 내려오는 풍습이야. 우리는 다른 사람들이 우리를 두려워한다는 것을 잘 기억하고 있어야 해. 알겠니? 남에게 부정한 것을 옮기지 않도록 항상 조심해야 한단다.

 불은 부정한 것을 쫓기도 하지만 전달하기도 한다. 부정 탄 사람과 같은 불을 둘러싸고 밥을 먹으면 부정이 옮아 버린다.
 사요는 지난해와 새해를 이어 주는 청정한 불에 「산파」가 가까이 가서는 안 되리라고 생각했다.
 "고맙습니다. …하지만 마을을 둘러 가면 그사이 해가 지고 말 거예요."
 그렇게 말하고 머리를 숙이자 여자들은 더 권하지 않았다.
 혼자가 되니 주변 공기가 탁 트이는 기분이 들었다. 외로웠지만 안도감이 더 컸다.
 해는 한번 기울기 시작하면 순식간에 넘어간다. 하늘에는 아직 빛이 남아 있지만, 산길은 이미 푸른 어둠 속으로 가라앉기 시작했다.
 사요는 문득 뒤에서 어떤 소리가 나는 것을 알아차렸다. 발을 멈추고 귀를 기울이자 확실히 들렸다.
 달려오는 사람의 발소리란 것을 깨닫고 사요는 오싹했다. 여러 명의 발소리가 가까이 다가온다.
 사요는 달리기 시작했다. 하지만 등의 바구니가 무거워서 생각처럼 달릴 수 없었다. 돌아보니 푸르스름한 어둠 속에서 이쪽으로 달려오는 남자들의 형체가 보였다.

도적이다. 산길 어딘가 숨어서 시장에서 돌아오는 사람들을 살펴보고 있었던 것이 틀림없다. 일행이 적은 사람을 습격할 생각으로.

조금 전 사요가 여자들과 헤어진 것을 보고 쫓아온 것이다.

남자들의 발은 빨랐다. 점점 거리가 좁혀진다. 사요는 도망칠 수 없다는 것을 깨달았다. 사요는 짊어진 바구니를 바동대며 벗은 뒤, 양손으로 힘껏 돌려 쫓아오는 남자들을 향해 내던졌다.

허를 찔린 선두의 남자가 허둥대며 얼굴을 막아 보려 했지만 때를 맞추지 못했다. 남자는 무거운 바구니에 얼굴을 정통으로 맞고 쓰러졌다.

뒤에 있던 두 남자가 바구니를 서로 차지하려고 실랑이를 벌이기 시작했다. 하지만 얼굴에 바구니를 맞은 남자는 소름 끼치는 신음을 내고 벌떡 일어나더니 사요를 쫓아왔다.

사요는 있는 힘껏 달렸다. 길을 벗어나 산속을 헤치고 들어갔다. 얼룩조릿대에 온몸을 긁혔지만 계속 달려 도망쳤다.

그러나 남자는 포기하지 않고 계속 쫓아왔다. 조릿대 덤불을 헤치는 소리가 점점 가까워지더니 잠시 후 목덜미를 덥석 잡혀 버렸다.

목을 졸린 사요는 신음하며 남자 손을 할퀴었다. 그러나 남자는 무시무시한 힘으로 강아지 들어 올리듯 사요를 덤불 속에서 쑥 꺼내 올렸다.

어리호박벌의 날갯소리처럼 붕 하는 울림이 사요의 귓가에 들렸다. 그 순간 남자의 손이 위로 튕기듯 솟구치더니 남자가 조릿대 덤불 속으로 나동그라졌다.

사요는 별안간 눈앞에 나타난 사람의 뒷모습에 놀라 뒷걸음쳤다. 땅에서 솟기라도 한 것처럼 갑작스러운 등장이었다.

조릿대 덤불 속에 쓰러져 있던 남자가 몸을 일으켰다. 그리고 고함을 지르며 품속에서 단도를 뽑았다.

"…이 자식, 죽여 주마!"

눈앞에 서 있는 사람은 빈손이었다. 남자보다 체구도 훨씬 작아 보였다.

남자가 번뜩이는 단도를 소년을 향해 내리쳤었다. 소년이 칼에 찔린 것처럼 보인 순간, 남자의 눈이 휘둥그레졌다. 피리 비슷한 소리가 들리더니 남자의 몸이 천천히 옆으로 쓰러졌다.

무슨 일이 일어난 것인지 남자 쪽을 살펴보려던 그때, 소년이 뒤돌아보았다.

소년은 소리칠 틈도 주지 않고 사요의 허리에 팔을 둘러 휙 안아 올렸다. 그리고 덤불을 넘어 사요를 산길로 옮겼다.

산길이 나오자 소년은 사요를 조심스럽게 내려 준 뒤, 짐을 두고 실랑이를 벌이는 도적들에게로 향했다.

푸르스름한 어둠 속에서는 사람이 어렴풋한 그림자로만 보였다. 사요는 소년이 뭘 하고 있는지 전혀 알 수가 없었다. 소년의 그림자가, 뒤엉킨 두 그림자에 녹아든 순간 비명과 신음이 들리더니 잠시 뒤 뚝 끊기듯 소리가 사라졌다.

사요는 옴짝달싹할 수 없었다. 소년의 파란 그림자가 바구니를 둘러메고 이쪽으로 걸어오는 것을 그저 멍하니 바라보았다.

소년의 눈이 짐승처럼 푸르게 빛났다. 소년은 사요 곁으로 걸어오더니 손을 내밀었다.

그 손에서는 비릿한 피 냄새와 함께 기묘한 냄새가 풍겼다. ―그 냄새를 맡은 순간, 사요는 뱃속 깊은 곳에서부터 올라오는 공포를 느끼고 이를 부딪치며 덜덜 떨기 시작했다.

소년은 흠칫하며 손을 거둬들였다. 그리고 잠시 그대로 서 있다가 옷에 손을 문질러 닦고 다시 한번 내밀었다.

말 한마디 없었지만, 그 몸짓에서 사요를 생각해 주는 마음을 느낄 수 있었다. 부들부들 떨리던 사요의 몸이 조금씩 진정되기 시작했다.

잠시 뒤 사요는 소년이 내민 손을 조심스레 붙잡았다. 그러자 소년은 양손으로 사요의 손을 잡아당겨 일어설 수 있도록 도와주었다.

소년이 사요의 손을 끌며 걷기 시작했다. 날이 저물어 발밑이 전혀 보이지 않았지만, 소년의 발걸음은 대낮에 길을 걷는 것처럼 실수가 없었다.

얼마 후 사요의 집이 보이기 시작했다. ―소년은 발을 멈추고 등 뒤의 바구니를 벗어 사요의 어깨에 메 주었다.

"…고맙습니다."

사요가 머리를 숙일 새도 없이 소년은 발걸음을 돌려, 왔던 길로 다시 달려가 버렸다.

사요는 한동안 가만히 서서 소년이 사라진 어둠 속을 바라보았다.

누굴까. 왜 나를 구해 줬을까. 소년은 도적들의 목숨을 모두 빼앗아 버린 걸까….

가슴속에 수많은 생각이 솟아올랐지만 이미 소년의 모습은 어둠 속으로 녹아든 뒤였다.

3
매화가지 가옥

한 해가 조용히 저물고 새해가 찾아왔다.

하루나국春名國은 눈이 많이 내리는 편은 아니지만, 지금 시기에는 산도 마을도 모두 하얀 눈으로 엷은 분칠을 한다.

사요는 홀로 나이를 한 살 더 먹었다.

아침에 일어나서 다시 잠들 때까지 해야 할 일은 잔뜩 있다. 하지만 밤에 자리에 누워 화롯가를 발그레하게 비추는 잿불을 바라보고 있노라면, 혼자라는 쓸쓸함이 눈송이 내리듯 몸을 덮어 온다.

마을의 평범한 여자아이라면 벌써 시집가고도 남을 나이였다. 하지만 사요는 자신이 시집을 갈 수 있으리라고는 생각하지 않았다.

할머니는 「마음」을 잘 닫아 둘 수 있는 사람이었다. 그런데도 말다툼할 때처럼 할머니의 「마음」을 느끼고 괴로울 때가 있었다. 다른 사람의 「마음」을 느끼는 이 힘은, 결혼하게 되면 사요와 남편 모두를 불행하게 만들 것이다.

하지만 이대로 혼자 살아가야 할 앞날을 떠올리면 외로워서 견딜 수가 없었다.

이대로 똑같이 반복되는 나날들을 보내다 언젠가 나이 들어 죽을 것을 생각하니 속이 텅 비는 듯한 느낌이 들었다.

왜 이렇게 태어났을까. 화를 내고 싶어도 잘못한 사람이 없으니 분노를 터뜨릴 상대조차 없다.

원래부터 고민하며 우물쭈물하는 걸 싫어하는 성격이라 이렇게 외로움에 힘들어하는 스스로에게도 화가 난다.

사요는 어서 봄이 오면 좋겠다고 생각했다. 겨울밤은 너무나도 외롭다.

── 매화꽃이 필 무렵 심부름꾼을 보내마.

다이로의 말이 귓가에 자주 맴돌았다. 사요는 어느샌가 자신이 매화꽃 피는 날을 손꼽아 기다리고 있다는 사실을 깨달았다.

여름 햇살 같은 스즈의 얼굴. 엄마에 대해 알고 있다는 다이로. 대체 이들의 정체는 뭘까. 사요의 과거에 무슨 일이 있었다는 것일까. 엄마… 라는 단어를 떠올리면 왠지 머릿속이 아주 슬픈 빛깔로 물들었다. 이유는 알 수 없지만 깊이 생각하고 싶지 않았다.

사요는 도적의 습격에서 구해 준 소년의 모습도 여러 번 반복해서 떠올렸다.

혹시라도 도적들의 시체가 나뒹굴고 있을까 봐, 그날 이후 큰길로 빠지는 산길 쪽은 쳐다볼 수도 없었다.

하지만 조심스레 손을 내밀어 자신을 일으켜 준 소년의 몸짓을 떠올리면, 이유는 알 수 없지만 한 번 더 그 소년을 만나고 싶다는 바람이 가슴속에서 아른거렸다.

✣✣

 마을 남자들은 새해가 되면 뒷산의 잡목雜木을 베어 내 태운 뒤, 그 재를 밭에 뿌린다. 그 첫 입산 의식이 행해진 날 밤, 사요는 신비한 꿈을 꾸었다.
 선명한 녹색의 휘파람새가 굴뚝으로 날아들어 와 베개 곁으로 깡충거리며 다가오는 것이었다.
 '이 계절에 휘파람새? 게다가 휘파람새는 밤눈이 어두울 텐데 어떻게…'.
 그렇게 생각했을 때 휘파람새는 마치 어린아이처럼 고개를 갸웃거리며 삐삐 울고는 사요의 머리카락을 콕콕 쪼아 잡아당겼다.
 머리카락 한 올이 스르르 뽑혀 나갔다. 사요는 머리카락과 함께 자신도 미끄러지듯 몸 밖으로 빠져나가는 것을 느꼈다.
 휘파람새가 날아오르자 사요도 함께 이끌려 공중으로 떠올랐다. '화롯가에 잠든 내가 보여…'라고 생각할 겨를도 없이 밤하늘 높이 날아올랐다.
 달빛이 환하게 비추는 밤하늘을 미끄러지듯 날아간다. 마을 뒷산을 넘고, 장이 섰던 강변을 넘어, 서리가 하얗게 빛나는 논을 넘고, 들판을 넘어, 머나먼 마을로.
 향긋한 냄새가 풍겨 왔다. ─풍성한 매화 향기가.
 아래를 내려다본 사요는 숨이 멎는 듯했다.
 끝없이 펼쳐진 매화나무 숲. 달빛을 받은 흰 매화꽃이 아련하게 빛나며 산기슭을 하얀 안개처럼 뒤덮었다. 그 사이로 간간이 불꽃처럼 붉은 매화꽃이 흔들린다. 아직 봄이 오는 길목이련만 가느다란 손가락 끝을 하늘로 향한 채 셀 수도 없을 만큼 흐드러지게 매화꽃을 피우고 있었다.

—사요야, 매화꽃이 피었단다.

다이로의 목소리가 들렸다.

—새벽녘에 심부름꾼을 보내마. 등에 타고 우리 집으로 오려무나.

그 순간 눈을 번쩍 떴다. 날이 밝기 전의 얼어붙을 듯한 추위 속에서 사요는 한동안 몸을 떨었다.

'…정말 이상한 꿈이야.'

그때 말의 울음소리가 들려왔다. 크르릉, 하는 콧소리와 말굽으로 바드득 땅 긁는 소리가 바로 문밖에서 들려온다.

마을에서 기르던 말이 도망이라도 친 걸까? 사요는 벌떡 일어나 서둘러 옷을 갖춰 입었다. 혹여 밭을 짓밟기라도 하면 큰일이다. 땅속에는 겨우내 먹을 채소가 잔뜩 묻혀 있다.

문을 당겨 열자 새벽녘의 푸르스름한 빛 속에 아름다운 말 한 마리가 서 있었다. 밝은 곳에서는 회색으로 보이지 않을까. 몸매가 날렵한 옅은 빛깔의 말이었다. 사람이 타는 말인 듯 입에는 재갈과 고삐가, 등에는 발걸이가 달린 안장이 마련되어 있었다.

하얀 숨을 뱉으며 가만히 이쪽을 쳐다보는 말의 모습에 꿈속에서 들은 다이로의 말이 귓가에 되살아났다.

── 새벽녘에 심부름꾼을 보내마. 등에 타고 우리 집으로 오려무나.

마치 사요의 마음을 읽은 것처럼 말이 부르르 고개를 흔들었다. 그리고 천천히 걸어 사요가 어릴 때 올라가 놀던 커다란 바위 옆에 멈춰 섰다.

사요는 말을 타 본 적이 없었지만, 눈 딱 감고 바위를 발판삼아 발걸이에 발을 올렸다. 그리고 말 등 위로 기어올랐다.

말 등은 생각보다 훨씬 높았다. 말이 움직이기 시작하자 사요는 황급히 고삐를 붙들었다. 말은 사요를 배려하며 걷는 것 같았지만, 아직 말 타는 것이 익숙하지 않은 탓에 떨어지지 않도록 버티기도 쉽지 않았다.

한 발 한 발 내디딜 때마다 엉덩이가 통통 들썩거려 마음처럼 몸을 가눌 수 없었다. 그래도 다리에 힘을 꽉 주고 버티다 보니, 점차 말이 흔들리는 박자에 맞춰 몸을 움직이는 요령을 깨닫기 시작했다.

달라진 사요의 움직임을 느꼈는지 말은 조금씩 달리는 속도를 높였다.

슬슬 마을 사람들이 일하러 나올 시간이다. 높은 신분의 여자라면 종자從者에게 고삐를 맡기고 말을 타기도 하지만, 이렇게 가난해 보이는 여자아이가 말을 타고 있으면 사람들의 눈길을 끌 것이 틀림없다.

말은 사요의 불안을 알고 있는 것처럼 인기척이 없는 산길로 들어갔다. 도적의 습격을 받았던 길을 지나는 것은 사실 내키지 않았다. 하지만 사요는 말에게 모든 것을 맡기고 말 등에 딱 달라붙어 아래로 떨어지지 않도록 온 신경을 쏟았다.

말은 큰길로 내려가는 일 없이 계속해서 산길로 나아간다. 때때로 얕은 여울을 건너 다시 산길로 들어간다. 사요는 점차 지금이 언제인지도 어느 방향으로 가고 있는지도 알 수 없게 되어 버렸다.

말의 발걸음이 느려졌다. 사요는 뺨을 어루만지는 바람 속에서 매화 향을 느끼고 문득 눈을 들어 앞을 바라보았다.

해는 이미 높이 떠 있었고, 눈앞에는 꿈속에서 본 매화나무 숲이 펼쳐져 있었다.

밤하늘 위에서 내려다보는 것이 아니라 이렇게 바로 앞에서 올려다보니, 봉긋한 마을 뒷산 중턱까지 펼쳐진 매화나무 숲은 훨씬 친숙한 모습을 하고 있었다. 단 한 가지 꿈과 다른 것은, 아직 매화꽃이 만개한 것이 아니라 듬성듬성 피기 시작했다는 점이었다.

말은 매화나무 숲속으로 구불구불 이어지는 좁은 길에 발을 들였다. 한동안 좋은 향기 속을 지나다 보니 졸졸 소리 내며 흐르는 시냇물이 나왔다.

그 건너편에 멋진 저택이 보인다. 이게 말로만 듣던 부자가 사는 집일까. 시냇물에는 나무다리가 놓여 있고 망루_{望樓}가 있는 문까지 길이 이어진다. 저택 주위를 에워싼 판자 울타리는, 그 안팎의 많은 매화나무 때문에 마치 매화나무 숲속에서 자라난 것처럼 보였다. 이렇게나 으리으리한 저택인데도 인기척이 거의 없고 한적한 분위기였다.

그때 문 옆의 오래된 매화나무 뒤에서 불쑥 사람이 일어섰다. 문지기일까. 크고 다부진 체격의 사내였다. 코가 높고 눈이 부리부리했다.

"…아, 사요가 왔구나!"

문 근처에서 높고 큰 목소리가 들려왔다. 스즈가 손을 흔들고 있었다.

"야타, 어서 말을 끌어 줘."

야타라고 불린 사내는 손을 쑥 뻗어 말고삐를 잡더니 한마디 말도 없이 저택 쪽으로 끌고 갔다.

스즈는 생글생글 웃으며 문 앞에서 사요를 맞이한 뒤, 말 옆에 붙어 함께 문을 통과했다.

문 안으로 들어가자 앞쪽에 가리개 같은 것이 세워져 있었다. 높이가 사람 키만 하고 기묘한 무늬가 새겨진 그 가리개를 빙 둘러 들어가자, 바깥 툇마루를 두른 안채가 정면에 보였다. 왼쪽에는 마구간이 있고, 넓은 마당에 풀어놓은 닭 뒤를 스즈의 아들 이치타가 졸졸 쫓아다니고 있었다.

마구간 앞에 오자 야타가 사요를 들어 말에서 내려 주었다.

"…앗!"

땅 위로 내려온 사요는 다리에 힘이 풀려 넘어질 뻔했지만, 다행히 야타가 재빨리 잡아 주었다. 다리가 후들후들 떨려서 도저히 서 있을 수가 없었다.

"야타, 사요를 안아서 옮겨 줘. 말 타는 건 처음이었을 텐데 가엽기도 하지."

야타는 사요를 쉽게 들어 올렸지만, 사요는 얼굴을 붉히고 몸에 힘을 잔뜩 주었다. 쩔쩔매는 사요를 야타는 아무렇지도 않게 툇마루에 앉혀 짚신을 벗기고 발을 닦아 주었다.

안쪽에서 사람이 걸어 나오는 기척이 나더니 머리 위에서 밝은 목소리가 들려왔다.

"사요야, 매화가지 가옥에 온 걸 환영한다. 마침 점심때를 잘 맞췄구나."

고개를 들자 다이로가 미소 짓고 있었다. 다이로는 손을 내밀어 사요가 일어설 수 있게 도와주었다.

"야타, 가도 좋다. 쿠모카게를 잘 돌봐다오."

다이로의 말을 듣고 잽싸게 고개를 숙인 야타는 사냥개처럼 민첩하게 명령을 따랐다.

안채의 손님방에는 테를 두른 돗짚자리가 깔려 있었다. 방 안으로 햇살이 눈부시게 쏟아져 들어오고 매화 향기가 바람을 타고 날아온다.

손님방에 서서 하얗게 빛나는 정원을 돌아보았을 때, 사요는 생각했다. 이제 되돌릴 수 없는 길에 발을 디딘 것이라고.

4
봉인이 풀리다

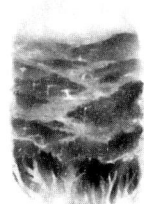
매화가지 가옥은 커다란 저택이었다.
다이로는 사요를 데리고 집 안을 한 바퀴 돌며 구경시켜 주었다. 부엌에 들어가자 나이 든 할머니가 홀로 생선을 굽고 있었다. 살짝 고개를 들어 다이로와 사요에게 인사했지만, 야타와 마찬가지로 말없이 하던 일을 계속했다.

부엌을 나와 복도를 걷던 중, 다이로가 눈썹을 살짝 추켜세우고 사요를 바라보았다.

"저 할멈, 요리 실력은 최고인데 입을 거의 열지 않아. 말에서 널 내려 준 야타는 저 할멈의 아들이야. 피는 못 속인다고 둘 다 너무 과묵하기는 하지만, 그래도 참 부지런한 사람들이란다."

복도의 막다른 곳이나 기둥 위 같은 곳에는 화려한 그림과 무늬가 그려진 부적이 붙어 있었다. 사요는 그것이 신기해서 때때로 걸음을 멈추고 구경했다. 다이로는 그런 사요를 기다려 줄 뿐 어디에 쓰는 부적인지는 알려 주지 않았다.

다이로는 부엌부터 시작해 사랑채와 별채까지 차례로 안내해 주었다. 그러나 복도 건너편에 보이는 별채 안쪽의 건물에는 데려가 주지 않았다.

"저곳은 점심을 먹은 뒤에 안내해 주마."

점심상에는 갓 지은 쌀밥과 생선구이, 뜨겁고 좋은 냄새가 나는 국물 요리, 맛있는 장아찌가 나왔다. 힘들게 일하는 모내기 철도 아닌데 이 집 사람들은 날마다 이렇게 잘 차려 먹는 걸까.

사요는 이렇게 큰 집의 주인들이 어떤 생활을 하는지 전혀 알지 못했지만, 그래도 이곳은 사람이 너무 적다는 느낌이 들었다. 이 넓은 저택에 다이로, 스즈, 이치타 말고는 야타와 그의 어머니라는 부엌 할머니만 사는 걸까.

"사요야, 이걸 마셔 보려무나. 다리 아픈 게 어느 정도 가라앉을 거야."

다이로가 건네준 차는 신기한 향이 났다. 뜨거운 차를 후루룩 들이켜자 몸속부터 따듯해지며 다이로의 말대로 몸이 훨씬 편해지는 것을 느낄 수 있었다.

다이로는 옅은 미소를 띠고 있었다.

"사요는 과묵하구나. 묻고 싶은 것이 잔뜩 있을 텐데."

사요는 다이로와 스즈를 쳐다보았다. ―묻고 싶은 것은 산더미 같았다. 무엇부터 물어봐야 할지 몰라 입을 다물고 있었던 것이다. 잠시 생각하던 사요가 마침내 입을 열었다.

"…먼저 엄마에 대해 가르쳐 주세요."

다이로는 끄덕였다. 그리고 자리에서 일어나 사요에게 따라오라고 했다. 스즈는, 배가 불러 꾸벅꾸벅 졸고 있는 이치타 위에 통소매 옷을 덮고 문질러 주며, 방을 나가는 두 사람을 눈으로 배웅했다.

다이로가 향한 곳은 좀 전에 보여 주지 않았던 별채 안쪽의 건물이었다. 사방이 두꺼운 흙벽으로 되어 있고 무거운 쌍여닫이 문이 달려 있었다. 물건을 보관하는 토광일까. 하지만 보통의 토광과 달리 이곳 문에는 자물쇠가 없었다.

"…야타!"

다이로가 부르자 아까 사요를 말에서 내려 준 남자가 정원 쪽에서 달려왔다.

"곳간에 들어간다. 우리가 돌아올 때까지 망을 봐 다오."

야타는 끄덕이더니 발걸음을 돌려 어딘가로 달려갔다.

문 앞에 선 다이로는 입속에서 무언가를 중얼거렸다. 그리고 오른손 손바닥을 문 가운데 틈에 가져다 댔다.

그러고 나서 양손으로 문을 활짝 연 후, 사요를 안으로 들어가게 했다.

어둑어둑한 곳간 안은 처음 맡아 보는 신기한 향냄새로 가득했다.

뒤따라 들어온 다이로가 문을 닫았다. ―그 순간 마치 물속에 뛰어든 것처럼 귀가 먹먹해졌다.

사요는 침을 꿀꺽 삼키고 눈을 깜빡였다. 눈이 어둠에 익숙해지자 곳간 안이 보이기 시작했다. 사요는 놀라서 눈이 휘둥그레졌다.

곳간 안에 산이 있었다.

늘어서 있는 울창한 산과 흐르는 강물. 조금 높은 언덕 위에는 적의 침입을 막기 위해 깊게 판 도랑못. 그 도랑못에 둘러싸인

이중 돌담과 그 중앙에 펼쳐진 견고한 성…. 곳간 천장의 유일한 채광창으로 들어오는 햇빛이, 성 가장 높은 곳의 검은 기와지붕을 하얗게 드러냈다.

산도, 강도, 집도 전부 진짜로 착각할 만큼 정교하게 만들어졌지만, 그 크기가 아주 작았다. 사요는 현기증이 났다. 분명 곳간 안인데 아주 넓은 곳에 와 있는 기분이었다. 구름이 흘러가는 모습이 보이는 것 같았다. 아주 높은 곳에 올라 산과 강을 내려다보는 느낌이 들었다.

비슷한 광경을 본 적이 있는데….

'그래. 어젯밤 꿈이야.'

휘파람새에 이끌려 밤하늘을 날았을 때 내려다본 산과 마을이 이런 식으로 보였다.

"저 산이 요나산이야. 사요가 사는 집도 보이지?"

사요는 새까맣게 물든 작은 산을 보았다. 다이로의 말대로, 참억새 들판과 밭으로 둘러싸인 숲 곁에 작디작은 집이 있었다. 숲 안쪽에는 숲그림자 저택도 있었다. 빛이 비치는 차이 때문인지 아니면 그냥 착각인지 모르지만, 요나 숲과 그 주변 전체가 아련하게 녹색으로 빛나는 것처럼 보였다.

작은 성으로 눈길을 옮기자 다이로의 목소리가 들렸다.

"이것은 여기 하루나국을 다스리는 유지 하루모치 영주님의 성이란다."

"유지 하루모치 영주님….''

사요가 중얼거리자 다이로가 부드럽게 답해 주었다.

"그래. 알고 있느냐?"

"성함은 들어 본 적이 있어요. 마을 촌장님보다 훨씬 높은 분이시죠?"

얼마 전 하루모치의 장남 야스모치가 말에서 떨어져 반죽음 상태로 누워 있다는 소문을 마을에서 들은 적이 있었다. 사요는 자기와 완전히 다른 세상에서 사는 사람이지만 가엽다고 생각했던 것이 떠올랐다.

"네 말대로야. 덧붙이면 북쪽은 시라오네白尾根산맥의 산등성이, 남쪽은 센바千波강까지를 지키도록 명받은 이 나라의 영주님이시지. 저쪽의 흰 구름에 덮여 있는 산맥이 시라오네산맥. 이쪽 끝부분에 흐르고 있는 게 센바강이야."

다이로가 가리키는 손끝 너머에는, 만지면 분명 차가울 듯한 눈으로 덮인 산봉우리가 늘어서 있었다. 희미하게 빛나는 강도 보였다. 강은 곳간 벽에서 소리도 없이 흘러나와 다른 쪽 벽으로 빨려 들어가며 사라졌다.

온몸에 소름이 돋아 있었다. 이곳은… 대체 뭐 하는 곳이란 말인가. 요술에라도 걸린 걸까.

사요의 표정을 본 다이로가 기운을 북돋워 주듯 말했다.

"걱정할 필요 없다. 여기에는 분명 신비한 힘이 가득 차 있지. 하지만 그건 사람을 해치기 위한 것이 아니라 지키기 위한 것이란다."

"지킨다고요?"

"그래. …이 산천山川을 만든 건 내가 아니라 우리 아버지야. 이

나라를 영적靈的으로 보호해 달라는 영주님의 부탁 때문에 만들었지. 그리고 중요한 곳마다 수호의 주술을 걸어 둔 거야. 눈을 크게 뜨고 집중해서 보렴. 산천을 그물처럼 덮고 있는 녹색 빛이 보이지?"

자세히 보니 반딧불 같은 황록색 빛이 희미하게 보이기 시작했다. 마치 나뭇잎을 햇빛에 비추어 보면 나타나는 잎맥처럼 나라 전체를 덮고 있었다.

"이 빛줄기들은 아버지가 만든 게 아니야. 원래 이 땅에는 이런 맥脈들이 흐르고 있어. 아버지가 그걸 읽어 내고, 그 흐름에 따라 주술을 걸었다고 해."

사요는 빛의 그물을 바라보다 하나둘씩 어두운 점이 보이는 것 같아 무심결에 눈을 깜빡거렸다. 잘못 본 것인가 싶어 여러 번 깜빡여 보았지만 어두운 점은 사라지지 않았다.

그런 사요의 모습을 보고 다이로는 감탄한 듯 말했다.

"사요야, 어둠의 문이 보이느냐?"

"어둠의 문? …뭔지는 잘 모르겠지만 어두운 점이 보여요. 저기랑 아… 저기 근처에도."

다이로는 끄덕였다.

"저건 아버지의 주술이 공격을 받아 뚫린 곳이란다."

"…대체 누가?"

사요는 다이로를 올려다보았다. 다이로는 살짝 찌푸린 얼굴로 어둠의 문이라 부른 곳을 바라보고 있었다.

"서쪽 옆 나라 유키국湯來國의 주술사다. 사요 넌 아마 모르겠지만 유키국의 영주인 유키 모리타다는 유지 하루모치 님과 피가 이어져 있단다. 하루모치 님의 아버지인 마사모치 님에게는 동생이 있었는데, 그게 바로 모리타다의 아버지인 요시타다야. 그러니까 두 사람은 사촌 사이인 거지. 그럼 사이좋게 지내면 될 텐데 하겠지만, 그렇게 생각처럼 되지 않는 게 무사 일족이란 건가 보더구나. 유지 일족의 후계자로 넓은 하루나국을 물려받은 마사모치. 그와 달리 변변찮은 지방 호족인 유키 일족의 딸과 결혼해 성씨가 유키로 바뀌고 좁은 유키국을 다스리게 된 요시타다. 동생 가슴에 질투와 증오가 싹튼 것도 어찌 보면 당연한 일이었을 거야."

다이로는 서쪽의 오로緖路산을 가리켰다.

"이 증오는 와카사若櫻 들판의 소유권을 두고 심하게 부풀어 올랐다. 오로산에서 시작해 스기타니杉谷강의 상류를 따라 펼쳐진 와카사 들판은 유키국과 하루나국의 경계에 있지. 산에서 흘러나오는 스기타니강의 물을 누가 쓸지를 두고, 두 영주 사이에 싸움이 끊이지 않은 장소야. 그래서 유지와 유키 일족 모두를 가신으로 둔 대영주 이요 대공가大公家는, 와카사 들판을 직접 다스리는 땅으로 정해 두 일족에게는 영유권領有權을 주지 않았어. 그런데 하루모치 님의 아버지인 마사모치 님은 차분한 아드님과 달리 욕심 많고 사나운 분이셨다. 전투에서 큰 공을 세웠을 때, 이요 대공님이 상으로 무엇을 원하는지 묻자 와카사 들판을 원한다고 하신 거야. 그날부터 와카사 들판은 하루나국의 땅이 되었지. 유키 일족은 그 원한을 절대 잊지 않아. 지난해에도 작은 전투가 있었듯 유키국과 하루나국은 여전히 서로를 미워하고 있단다."

다이로의 눈에는 어두운 빛이 어려 있었다.

"먼 옛날—이요 아리모토라는 위대한 장수가 이 땅을 통일해 대공의 자리에 오를 때까지, 이 근방은 작은 호족들이 북적대며 서로 싸움을 일삼았다고 한다. 먹느냐 먹히느냐의 피투성이 싸움에서 승리하기 위해, 그때는 어느 나라든 영주에게 충성을 맹세한 주술사를 두었다고 하지. 그러나 저주를 거는 건 사람의 몸으로는 버티기 힘든 일일 거야. 많은 주술사의 혈통이 끊어져 버렸다고 하거든. 이곳 하루나국에도 하루모치 님의 아버지 대代까지는 심부름꾼을 보내 적을 괴롭힐 수 있는 주술사가 있었지만, 그 핏줄도… 거의 다 끊어졌단다."

다이로는 조금 우물거렸다.

"우리 아버지가 큰 바다를 건너 이 나라에 왔을 무렵, 하루나국에 남은 주술사는 한 명뿐이었어. 그 주술사가 죽은 후, 유키국의 주술사가 보낸 심부름꾼에게 가족과 가신을 잃고 괴로워하던 하루모치 님은, 우리 아버지에게 어떻게든 이 나라를 지켜달라고 부탁하셨다. …아버지는 「오기」라는 술법을 쓸 수 있었거든."

다이로는 손으로 주위를 가리키며 말을 이었다.

"우리 일족은 먼바다 너머에 있던 나라에서 이런 술법을 써서 왕을 지켰다고 한다. 하지만 어느 날 큰 싸움이 일어나서 섬기는 왕이 있던 나라가 망해 버렸어. 그래서 큰 바다를 건너 도망쳐 온 거야. 타지에서 흘러들어 온 사람은 항상 의심을 받기 마련이지. 한곳에 정착하기도 풍요롭게 생활하기도 쉽지 않아. 그러나 아버지가 여기 하루나국의 수호자로 받아들여진 덕에 우리는 이렇게 매화가지 가옥에 살며 중신重臣들과 다를 바 없는 대접을 받고 있단다."

그렇게 말한 다이로의 눈에 쓴웃음이 떠올랐다.

"그렇지만 사요야.「오기」는 저주의 술법이 아니야. 마물魔物로부터 몸을 지키기 위한 술법이지. 그래서 아버지가 이 곳간을 만들어서 걸어 놓은 주술은 이 나라의 산과 강을 지키기 위한 술법이었어."

돋았던 소름이 어느샌가 사라졌다. 사요는 변함없이 어두운 눈을 한 다이로의 옆얼굴을 가만히 바라보고 있었다.

"…안타깝게도 아버지는 병으로 일찍 돌아가셨어. 그때 나는 아직 열다섯 살이었고, 술법을 제대로 이어받지 못한 상태였지. 그래서 나는 이 정도로 훌륭한 수호의 주술은 쓰지 못한단다. 유키국의 주술사가 아버지의 주술을 뚫고 어둠의 문을 열 때마다 스즈와 힘을 합쳐 필사적으로 닫으려고 하지만, 힘이 부족해서 아무리 닫아도 금방 다시 열려 버려."

사요는 시꺼멓게 열린 어둠의 문을 바라보았다. 다이로의 이야기를 들은 탓일까. 그 구멍을 바라보고 있으면 증오의 감정이 미간으로 울려 오는 기분이 들었다.

사요는 얼굴을 찌푸렸다.

'이 정도로 미움을 받는다면 차라리 그 와카사 들판을 돌려줘

버리면 될 텐데.'

가족이 죽임을 당할 만큼 미움받아도 땅을 돌려주지 않는 영주님의 마음도, 옛 원한에 사로잡힌 옆 나라 영주의 마음도, 사요는 전혀 이해할 수 없었다.

다만 지금도 옆 나라가 품은 적의敵意가 주위를 둘러싸고 있다고 생각하니, 마치 덤불 속에서 노려보고 있는 늑대의 눈을 발견한 것처럼 섬뜩한 기분이 들었다.

곁에 서 있는 다이로에게서는 열기 같은 강한 힘이 느껴진다. 이 정도로 힘이 있는 사람조차 저 구멍을 메울 수 없다면 대체 누가 이 땅을 지킬 수 있을까….

그런 사요의 생각이 들리기라도 한 듯 다이로가 말했다.

"어둠의 문이 열리는 것을 막지 못하는 건, 내가 이 땅에서 살아가는 초목이나 짐승의 영혼과 소통하지 못하기 때문이야. 나는 주술의 힘을 담은 글자와 말을 다룰 수 있어. 우리 핏줄과 예로부터 깊은 인연을 맺고 있는 위신威神을 소환하는 것도 가능하지. 그러나 이 땅의 초목이나 짐승에 깃든 영혼과는 소통하지 못하기에, 땅을 다스리는 신령들의 힘을 빌릴 수가 없어. 그것만 할 수 있다면 저런 어둠의 문 따위, 두 번 다시 열지 못하게 할 수 있는 것을…."

다이로는 정말 분한 얼굴로 어둠의 문을 노려보고 있었다.

"…아버님은 하실 수 있었나요?"

사요가 묻자 다이로의 눈이 흔들렸다. 다시 천천히 사요를 바라보고 한동안 말을 하지 않았다. 잠시 뒤 다이로는 마음을 굳힌 듯 입을 열었다.

"하지 못했다. 바다를 건너온 아버지도 이곳이 타향인 건 마찬가지였으니. 그렇지만 도와준 사람이 있었어. …그 사람의 도움으로 아버지는 끔찍한 영물 심부름꾼이 국경을 넘어 들어올 수 없도록 이 나라 전체에 방어 주술을 건 거야."

다이로는 조용히 손을 뻗어 사요의 어깨 위에 올려놓았다.

"네 어머니는 하나노라는 이름이었다. 「깊이 듣는 귀」의 재주가 뛰어났지. 초목에 깃든 영혼의 목소리조차 알아듣고 사람들에게 전할 수 있었다."

사요는 다이로의 말을 멍하니 듣고 있었다. 「깊이 듣는 귀」의 재주가 뭔지 몰랐지만, 묻지도 못하고 그저 움직이는 다이로의 입만 쳐다보고 있었다.

"아버지는 네 어머니가 지금 네 나이쯤일 때 만나 그 뒤로 계속 도움을 받았다. 네 어머니는, 우리 남매에게는 누나나 언니 같은 사람이었어. 하나노 님은 아버지가 숨을 거둘 때까지 곁에서 도와주셨고, 아버지 또한 하나노 님의 몸을 지켜 주었지."

가슴속 심장이 한 바퀴 회전한 것처럼 불쾌한 통증이 느껴졌다. 사요는 얕은 숨을 쉬며 다이로의 이야기를 듣고 있었다. 이야기가 어떻게 진행될지 짐작이 갔기 때문이다.

"아버지가 숨을 거둔 후에도 하나노 님은 하루모치 님을 위해 일하셨다. …그러나 나는 당시 아직 열다섯의 어린 나이라 도저히 아버지처럼 하나노 님을 지켜 드릴 수가 없었어."

다이로의 목소리가 갈라졌다.

"하나노 님이 죽임을 당하셨을 때, 난… 간발의 차로 때를 놓치고 말았다."

어깨 위에 올려진 다이로의 손에 힘이 들어갔다.

"만나기로 한 오두막집에 도착했을 때 내가 본 것은, 발길에 부서진 문과 흙마루 위의 돗자리에 쓰러진 하나노 님의 모습이었다. 피투성이가 되어 이미 숨이 끊어진 뒤였어."

다이로가 으르렁거리듯 낮은 소리로 말했다.

"피 묻은 칼을 든 채 서 있던 남자를 죽이고 싶었다. 하지만… 죽일 수 없는 이유가 있었어. 깊은 암시의 술법을 걸어 풀어 줄 수밖에 없었지. 그놈이 어둠 속으로 사라진 후 나는 하나노 님의… 곁에… 앉아 망연자실했다. 바로 그때, 믿을 수 없는 광경을 보았단다."

심장이 괴로울 정도로 쿵쾅댔다. 사요는 가슴에 손을 올렸다.

"──하나노 님 곁에 세워져 있던 가리개 뒤에서 갑자기 어린 여자아이가 나타난 거야. 머리를 싸매고 웅크린 모습으로."

다이로는 무릎을 굽혀 사요와 눈높이를 맞췄다.

"사요야, 이 세상에는 「틈」이라고 불리는 곳이 있단다. 이 세상과 신령들이 살고 계신 세상의 경계에 있는, 영력靈力을 지닌 짐승들이 사는 깊은 숲이지. 하지만 「틈」에 들어가서 영력을 지닌 짐승들을 소환하는 것은 주술사만이 할 수 있는 기술. 내가 눈을 의심한 것도 이해하겠지. ──이제 겨우 다섯 살 된 여자아이가 「틈」에 숨어 자기 몸을 지켜 낸 것을 보았으니 말이다."

사요는 가쁜 숨을 몰아쉬며 다이로를 쳐다보고 있었다.

"네 어머니를 죽인 건 적의 첩자다.「잎그림자」라고 불리는데, 옆 나라 주술사에게 영혼을 바치고, 그 대가로 짐승의 마음과 힘을 얻은 자들이야. 얼마 전 설밑 대목장에서 네가 만났던 남자처럼, 이 나라 사람들 사이에 섞여 정보를 모은 후 옆 나라 영주에게 몰래 전하고 있지. 놈들은 들킬 리 없다고 생각하겠지만, 나와 하루모치 님은 모두 다 알면서 그냥 내버려 두는 거야. 아무리 많은 사람 속에서도 스즈나 나는「잎그림자」를 바로 알 수 있어. 냄새로 말이지. —냄새가 나지 않든? 짐승 냄새가."

뒷다리 사이에 꼬리를 말아 넣고 몸을 떨던 개. 그때의 냄새, 그리고 그 눈…. 사요는 몸을 떨며 이를 꽉 깨문 채로 다이로를 올려다보고 있었다.

다이로는 사요의 양어깨를 커다란 손으로 감싸고, 사요에게 닿을 만큼 얼굴을 가까이 가져다 댔다.

"나는 너의「어머니의 죽음과 관련된 기억」을 봉인했다. 어린아이가 감당하기에는 너무도 참혹한 기억이니까. 하지만 널 데려가 키운 아야노 할머니는, 내가 기억을 봉인했다고 하자 불같이 화를 냈다."

"…할머니."

"그래, 널 키워 준 할머니 말이다. 우리 아버지의 옛 지인인데 강한 마음을 지닌 사람이었어. 네가 태어난 사실을 알면 분명 적의 주술사가 널 죽이려고 하겠지. 그래서 널 숨겨 안전하게 키우기 위해 아야노 할머니는 요나 숲 옆에서 조용히 살기로 한 거야. 그 근처는 땅의 힘이 강해서, 하나노 님과 아버지가 걸어 둔 방어 주술이 가장 견고한 곳이야. 그런 장소는 정기精氣가 강하게 서려 있어서 마을 사람들에게는 왠지 무섭게 느껴지지. 그래서 웬만해선 가까이 가려고 하지 않아. 그것도 숨어 지내기에는 좋은 조건이었다."

다이로는 쓴웃음을 지었다.

"이야기가 좀 빗나갔구나. …네 마음에 걸어 둔 봉인 말인데, 아야노 할머니는 슬픔이나 마음속 상처를 봉인하다니 말도 안 되는 일이라며 화를 냈다. 그런 짓을 하면 마음이 텅 비게 될 거라며 봉인을 풀라고 강하게 요구했지. 그러나 나도 그때는 어리고 고집도 셌기에 끝까지 술법을 풀지 않았다. 네가 아무것도 모르면 적에게 습격당할 일도 없을 거라고 생각했거든. 그래서 아야노 할머니와 다투다가 결국 헤어지고 말았다. 지금까지 널 만나러 가지 못한 건 그런 이유도 있어. 지금은 아야노 할머니가 옳았던 건지도 모른다는 생각이 드는구나. 신념이 참 확고한 사람이었어. …널 정말 훌륭하게 키워 냈구나."

눈시울이 뜨거워지며 눈물이 흘러내렸다. 사요는 할머니 생각에 소리 죽여 울었다.

"사요, 사요야. ─지금 네게 건 봉인을 풀어 주마. 배에 힘을 주려무나."

사요는 시키는 대로 배에 힘을 주었다.

다이로는 입속으로 중얼중얼하며 양손을 사요의 머리 위에서 비벼 대기 시작했다. 그리고 손을 벌린 뒤, 무언가를 그리듯 손가락을 움직이고 갑자기 기합과 함께 양손을 사요의 머리 위로 떨어뜨렸다.

쿵 하고 온몸을 울리는 소리가 나는가 싶더니, 사요는 캄캄한 어둠 속으로 떨어졌다.

저 앞에서 빛이 다가온다. ─아니, 사요가 엄청난 속도로 빛을 향해 가고 있었다. 빛이 점점 커지더니 곧 불이 타오르는 화롯가로 튕겨 나왔다.

이제까지 토막토막 떠오르던 장면들이, 지금 막 눈앞에서 벌어지고 있는 것처럼 사요를 덮쳐 왔다.

"…사요야, 가리개 뒤에 숨어서 엎드려 있으렴. 착한 아이니까 소리 내면 안 돼. 눈을 꼭 감고, 귀도 막고 있으렴."

엄마의 목소리를 듣는 순간, 뜨거운 샘이 솟듯 가슴 깊은 곳에서 슬픔이 복받쳐 올라왔다.

널문을 난폭하게 차 부수는 소리가 울려 퍼졌다.

둔탁한 소리와 함께 헉 소리가 들렸다. 눈앞에 깔린 돗자리에 피가 튀겼을 때, 사요는 더 이상 참지 못하고 얼굴을 내밀어 엄마를 쳐다보았다. 남자가 피투성이로 변한 엄마 몸을 발로 차 넘어뜨리고 몸을 돌려 이쪽을 향했다. 그 순간, 숨 막힐 듯한 짐승 냄새와 함께 남자의 「마음」이 들려왔다.

── 찾았다.

자신을 쳐다보는 남자의 눈이 갑자기 무언가를 깨닫고 휘둥그레지는 것이 보였다. 놀란 남자의 마음이 전해져 왔다.

── 계집애? …아뿔싸, 이쪽은 미끼인가!

사요는 필사적으로 돗자리에 얼굴을 파묻고 몸을 웅크렸다.

'돗자리야, 내 몸을 숨겨 줘… 숨겨 줘…' 하고 빌며….

 숨이 막혀 고통스러웠다. 사요는 숨을 깊게 들이마시고 가냘픈 소리로 울기 시작했다. 목이 부어올라 울음소리를 내는 것조차 괴로웠다. 엄마를 떠올리면 슬픔에 몸이 찢겨 나가는 것만 같았다. 얼마나 아팠을까. 저렇게 칼에 베이고─저만큼 피를 흘렸으니….
 "어멍, 어멍…!"
 사요는 어릴 때 부르던 대로 엄마를 부르며 몸을 쥐어짜듯 끝없이 울었다.

5
노비와 키나와 도령

매화가지 가옥이 내려다보이는 마을 뒷산의 나무 밑에 소년 하나가 서 있었다.

열예닐곱쯤 되어 보이는 소년이었다. 통소매 상의에 통이 넓은 반바지를 입고, 무슨 이유인지 짚신도 신지 않은 맨발이었다.

윤곽이 갸름하고 콧날이 오뚝 선 얼굴에는 소년다운 싱그러움이 남아 있었다. 그러나 옅은 빛깔의 눈동자는 매섭게 빛났다.

소년은 눈썹 부근을 살짝 찌푸리고 조금 전 사요가 들어간 곳간을 바라보고 있었다.

"…여보게, 노비. 저 소녀가 그리도 신경 쓰이는 겐가?"

소년은 갑자기 들려온 목소리에 놀라 고개를 들었다.

한 남자가 나무 꼭대기에 쭈그려 앉아 히죽대며 이쪽을 내려다보고 있었다. 남자가 입은 옷은 너덜너덜했고 머리는 헝클어지고 덥수룩했다. 구릿빛 얼굴에는 부리부리한 눈이 반짝였다.

"키나와 도령…."

키나와 도령은 나무줄기를 주르륵 타고 내려와 노비 옆의 굵은 가지에 사뿐히 내려앉았다.

"보게. 참 재미있는 집이란 말이야. 꼭 악령惡靈을 막기 위한 요새 같지 않은가. 그것도 바다를 건너온 화려한 모습의 수호신들만 어슬렁대고 말이야."

노비라 불린 소년은 고개를 살짝 끄덕였다.

오늘 새벽, 노비는 오랜만에 사요 집 뒷산을 몰래 찾았다.

나무 그늘에 몸을 숨긴 채 일하러 나오는 사요를 기다리다 보니, 기묘한 영기靈氣가 감도는 말이 나타나 사요를 등에 태워 걸어가기에 깜짝 놀랐다.

무슨 일이 벌어진 것인지 도무지 알 수 없었지만, 혹시라도 사요가 저주에 걸린 건 아닌가 싶어 조심스레 뒤를 쫓아 이 저택까지 따라온 것이었다.

사요를 태운 말은 매화나무 숲속으로 들어갔지만, 노비는 들어갈 수 없었다. 그곳에서 자라는 것은 부정한 것을 없애 버리는 힘을 지닌 신비한 매화나무였기 때문이다.

굳이 들어가려고 하면 못 들어갈 것도 없지만, 곤두선 목덜미의 털이 그만두는 게 낫다고 알렸다.

그래서 매화나무 숲을 크게 한 바퀴 돌아 뒷산에 올랐다. 그러나 여기서 저택을 내려다보고 다시 한번 놀라지 않을 수 없었다. 키나와 도령의 말대로 저택은 마물이 전혀 파고들 틈이 없는 영적인 방어벽으로 보호되고 있었기 때문이다.

앞문에도 뒷문에도, 무시무시한 큰 칼을 든「문지기신」의 모습이 보였다. 사람 눈에는 보이지 않겠지만, 영물여우인 노비 눈에는 그 푸르스름하게 빛나는 모습이 똑똑히 보였다.

키나와 도령은 놀리듯 말했다.

"문지기신 말고도 수많은 이방異邦의 신이 네놈 같은 영물여우가 들어오지 못하게 저 집을 지키고 있다. 여보게, 노비. 아무리 저 아이에게 마음이 있어도 몰래 숨어드는 건 그만두는 게 나을 거야."

노비는 얼굴을 찌푸렸다.

"…그런 짓을 할 생각은 없어."

키나와 도령은 이를 드러내며 웃었다.

"그저 지켜볼 뿐이라. …자네는 참 보기 드문 여우야. 여우는 정이 깊어서 사람에게 반하면 사람으로 변신해 바로 부부의 연을 맺으려고 하는데 말이야."

노비는 시선을 쓱 돌렸다. 화가 난 건지 슬픈 건지 알 수 없는 그 옆얼굴을 보고 키나와 도령은 진지한 표정이 되었다.

"노비여, 심부름꾼이 된 게 네 불행이구나. 정 때문이 아니라, 인간 세상에 섞여 들어가기 위해 사람 몸으로 변한 지 몇 년이나 되었지? 이제는 여우 모습으로 있을 때가 더 짧지 않으냐?"

일부러 햇수를 세어 본 적은 없었다. 하지만 키나와 도령의 말대로 지금은 사람 모습일 때가 훨씬 길다. 주인의 명령으로 유지하루모치의 성에 시동侍童으로 들어가 사람들 사이에서 살게 된 지도 꽤 시간이 흘렀다.

잠시라도 여유가 생기면 요나 숲에 사는 사요를 보러 가기 위해 영물여우 모습으로 돌아와 들판을 달렸다. 그리고 들키지 않게 멀리서 사요가 부지런히 일하는 모습을 바라보는 것이 잠시나마 노비의 마음을 달래 주는 유일한 시간이었다.

왜 그 아이가 보고 싶은지는 알 수 없었다. 다만 때때로 아무 이유 없이 그 아이를 만나고 싶을 때가 있었다.

어릴 적 처음으로 사람을 습격한 날, 상처를 입고 개에게 쫓기던 것을 품에 안아 구해 준 그 작은 여자아이는, 무럭무럭 자라서 밝은 눈을 가진 처녀가 되었다.

그저 멀리서 바라보는 것만으로 충분했다. 더 큰 욕심은 없었다. 영안靈眼을 지닌 소녀이니 혹여 무서운 영물여우라는 것을 꿰뚫어 보고 공포에 질린 눈으로 쳐다볼까 두려웠다.

딱 한 번, 어쩔 수 없이 사람 모습으로 사요 앞에 나타났을 때도, 정체가 탄로 난 게 아닐까 두려웠다. 그러나 사요는 도적을 해치울 때 손에 묻은 피 냄새를 무서워했을 뿐, 노비가 내민 손을 피하지 않고 꼭 잡아 주었다.

그 날을 떠올리면 가슴이 따듯해진다.

먹기 위해서가 아니라, 주인의 명령 때문에 살아 있는 것을 해치는 것이 노비는 싫었다.

아예 화살처럼 감정이 없는 도구였다면 마음이 편할 텐데…. 사람의 온기를 접하고 도움을 받았던 추억은 노비의 가슴속에 깊게 뿌리를 내려, 살아 있는 것이 괴로워하는 모습을 볼 때마다 가슴을 찌르는 가시가 되었다.

사람 모습으로 지내다 보니 점차 사람처럼 생각하게 된 것일까. 이젠 영물여우도 사람도 아닌, 애매한 생물이 되어 버렸다.

'영물여우는 사람으로 변해도 짐승 냄새가 남는 게 보통인데,

이놈은 그런 것이 거의 없어. 마음 한구석에서 사람이 되길 바라고 있는지도 모르겠구나.'

노비는 바람에 머리칼을 흩날리며 가만히 저택을 내려다보고 있었다. 그 모습을 물끄러미 바라보며 키나와 도령은 생각했다.

'사람과 마찬가지로 영물여우도 다양한 녀석들이 있구나. 이놈은 원래 심성이 곧고 정이 많은 게야. 불쌍하구나. 주인에게 매여 살아야 하는 심부름꾼의 삶은, 이런 녀석에게는 필시 견디기 힘들 테지.'

키나와 도령은 속으로 한숨을 내쉬었다.

'다 잊고 오롯한 심부름꾼이 되지도 못하는 어중간함이 괴롭겠지. 그 또한 타고난 건지도 모르겠다만.'

키나와 도령은 신통력을 가진 도깨비였다. 아니, 아직 도깨비가 되어 가는 중이라 자신을 반﹡도깨비라 칭했다.

원래는 솜씨 좋은 사냥꾼이었으나 깊은 산에서 사냥을 하던 중 도깨비에게 납치당했다. 다행히 그 도깨비는 사람을 납치해 먹는 까마귀 요괴가 아니라, 심심할 때면 사람을 잡아다 데리고 노는 것을 즐기는 도깨비였다. 그래서 키나와 도령은 그 도깨비와 함께 들과 산을 달리며 사람 몸으로는 도저히 갈 수 없는 동쪽과 서쪽의 여러 나라를 구경할 수 있었다.

이윽고 놀이에 싫증이 난 도깨비는 키나와 도령을 원래 살던 곳으로 돌려보내 주었다. 하지만 그 무렵의 키나와 도령은 돌아가고 싶다는 마음이 사라진 상태였다.

키나와 도령에게는 다른 가족이 없었다. 이렇게 도깨비에게 납치되는 좀처럼 만나기 힘든 운명과 마주친 것도, 뭔가 특별한 인연일지도 모른다고 생각한 것이다.

그래서 도깨비에게 자신도 도깨비가 되는 방법을 가르쳐 달라고 부탁했다. 도깨비가 알려 준 몇 가지 방법 중 가장 마음에 든 것이 나무를 휘감아 오르는 「담쟁이덩굴의 정령」과 부부의 연을 맺는 방법이었다.

하늘을 날며 이곳저곳의 나무에 담쟁이덩굴 씨앗을 퍼트리는 「목승술木繩術」을 익히려고 공중에 조금 떠올랐다가 떨어지고, 다시 조금 떠올랐다가 넘어지고를 반복하던 어느 날이었다. 어쩌다 큰 실수로 바위 밭에 떨어져 커다란 바위 사이에 낀 신세가 되고 말았다.

미숙한 영력으로는 아무리 발버둥 쳐도 밖으로 빠져나오지 못해 난감해하던 그때, 불현듯 위에서 목소리가 들려왔다.

"…도움이 필요한가, 아니면 그대로 괜찮은가?"

놀라서 올려다보니 바위 위에 아름다운 여우 한 마리가 서 있었다.

그것이 노비와의 첫 만남이었다.

지금은 키나와 도령도 꽤 영력이 생겨 어느 정도 도깨비다운 풍격을 지니게 되었다. 그러나 아직 인간 시절의 추억 같은 것을 다 떨쳐 내지 못한 상태라 스스로도 불완전한 도깨비라는 것을 자각하고 있었다.

심부름꾼이라기에는 너무나도 인간적인, 노비란 이름의 이 이상한 영물여우가 불쌍해서 견딜 수 없는 것도, 아직 마음이 완전히 도깨비처럼 되지 못한 탓이리라.

 노비를 만날 때마다, 자신을 납치했던 도깨비의 말이 항상 떠오른다.

── 우리를 두려워하고 숭배하던 마음을 잊고, 자신이 대단한 존재라는 착각에 빠져, 한심스럽기 짝이 없는 주술사로 변한 놈들이 많았을 때는 비참한 일들이 많이 일어났다. 그중에서도 그런 녀석들의 주술에 묶여 심부름꾼이 되어 버린 영물여우는 참으로 불쌍한 존재야. 주술로 몸이 더럽혀진 영물여우는 두 번 다시 원래 고향으로 돌아가지 못한다. 그렇다고 이곳 산과 들은 영물여우에게는 정기가 너무 옅어서 편히 쉴 수도 없어. 결국은 「이 세상」과 「저세상」 사이의 「틈」에서 사는 불쌍한 존재가 되고 말았다.

 그 말을 들은 키나와 도령은 저도 모르게 질문을 던졌다.
── 신령들은 어째서 주술사 놈들을 벌하지 않는 겁니까?
 그러자 도깨비는 껄껄 웃었다.
── 녀석들은 이미 벌을 받고 있다!

 그랬다. 주술사는 누구라도 힘을 쓰는 대가로 수명이 줄어들었다.

 '신령들을 받들어 모시던 옛날에는 수명이 길었을 텐데. …가슴 아픈 일이다.'

 키나와 도령은 도깨비가 된 뒤로 아내인 「담쟁이덩굴의 정령」

과 지내면서 신령들이 계시는 「저세상」과 깊게 연결되었다. 그때부터 키나와 도령은 나이를 먹지 않았다. 정기가 끊임없이 흐르는 「저세상」에서 태어난 영물여우도 마찬가지가 아닐까.

그러나 심부름꾼이 된 영물여우는 수명이 짧았다.

주술사의 지배로 더럽혀진 영물여우는 다시는 「저세상」에 닿을 수 없다. 그들은 「이 세상」과 「저세상」 사이에 있는 「틈」에서 살아가며 그곳에서 자식을 낳고 죽었다.

아마 노비도 그런 부모로부터 태어났으리라. 그리고 태어난 지 얼마 되지 않아 주술사에게 잡혀 심부름꾼이 되었을 것이다.

주인의 명령을 거역하면 목숨을 잃는 심부름꾼으로서 계속 살아가야 하는 노비. 아무리 사랑 때문에 가슴을 태워도 그 소녀와 맺어질 방도는 없다. …노비도 그것을 알기에 그저 바라만 보는 것이다. 그것이 가여워서 견딜 수가 없었다.

"노비여, 해가 저물기 시작했구나."

말을 건네자 노비는 꿈에서 깨어난 듯 얼굴을 들었다.

키나와 도령은 품속에서 덩굴줄기를 스르르 당겨 꺼냈다.

"성으로 가는 거지? 도중까지 나와 시합하지 않겠나?"

싱글벙글 웃으며 덩굴 끝을 빙빙 돌리자 노비의 입가에도 아주 살짝 미소가 떠올랐다.

"내 발을 따라올 만큼 빨리 날 수 있게 되었나? 아직 반쪽짜리 도깨비님이여."

"입만 살았구나. 천하의 키나와 도령, 영물여우 따위에게 질 것 같으냐."

그제야 노비의 눈에 본래의 여우다운 장난기 어린 빛이 반짝였다.

"그럼 간다!"

"좋다!"

키나와 도령이 덩굴을 던지자, 마치 덩굴이 살아 있는 것처럼 구불구불 움직이며 공중을 날기 시작했다. 키나와 도령은 그 위로 사뿐히 뛰어올라 좁은 길을 달리듯 덩굴 위를 달려간다.

그 모습을 지켜본 노비는 휙 공중제비를 넘어 원래 모습으로 돌아왔다.

달리는 여우의 등 위로 봄날 해 질 녘의 아련한 빛이 퍼져 나갔다.

돌아온 성은 봄날 저녁을 즐기는 분위기와는 거리가 멀었다. 대신 무거운 불안이 낮고 어둡게 드리워져 있었다. 낙마로 중상을 입은 야스모치의 상태가 긴 겨울을 나느라 힘을 다 써 버린 듯 급격히 나빠졌기 때문이다.

성의 매화꽃이 만개한 어느 화창한 봄날, 유지 하루모치의 장남이자 후계자인 야스모치는 조용히 숨을 거두었다. 그리고 바로 그 순간, 사요의 운명을 크게 바꿀 톱니바퀴가 소리를 내며 돌기 시작했다.

2장

주술사와 수호자

1
하루모치와 모리타다

포근한 봄볕이 바닥에 깔린 화초 문양 돗짚 자리를 어렴풋이 비추고, 덧문이란 덧문은 모두 열려 정원에서 꽃향기가 날아든다.
이곳 섬나라의 대부분을 다스리는 대영주, 이요 대공가大公家의 성은 이른 봄 향기에 둘러싸여 있었다.

그러나 알현실로 안내되어 이요 대공의 행차를 기다리던 하루모치는 봄 향기를 전혀 느낄 수 없었다.

하루모치는 마흔을 갓 넘긴 한창때의 남자로 온화한 얼굴을 지닌 무사다.

차분한 성격으로, 무예와 용맹함을 자랑하는 무사는 아니었다. 그렇기에 부친에게 넓은 영토를 물려받은 행운아일 뿐이라며 수군대는 사람도 있었다. 하지만 하루모치와 가까운 사람들은 모두 그의 사려 깊은 마음과 성실함을 신뢰했다.

부친이 풍요로운 영토를 남겨 준 것은 분명하지만, 거기에는 깊은 원한이라는 무서운 유산도 함께 딸려 왔다.

지금까지 하루모치가 살아온 나날들은 저주와의 싸움으로 얼룩져 있다고 해도 무방했다.

그래도 지금까지는 어떻게든 자신의 몸과 장남 야스모치를 지키며 살아올 수 있었다. 그랬는데….

'그때의 낙마 사고는 저주 탓이었을까….'

다이로는 아들이 아끼던 말을 살펴보고 아무런 주술도 걸려 있지 않다고 말했다. 그러나 말타기에 능숙한 아들이 말에서 떨어지다니 도저히 믿을 수가 없었다.

'아니면 너무도 긴 시간 동안 저주와 싸워 온 탓에, 모든 것에서 저주의 그림자를 보는 것일까….'

진실이 어떻든 이제 야스모치는 없다. 그렇게 생각할 때마다 현실을 부정하고 싶은 마음과 가슴을 찌르는 듯한 아픔이 되살아난다.

'야스모치, 타고난 무사처럼 담대하던 네가 나보다 먼저 세상을 떠날 줄이야.'

아들이 불쌍했다. 날 때부터 체격이 좋고 어려서부터 검술의 재능을 보인 야스모치. 여름날의 햇빛처럼 언제나 강한 생명력이 느껴지던 아들이었다. 저주 따위는 가볍게 털어 내고 살아갈 아들이라고… 대代를 이어 줄 든든한 장남이라고 생각했건만 이렇게 쉽게 세상을 뜨다니.

우수한 의술사醫術士들이 어떻게든 낫게 해 줄 거라는, 덧없는 희망에 기대어 보낸 답답하고 울적한 나날들이 길었던 탓일까. 야스모치가 막상 죽고 없는 지금은 마치 빈껍데기만 남은 것처럼 허망함을 느꼈다. 그 허망함의 바닥에는 슬픔만이 가라앉아 있었다.

하루모치는 단정히 꿇어앉은 채 무릎을 꽉 쥐었다.

한탄하고 있을 여유는 없다. 후계자인 야스모치를 잃은 지금, 마침내 결판을 내기 위한 마지막 싸움의 막이 열릴 테니.

사락사락 옷자락 스치는 소리가 들려왔다.

하루모치는 고개를 숙이고 이요 대공이 윗자리에 앉기를 기다렸다.

"…얼굴을 들라, 유지 하루모치."

굵직한 목소리가 들려왔다.

하루모치는 고개를 들었다. 백발 머리에 갸름한 얼굴의 대공은, 지위에 걸맞은 기품 있는 용모를 지니고 있었다. 처진 눈꺼풀이 졸려 보이는 인상을 주었지만, 그 아래로 빛나는 눈은, 대공이라는 막대한 권력의 계승자로 태어난 사람만이 지니는 위압적인 힘을 내뿜었다.

"아들 일은 참으로 안타깝게 되었네."

대공의 목소리에는 형식적인 위로 이상의 감정이 담겨 있었다. 뜻밖에도 그 목소리에서 자신을 걱정해 주는 울림을 느낀 하루모치는, 눈물이 왈칵 쏟아질 것 같아 급히 고개를 숙였다.

"예. …감사한 말씀, 가슴에 사무치니 어찌할 바를 모르겠사옵니다."

하루모치는 조용히 호흡을 고른 후, 얼굴을 들었다.

대공은 눈썹 부근에 어두운 그림자를 드리운 채 가만히 하루모치를 바라보고 있었다. 그리고 천천히 입을 열었다.

"상복을 벗은 지 얼마 되지 않은 그대를 부른 것은, 다름 아니라 앞날에 대해 의논하기 위해서다."

"예."

대공을 섬기며 수호하는 일족들은 새로운 땅을 개척하거나 전투에서 공을 세움으로써 영지領地를 하사받는다. 그 영지는 「국國」이라고 불리며, 대대로 일족의 후계자로 지명된 아들에게 물려주도록 정해져 있었다. 후계자인 장남이 죽을 경우, 그 동생이나 아들이 후계자가 되었다.

그러나 만약 일족 우두머리의 핏줄에 다른 사내아이가 없으면 방계傍系나 다른 일족으로부터 양자를 들여야 했다.

"네 후계자였던 유지 야스모치는 미혼이었지. 그대는 아직 한창이니 앞으로 아이가 태어날 수도 있을 거야. 그러나 그렇지 못할 가능성도 있다."

일부러 크게 말하지 않아도 대공의 목소리는 잘 들렸다.

"그대의 심경을 생각하면 말하기 쉽지 않은 일이나, 영국領國의 안정을 생각하는 것이 나의 본분이니, 후계자가 없는 나라를 그냥 둬둘 수는 없네. …이대로는 너무나 불안정하니 말이다."

입 밖으로 꺼내지는 않았지만, 불안정이라는 것이 옆 나라 유키국과의 불화를 가리키고 있음을 하루모치도 잘 알고 있었다.

옆 나라 유키국의 영주 유키 모리타다는 핏줄로 따지면 하루모치의 사촌, 즉 아버지의 동생에게서 태어난 아들이다. 따라서 유지 일족이 다스리는 땅을 이어받을 자격이 충분했다.

"…나는 그대가 도리를 아는 남자라 여기고 있는데, 어떻게 생각하는가?"

대공은 하루모치 스스로 먼저 말할 기회를 주고 있었다.

하루모치는 잠시 눈을 감았다.

대공의 명령이 아니라, 자진해서 유키 모리타다의 둘째 아들을 양자로 삼겠다고 하면, 대공은 하루모치의 용기 있는 결단을 칭찬하고 포상을 내려서 마음을 위로해 주고자 하는 것이다.

"대공님의 마음, 진심으로 감사…."

말을 하다 정말로 그래 버릴까 하는 망설임이 화살처럼 하루모치의 머릿속을 스쳐 지나갔다.

불쌍한 아이, 코하루마루를 저주가 난무하는 무대 위로 끌어내기보다는, 미운 유키 모리타다의 둘째 아들을 양자로 삼아 저주의 뿌리를 뽑아 버리면, 일족 모두가 평온하게 살 수 있는 것은 아닐까….

그러나 유키 모리타다의 얼굴을 떠올린 순간, 무서울 정도의 분노가 치밀어 올랐다.

'그놈 둘째 아들이 손끝 하나 까닥 않고 내 나라를 차지할 날을 기다리며 살아야 한다니, 절대 그럴 수는 없다.'

가슴속을 불로 지지는 것 같았다. 이제껏 쌓일 대로 쌓인 원한 앞에서, 이성의 목소리 따위는 모깃소리처럼 작고 짜증스러울 뿐이었다.

하루모치는 제대로 나오지 않는 목소리로 말을 이었다.

"…대공님 말씀대로 제 핏줄에 남자아이가 없다면, 옆 나라와의 긴 다툼을 진정시키기 위해서라도 양자를 들이는 것이 옳은 줄로 아옵니다."

대공의 눈에 생기가 돌았다.

"흠. 참으로 잘 말해 주었다! 역시 유지 하루모치. 내가 기대한 대로야…."

안도한 어조로 말한 대공은 하루모치의 표정을 보고 문득 말을 멈추었다.

하루모치는 지금껏 본 적이 없을 만큼 긴장한 얼굴이었다. 하루모치는 굳은 표정으로 쥐어짜듯 말했다.

"실례를 무릅쓰고 말씀드리옵니다. 제 뒤를 어떻게 이을 것인지 결단을 내리기 위해, 대공님이시여, 부디 제게 보름의 유예를 주십시오."

대공의 미간에 깊은 주름이 잡혔다.

"보름이라?"

"부디 헤아려 주시옵소서."

대공은 얼굴을 찌푸린 채 하루모치를 바라보았다.

쉽게 동요하는 일 없이 언제나 침착한 하루모치. 그가 이렇게까지 긴장한 채 눈빛으로 무언가를 호소하고 있다. ―그 필사적인 마음이 대공을 움직였다.

"좋다. 그대도 오늘내일 어떻게 되지는 않을 테지. 후계자에 대한 것은 보름 기다리도록 하겠네."

그 말을 듣고 하루모치의 얼굴에 안도의 빛이 떠올랐다.

"감사드리옵니다."

'…자, 이제 다른 길은 없다.'

하루모치는 속으로 중얼거렸다.

아버지가 영주였던 시절과 달리, 힘 있는 주술사가 없는 지금, 과연 그 아이를 무사히 이곳 성까지 데려올 수 있을지 매우 불안했지만, 그래도 해야만 했다.

지금부터 보름 안에 모든 것이 정해진다. ―이를 꽉 깨문 하루모치는, 이제는 죽고 없는 사람들에게 마음속으로 빌었다. 부디 코하루마루를 지켜 달라고.

✦✦

"…뭐라? 하루모치가 양자를 들이지 않겠다고 했단 말이냐?"

유키 모리타다는 몸을 돌려, 등 뒤에서 무릎을 꿇고 대기 중인 남자를 매섭게 노려보았다.

모리타다는 갸름한 얼굴에 오뚝 선 콧날을 지니고 있었다. 하루모치와 많이 닮았지만 눈이 훨씬 커서 고집이 아주 세 보였다.

모리타다가 타오르는 불이라면, 등 뒤의 남자는 그 불빛이 만드는 그림자 같았다.

소리 없이 서 있으면 거기에 있는지조차 모를 듯한, 표정 없는 남자였다.

"실례인 줄 아옵니다만, 방금 말씀하신 것과는 조금 다릅니다. 대공님 곁에 심어 둔 「잎그림자」가 전한 말에 의하면, 양자를 들이지 않겠다고 하신 것이 아니라, 그 결심을 하지 않으셨다고 합니다."

남자의 말에 모리타다는 손사래를 쳤다.

"같은 말이 아니더냐! 대를 이을 장남을 잃고, 그렇다고 다른 자식도 없는 하루모치에게 달리 무슨 수가 있단 말이냐? 대공님은 핏줄을 중히 여기는 분이시다. 내 핏줄을 제쳐두고, 전혀 관계도 없는 핏줄에서 양자를 들이는 것을 허락하실 리가 없어. 즉, 그 녀석은 내 아들, 스케타다를 양자로 삼는 것 외에는 달리 방도가 없단 말이다. 그런데도 보름씩이나 유예를 청해 대체 뭘 하려는 거야?"

모리타다는 창밖 멀리 옅은 어둠 속에 잠긴 산을 노려보았다.

"…오로산. 저 너머에는 풍부한 물을 흘려보내는 스기타니강과 와카사 들판이 있다. 놈들에게 저 물줄기를 빼앗긴 뒤로 내 백성들이 얼마나 고통받아 왔느냐. 드디어 그 고통이 끝날 것이라고…."

모리타다는 주먹을 꽉 쥐고 오로산의 산등성이를 잠시 바라보았다.

그 말을 들은 남자의 입술에 쓴웃음이 어렴풋이 떠올랐다 사라졌다.

영지를 적셔 주는 강은 그 외에도 여러 개 흐르고 있다. 스기타니 수원지는, 빼앗기면 화나지만 없다고 해서 나라가 위험해질 정도로 중요한 곳은 아니다.

백성들을 위해 와카사 들판을 되찾아야 한다며 주먹을 쥐는 모리타다. 그 옆모습을 본 남자는 우습기도, 애처롭기도 한 기분이 뱃속에서 꿈틀대는 것을 느꼈다.

남자는 그런 속마음을 털끝만큼도 내비치지 않는 목소리로 모리타다에게 말했다.

"고통받는 것은 백성들만이 아닐 겁니다."

모리타다는 산을 노려보며 끄덕였다.

모리타다는 오로산을 볼 때마다 아버지 요시타다의 얼굴이 떠올랐다.

유지 일족으로 태어났지만, 둘째라는 이유로 이 작고 보잘것없는 유키국의 영주가 되어야만 했던 아버지. 게다가 유키 일족은 시간이 아무리 흘러도 속으로 요시타다의 핏줄을 외지인 취급 했다. ─영주였던 아버지도, 이 땅에서 나고 자라 지금은 영주인 자신조차도.

탐욕스러운 마사모치가 전투에서 공을 세워 와카사 들판을 차지했을 때, 유키 일족은 선조들이 대대로 피 흘리며 싸워 온 수원지를 손 한번 못 써 보고 형에게 빼앗기다니 어찌 이리도 도움이 안 되는 사위냐며 아버지를 비웃고 멸시했다.

눈앞에서 모욕당하는 아버지를 보며 느꼈던 감정은 모리타다의 가슴에 깊게 새겨져, 떠올릴 때마다 속을 까맣게 불태우는 분노로 변했다.

그때부터, 보란 듯이 와카사 들판을 되찾아 유키 일족에게 받은 수모를 씻는 것이 모리타다와 그 아버지의 유일한 염원이 되었다. 지금도 그 마음은 조금도 변하지 않았다.

'…유지 일족에게 빼앗긴 와카사 들판을 반드시 되찾아, 그곳에서 꺾은 벚꽃 가지를 아버님 묘 앞에 바치리라.'

모리타다는 천천히 뒤돌아, 대기 중인 남자를 내려다보며 말했다.

"쿠나, 하루모치의 꿍꿍이속을 알아내라. 놈에게 뭔가 믿는 구석이 있다면 찾아내 없애 버려. 「잎그림자」들을 움직여도 좋으나 하루모치도 우리가 움직일 것을 예상할 기야. 섣불리 사람을 움직였다가는, 긴 시간 들여 심어 둔 내통자들이 발각될 위험이 있어. 그러니 「잎그림자」들을 움직이는 건 녀석의 속셈이 드러난 뒤였으면 한다. 네가 부리는 심부름꾼을 믿고 있으마."

쿠나라고 불린 남자는 모리타다와 눈을 맞추는 일 없이 고개를 숙인 채로 대답했다.

"분부대로 하겠습니다. …다만, 잘 아시다시피 제 아버지 때와 비교해 심부름꾼의 수가 줄어든 상태입니다. 「잎그림자」 중에서도 머리가 잘 돌아가는 자들을 몇 명 움직여 주신다면…"

쿠나는 말을 하며 조용히 고개를 들었다. 모리타다는 오랜만에 보는 쿠나의 눈에 가슴이 철렁했다. 쿠나의 눈은 이상할 만큼 색이 옅었다. 점점 더 색이 사라져 가는 느낌이 들었다.

어린 시절부터 항상 곁에서 자신을 지켜 주고 묵묵히 원하는 것을 들어주던 쿠나를, 모리타다는 가슴 깊이 신뢰해 왔다. 그렇기에 색이 옅어지는 눈동자를 볼 때마다, 마치 녹아내리는 초처럼 그 목숨이 사그라지는 것은 아닌지 불안해졌다. 쿠나는 뒤를 이을 자식이 없다. 쿠나가 살아 있는 동안에 무슨 수를 쓰든 와카사 들판을 되찾아야 한다.

"모두 네게 맡기마."

모리타다의 말을 듣고 쿠나가 쓱 일어섰다.

고개 숙여 가볍게 인사를 하고 물러나려다, 갑자기 뒤돌아보고 모리타다에게 말했다.

"아, 그렇지. 하나 더 부탁드릴 것이 있습니다. 작년의 흉작 때문에 올해 백성들에게 부과할 노역을 조금 가볍게 해 주시려는 것 같사옵니다만, 그것은 거둬 주시지 않겠습니까?"

모리타다가 눈살을 찌푸렸다.

"어째서지? 조금이라도 논밭의 일손을 늘릴 수 있으면 백성들이 편해지지 않겠느냐."

쿠나가 옅은 미소를 지었다.

"…편해지면, 백성들은 하루나국 영주에게 원한을 품지 않을 것입니다."

"뭐라?"

"원한이야말로 주술의 힘이 나오는 원천. 하루나국을 손에 넣기 위해서는 백성들이 품은 원한이 지금보다 조금 더 커졌으면 하옵니다. 노역의 부담이 큰 것은 유지 일족이 와카사 들판을 빼앗아 간 탓이라고 하여 백성들의 증오심을 부채질해 주십시오. 그리하지 않으면 저는 제 아버지보다 빨리 세상을 뜨고 말 것입니다."

쿠나는 거기까지 말하고 고개를 숙인 후, 조용히 발걸음을 돌려 물러났다.

2
주술사와 영물여우 심부름꾼들

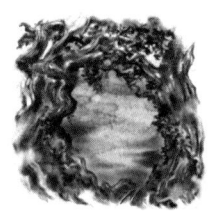
그날 밤, 집으로 돌아온 쿠나는 홀로 저택 깊숙이 있는 곳간으로 향했다.

곳간 바닥은 땅이 그대로 드러나 있었다. 안으로 발을 들이자 흙냄새가 물씬 풍겨 온다.

쿠나는 한 치 앞도 보이지 않는 어둠 속에서 벽을 향해 손을 뻗었다. 튀어나온 나무못에 걸려 있는 옷을 집어, 머리부터 발끝까지 완전히 감추듯 걸쳐 입었다. 옷에 스며 있는 짙은 향냄새가 온몸을 부드럽게 감쌌다.

그런 다음, 벽 옆에 놓아둔 자그마한 우리 속에 손을 넣어 찍찍대며 도망치는 쥐 세 마리를 재빨리 잡아 죽인 뒤 품속에 집어넣었다.

머뭇거리는 법이 없는, 물 흐르듯 자연스러운 동작이었다.

아무렇지도 않게 살아 있는 것을 죽이게 된 지도 수십 년이 흘렀다.

아버지 밑에서 수행을 쌓던 어린 시절에는 죽이라는 명령을 받을 때마다 가여움에 눈물이 나왔다. 그러나 시간이 지나면서 생명을 빼앗을 때 감정을 다른 먼 곳에 놔두는 요령을 익히게 되었다.

그리고 같은 일을 수도 없이 반복하는 사이, 모든 것이 그저 익숙한 하나의 절차로 변해 갔다.

"살아 있는 것에는 격格이 있다."

쿠나의 아버지는 그렇게 가르쳤다.

"죽이는 힘을 지닌 생물은 죽임을 당하는 생물보다 격이 높은 법이야. 벌레나 쥐는 잡아먹히기 위해 사는 거다. 쥐를 먹는 여우나 늑대, 곰조차도 우리 인간이 죽여서 먹을 수 있지. 그러나 「틈」에 사는 것들만큼은 절대로 얕봐선 안 돼. 우리 조상들이 주술로 옭아매기 전까지, 영물여우는 신령들의 부하로 「저세상」에서 태어나, 신령들의 뜻을 전하는 존재로서 이 세상에 모습을 드러냈다. 옛날에는 사람보다도 격이 높았던 거야. 그 옛날 아직 「나라國」라는 것이 없고 분쟁도 그다지 없던 시절, 우리 조상님들은, 신령들의 사자使者로서 이 세상에 나타나는 영물여우에게 공양물을 바쳤다. 그렇게 해서 신령들에게 땅의 번영을 기도한 거야. …태평한 시대였겠지."

좀처럼 보기 힘든 쓴웃음이 아버지의 입가에 떠올랐다 바로 사라졌다.

"그러나 시간이 흐르고 세상의 모습도 바뀌었다. 나라 사이에 먹고 먹히는 싸움이 시작되었지. 그렇게 되자 우리 일족은 살아남기 위해 이제까지 따르던 법도를 바꿨다. 신령들의 사자인 영물여우를 주술로 옭아매 우리 뜻대로 움직이는 심부름꾼으로 만든 거야. 그때부터 우리 일족은 아주 큰 힘을 얻었다. …그리고 천천히 파멸하기 시작한 거겠지."

아버지의 말투는 담담했다.

"조상들의 어리석음을 탓해도 별수 없다. 지금 주술을 버린다고 일족이 다시 살아나는 것도 아니니까. 주술을 버리면 적국의 주술사에게 죽임을 당할 뿐이야. 소소한 것에서 기쁨을 느끼며, 걷기 시작한 길을 마지막까지 걷는 수밖에 없다."

훗날 쿠나는 옆 나라 하루나국에서 같은 조상을 가진 여자 주술사와 싸우게 되었을 때, 아버지의 말이 옳았음을 깨달았다. 그 여자는 주술을 버린 탓에 결국 자신의 몸조차 지킬 수 없었다.

주술사로 태어난 것은 운명이다. 운명을 거스르기보다는 이미 주어진 것을 즐기면 되는 것이다.

모든 생물은 태어나고 죽는다. 그저 그뿐이니까.

조용히 쭈그려 앉은 쿠나는 발밑의 진흙을 떠서 얼굴에 발랐다. 눈, 코, 입만 남기고 얼굴 전체에 진흙을 두껍게 바른 후, 옷자락을 펼치고 땅바닥에 앉았다.

그리고 아직 온기가 남아 있는 쥐의 사체를 품속에서 꺼내 양손에 쥐고, 하늘을 품듯 높이 들어 올렸다.

책상다리로 앉아 양팔을 벌려 들어 올린 모습은 어딘가 나무를 연상시켰다.

잠시 뒤, 쥐를 쥔 채 어둠 속으로 뻗은 양손 끝부분이 따끔거리기 시작했다. 쿠나는 온몸으로 천천히 흘러들어 오는 기운을 아랫배 부근에 모으고 입을 조금 벌려 숨을 후 길게 내뱉었다.

그러고 나서 숨을 들이마시고 멈춰, 어둠에서 실을 자아내듯 손가락을 움직이기 시작했다.

'오라, 오라, 대지에 깊이 스며든 원한과 증오여….'

얼마 후, 어두운 빛깔의 실 같은 것이 빙글빙글 회전하며 쥐의 사체를 휘감기 시작했다. 쿠나는 그것을 손끝으로 뭉쳐 희미하게 빛나는 구슬 세 개를 만들더니, 그 구슬을 품속에 넣고 자리에서 일어났다.

쿠나는 눈을 감고 입속으로 주문을 외면서 앞으로 세 걸음, 오른쪽으로 두 걸음, 뒤로 한 걸음 하며 복잡한 걸음걸이를 반복하기 시작했다.

발을 옮길 때마다 어둠의 냄새가 바뀐다.

쿠나는 여전히 곳간 안에 있었지만, 느릿느릿 한 발씩 전혀 다른 어둠 속으로 나아가고 있었다.

쿠나는 계속 눈을 감고 있었다. 눈을 뜨고 있어도 아무것도 보이지 않는 어둠 속에서, 마음의 눈은 희미하게 빛나는 신비한 틈새를 더듬었다.

이윽고 쿠나가 발을 멈추었다. 그곳은 곳간의 정중앙에 해당하는 곳이었다. 그러나 누군가가 지금 곳간 문을 연다고 해도 쿠나의 모습은 보이지 않을 것이다. 쿠나는 지금 「틈」에 있었다.

어스레한 나무숲 사이로 안개가 천천히 흘러간다.

쿠나는 품속에서 피리 세 개를 꺼냈다. 흙 반죽에 영물여우의 털을 넣고 구워 낸 「여우피리」였다.

여우피리를 높이 들어 올려 휙 하고 허공을 비스듬하게 갈랐다. 소리는 나지 않았다. ─이 세상에서 들리는 소리는.

세 개의 피리로 같은 동작을 반복한 쿠나는 조용히 눈을 감고 생각에 잠긴 채 심부름꾼들이 모이길 기다렸다.

잠시 뒤 공기가 출렁였다.

아지랑이 속에서 흔들리며 나오듯, 반지르르한 털을 빛내는 영물여우 세 마리가 나타나 주인 앞에 몸을 낮추었다. 그러고는 사람 말을 할 수 있도록 공중제비를 돌아 인간 모습으로 변했다.

"…타마오, 노비, 카게야."

"—주인님, 부르심을 받고 왔습니다."

타마오는 요염한 미녀로, 노비는 야무지고 말쑥한 얼굴의 소년으로 보였다. 그리고 카게야는 쉽게 얕볼 수 없는 얼굴의 중년 남자로 보였다.

노비는 다른 두 여우와 달리 이곳까지 오기가 쉽지 않았다. 수호의 주술이 하루나국 전체를 둘러싸고 있어, 그 틈새에 뚫어 놓은 「어둠의 문」으로 빠져나와야 했기 때문이다. 그런 탓에 노비는 어깨를 들썩이며 숨을 몰아쉬고 있었다.

노비는 무릎을 꿇고 쿠나를 올려다보았다. 하지만 주술의 힘이 담긴 진흙 가면을 쓰고 향이 배어 있는 옷을 입은 주인은, 영물여우인 노비의 눈에는 그저 푸르스름하게 흔들리는 불꽃으로 비칠 뿐이었다.

노비는 철이 든 이후로 계속해서 눈앞의 주인을 섬겨 왔지만, 단 한 번도 주인의 진짜 모습을 본 적이 없었다. 그 이름조차 몰랐다.

"노비."

"—넵."

"네가 유지 하루모치의 저택에 숨어든 지도 슬슬 오 년이 되어 가지. 넌 눈치가 꽤 빨라서 하루모치의 움직임을 잘 전해 주긴 했다만, 아무래도 뭔가 놓치고 있는 것 같다."

노비의 얼굴이 새파래졌다.

"—무슨 말씀이신지?"

"모르겠느냐?"

노비는 끄덕였다.

쿠나는 그런 노비의 모습을 한동안 말없이 지켜보다 고개를 저었다.

"그래, 그렇다면 어쩔 수 없지. 이제부터 알아내는 수밖에. —타마오, 카게야."

"—넵."

"너희들도 지금까지 맡고 있던 곳을 떠나 노비와 함께 하루모치의 뒤를 캐라."

그렇게 말한 쿠나는 세 여우에게 하루모치와 대공이 나눈 대화에 대해 들려주었다.

"하루모치는 양자를 들이겠다는 결단을 내리기까지 조금 기다려 달라고 대공님께 부탁했다. 그것은 녀석에게 후계자로 삼을 만한 다른 누군가가 있다는 뜻이야."

쿠나의 목소리에는 불안이 담겨 있었다.

"설마 그럴 리는 없겠지만…."

중얼거린 쿠나는 엄한 목소리로 세 마리에게 명령했다.

"녀석이 누구를 데려올 생각인지 서둘러 알아내라. …자, 이것을 핥아 힘을 채우도록 해."

쿠나는 품속에서 희미하게 빛나는 구슬을 꺼내 세 여우에게 핥게 해 주었다.

혀가 달콤한 구슬에 닿은 순간, 온몸이 불타오르는 것처럼 뜨거워졌다.

「어둠의 문」을 빠져나오느라 지쳤던 몸이 눈 깜짝할 사이에 회복되었다. 노비는 휴 하고 숨을 돌렸다. 영력靈力이 담긴 구슬을 마지막으로 핥은 지도 꽤 시간이 흘러서 「어둠의 문」을 통해 오가는 것이 힘들어진 참이었다.

"그래, 착하지. 잘 찾아내면 영력이 담긴 구슬을 두 개 핥게 해 주마."

쿠나는 부드러운 목소리로 말한 뒤, 갑자기 말투를 바꿔 채찍질하듯 명령했다.

"가라!"

세 사람의 모습이 여우로 변했나 싶더니 순식간에 연기처럼 사라졌다.

✢ ✢

「틈」의 숲은 어두컴컴하다. 푸른 어둠에 뒤덮인 나무숲 사이로 옅은 안개가 흐른다. 축축한 공기는 나무와 풀 냄새 때문에 숨을 쉬기 힘들 정도다.

그 어스름 속에 거대한 나무 한 그루가 우뚝 솟아 있었다. 밑동에는 수많은 동굴이 뚫려 있고, 몸을 휘감은 담쟁이덩굴이 가지 아래로 늘어져 있었다. 그 담쟁이덩굴 끝에는 푸르스름한 불꽃이 피어 있었다.

영물여우의 기생목寄生木이라고 불리는 나무였다. 영물여우 세 마리가 그 나무에 뚫린 동굴 속에 모여 각자가 가져온 탐색 성과를 이야기하고 있었다.

── 하루모치의 성에서 일하는 자들 중에 잘생긴 무사가 있어서 말이지….

타마오가 영물여우에게만 전달되는「말」로 속삭였다.

── 하룻밤 즐거운 꿈을 꾸게 해 줬거든. 그 무사가 말하길 요나 숲 깊숙한 곳에 저택이 있는데, 매달 거기로 음식 같은 걸 말에 실어 나른다지 뭐야. 벌써 몇 년째 계속해 왔다나 봐.

타마오가 빛나는 금색 눈으로 자신을 쳐다보자 노비가 끄덕였다.

── 숲그림자 저택이야. 하루모치가 총애하던 가신家臣의 아이가 미쳐서 가둬 둔 곳이라고 들었어.

일찍이 사요의 품에 안겨 도망쳐 들어갔던 그 저택과 그곳에 갇혀 있던 소년의 얼굴은 지금도 똑똑히 가슴에 새겨져 있었다.

그 저택과 주변 숲에 강한 방어의 주술이 걸려 있는 것은 처음 들렀을 때부터 느끼고 있었다. 하지만 도저히 그 사실을 주인에게 고할 마음이 들지 않아 입을 다물고 있었다.

주인의 명령을 듣는 순간, 하루모치가 숨기고 있는 후계자가 바로 그 소년임을 깨달았다.

영물여우에게 주인의 명령은 절대적인 것이었다. 거스르면 죽음이 기다릴 뿐. 그래도 그때 노비는 차마 자기 입으로 소년에 대해 말할 수 없었다. …그 소년이 피막이풀로 상처를 치료해 준 일을 잊을 수 없었기 때문이다.

타마오가 말했다.

── 노비, 너답지 못하게 애매한 대답을 하는구나. 그 저택, 제대로 조사해 봤니?"

노비는 고개를 저었다.

타마오가 의심스러운 눈초리로 노비를 쳐다보자 옆에서 카게야가 말했다.

── 나도 마을에 떠도는 소문으로 그 집에 대해 들었어. 듣자마자 확인하러 갔는데, 그곳에 하루모치가 숨겨 둔 패牌가 있는 것이 틀림없어. 완벽한 방어의 주술을 걸어 둔 걸 보면 말이야. 허점을 찾기 힘든 결계 때문에, 안에 들어가는 건 물론이고 안을 살펴보는 것조차 할 수 없어.

카게야가 말하자 타마오가 끄덕였다.

── 그렇다면 틀림없네. 주인님께 알리러 가자.

노비는 잠시 눈을 감았다.

이렇게 된 이상 어쩔 수 없다. 노비는 슬픈 기분으로 두 여우를 따라 나무 동굴 속을 스르르 오르기 시작했다.

나무 속까지 뿌리를 내린 기생담쟁이덩굴에 닿자, 세 마리 여우는 쉭 하고 푸르스름한 불꽃으로 변했다.

불꽃은 담쟁이덩굴을 타고 미끄러지듯 「틈」을 빠져나왔다.

와카사 들판에 서 있는 아름다운 벚나무 고목 한 그루에 담쟁이덩굴이 휘감겨 있었다. 그 담쟁이덩굴에서, 도깨비불 세 개가 희미한 빛을 내며 떠오르더니, 해 질 녘의 들판을 휙휙 호를 그리며 날아갔다. 그리고 나무숲 깊은 곳에 열려 있는「어둠의 문」안으로 빨려 들어갔다.

✢✢

영물여우들이 가져온 소식을 듣고 쿠나의 얼굴이 굳었다.

"…숲그림자 저택에 숨겨 둔 사내아이가 있다고?"

쿠나는 노비를 매섭게 노려보며 공기가 찌르르 떨릴 만큼 분노에 찬 고함을 퍼부었다.

"노비, 이렇게 중요한 일을 왜 내게 말하지 않았어!"

노비는 고개를 숙인 채 대답했다.

"가신의 자식을 가둬 두었다고 들은 터라."

쿠나는 핏줄이 드러날 만큼 세게 주먹을 쥐고 노비의 머리를 가차 없이 후려갈겼다.

이마가 땅바닥에 부딪히며 쿵 하는 둔탁한 소리를 냈다. 극심한 고통에 정신을 잃을 뻔했지만, 노비는 고개를 숙인 채 신음을 내지도 몸을 움직이지도 않았다.

쓸모없는 놈이라며 주인에게 혼날 때면, 매번 몸이 사라져 없어지는 듯한 불안을 느꼈다.

하지만 어째서일까. ─지금 느끼는 것은 그런 불안만이 아니었다. 바늘에 찔린 가슴에서 피가 배어 나오듯, 뜨거운 아픔이 가슴 가득 퍼져 나간다.

 이 아픔이 대체 무엇인지 노비는 알 수 없었다. 그저 눈물이 새 나오려는 것을 있는 힘껏 참았다.

 한동안 분노로 몸을 떨던 쿠나는 잠시 뒤 깊은 한숨을 내쉬고 카게야를 쳐다보았다.

"넌 그 저택을 보고 왔다고 했지."

"예."

"영적인 방어벽이 쳐져 있다고 했는데. 어떤 것을 쓰더냐?"

"글자를 쓴 부적이 사방에 붙어 있었습니다. 게다가 네 귀퉁이에는 푸른 대나무가."

 쿠나는 끄덕였다.

"글자 부적과 푸른 대나무. 그렇군…."

 쿠나는 잠시 허공을 바라보며 골똘히 생각했다. 그러고 나서 다시 카게야에게 시선을 돌렸다.

"카게야, 빈틈이 전혀 없더냐?"

 카게야의 입술에 미소가 떠올랐다.

"한두 개, 균열이 있었습니다. 아주 작지만, 어린아이가 들락거린 듯한 구멍이. 아마도 그 사내아이가 어릴 때 울타리의 갈라진 틈으로 빠져나와 놀았던 것이겠지요. 「수호받는 자」 스스로가 안에서 밖으로 나온 탓에 생긴 균열이 있었습니다."

 그렇게 말한 카게야는 몸을 앞으로 쑥 내밀었다.

"―영물여우 모습이라면 충분히 들어갈 수 있습니다. 가서 죽일까요?"

노비는 숨을 멈추고 주인의 대답을 기다렸다.

쿠나는 조용히 대답했다.

"아니. 아직은 죽이지 마라. 어차피 할 거라면 하루모치가 두 번 다시 일어나지 못하도록 손을 써야 하지 않겠느냐."

3
빛줄기를 엮다

봉인이 풀리며 한꺼번에 슬픔이 되살아난 탓일까. 사요는 봉인이 풀린 날 밤부터 열이 올라 몸져눕고 말았다. 닷새 뒤 겨우 열은 내렸지만, 빈껍데기만 남은 듯한 허전함은 사라지지 않았다.

귀에 들리고 눈에 보이는 모든 것이 마치 딴 세상 일처럼 멀게만 느껴진다.

마음의 준비를 할 새도 없이 갑자기 마주하게 된 사실들. 엄마의 마지막과 관련된 그 모든 것들이, 닿으면 날카로운 아픔이 느껴지는 갓 생긴 상처 같았다. 마음의 상처에 얇은 막이 덮일 때까지 그냥 가만히 내버려 두고 싶었다. …지금은 아무 생각도 하고 싶지 않았다.

사요는 겨우 몸을 추스르고 스즈를 도우며 평화로운 나날들을 보낼 수 있게 되었지만, 예전의 모습을 완전히 되찾지는 못하고 있었다.

그런 사요의 모습을 지켜보던 다이로는, 어느 날 아침 불쑥 들판으로 소풍을 다녀오자는 말을 꺼냈다.

"와카사 들판에 가자꾸나. 아직 벚꽃이 피기 전이지만, 그래도 봄의 벌판은 아름다울 거야. 스즈도 도시락을 챙겨서 따라오려무나."

다이로는 쿠모카게에 사요를 태우고 자신은 커다란 회색 말인 하야테에 올라탔다. 스즈도 이치타를 안고 자신의 애마인 츠키카게의 등에 올랐다.

화창한 하늘 아래로 옅은 꽃향기가 바람을 타고 날아온다. 바람이 불어오는 방향이 바뀌면 때때로 밭을 태우는 연기 냄새도 풍겨 왔다.

그 연기 냄새를 맡은 순간이었다. 하얗게 피어오르는 연기 너머로 허리를 세운 채 밭이 잘 타고 있는지를 살피시던 할머니의 모습이 문득 떠올랐다.

'뒷밭…'

집도 밭도 그냥 내버려 둔 채다. 그런 생각을 하며 앞으로 나아가다 보니 점차 주변 경치가 선명하게 눈에 들어오기 시작했다. 보드라운 솜털이 돋아나듯 새싹을 틔우기 시작한 먼 산은, 부드러운 햇살을 받으며 웃고 있는 것처럼 보인다.

스즈가 아름다운 목소리로 노래하기 시작했다. 신비한 가락의 노래였다. 다른 나라 말이라 내용을 알 수는 없지만, 마음을 들뜨게 만드는 밝은 분위기의 노래였다.

이치타가 까르륵 웃으며 박자를 맞추듯 양손으로 안장을 두드리자, 안장 장식용 띠에 달린 조그마한 방울이 딸랑딸랑 소리를 낸다.

둑길을 걸어가는 사요 일행 곁으로 강물이 참방참방 즐거운 소리를 내며 흘러간다. 모내기 철까지는 아직 한참 남은 까닭에, 내려다보이는 논은 투박한 흙빛이 그대로 드러나 있었다.

왼편은 오로산과 완만하게 이어지는 비탈로, 눈을 들어 쳐다보면 붓끝처럼 가느다란 가지들 사이로 햇빛이 너울거린다. 어디선가 나타난 파리매가 붕붕 가냘픈 소리를 내며 얼굴 가까이로 날아온다.

얼마나 나아갔을까. 갑자기 눈앞의 풍경이 트였다.

사요는 저도 모르게 눈을 가늘게 떴다.

완만하게 펼쳐진 푸른 들판 둘레에는 수많은 산벚나무가 보인다. 새싹을 잉태한 가지가 그 끝에 붉은 기운을 살짝 머금고 옅은 안개처럼 산 표면을 덮고 있었다. 꽃이 피면 얼마나 아름다울까.

"여기가 와카사 들판이란다."

다이로가 말했다.

"저길 보려무나."

다이로가 가리킨 곳에는 오로산을 타고 내려온 세 줄기의 맑은 물이 하나로 합쳐지며 흐름이 느려지는 곳이 있었다. 자세히 보니 사람이 돌을 쌓아 올린 흔적이 보였다.

"저건 하루모치 님의 부친이신 마사모치 님이 쌓게 하신 돌둑이야. 오로산을 따라 내려온 강은 원래 저 바위 근처에서 갈라지지. 강은 두 줄기가 되어 이 나라와 옆 나라 유키국 양쪽을 적셔 주고 있었단다. 그것을 마사모치 님이 저렇게 돌을 쌓아서 이 나라에만 물이 흐르게 만드신 거야. 공을 세워 와카사 들판을 손에 넣었을 때 말이지."

 사요의 표정이 어두워졌다. ─그렇다면 옆 나라 사람들이 이 나라를 원망하는 것도 당연했다. 대체 왜 그런 짓을 했을까….

 다이로의 손가락이 이번에는 다른 곳을 향했다. 나무숲 사이로 높은 누각樓閣의 문 같은 것이 보인다.

 "저기 보이는 것이 와카사 들판의 요새란다. 옆 나라 병사들이 돌둑을 무너뜨리지 못하도록 밤낮으로 감시하고 있지."

 스즈가 고개를 저었다.

 "…이런 화창하고 좋은 날에 그런 이야기는 그만하세요. 그것보다 점심을 먹는 게 어떨까요?"

 사요는 다이로의 도움을 받아 들판에 내려섰다. 쿠모카게는 짐이 사라져 홀가분하다는 듯 크릉크릉 콧소리를 내더니, 거들먹거리는 발걸음으로 물가를 향해 걸어가 버렸다. 다이로와 스즈는 말 세 마리가 후루룩 소리를 내며 물 마시는 곳보다 조금 더 상류 쪽으로 사요를 데려갔다.

 쌀알처럼 하얀 꽃과 떨어진 꽃가루처럼 노랗고 작은 꽃이, 풀사이사이 피어 있는 들판이 나왔다. 스즈는 그 위에 자리를 잡고 앉아 가져온 도시락을 풀었다.

 얼룩조릿댓잎에 싸서 가져온 주먹밥은 좋은 냄새가 났다. 한 입 베어 물자 소금 간이 짭짤하게 잘 배어 있어 맛이 참 좋았다. 스즈가 품에 안고 가져와서 그런지 아직 온기가 남아 있었다.

 모내기를 도우러 가면 먹을 수 있는, 마을 사람들이 최선을 다해 만든 도시락보다도 더 호화로운 찬합이 줄지어 늘어선다. 삼

치구이도 보이고 초된장으로 무친 산초나무 순도 보인다. 소풍은 오늘 아침에 갑자기 결정 난 것인데도 어떻게 이렇게 많은 요리를 만들 수 있었을까.

개미는 아직 몰려오지 않았지만, 어디서 음식 냄새를 맡았는지 파리 떼가 주변을 어지럽게 날아다니기 시작했다.

다이로는 말안장에 달고 왔던 가죽 자루를 들어 올렸다.

"사요도 조금 마셔 볼 테냐? 맛이 기가 막힌 술이란다. 꽃향기가 나서 꽃술이라고 하지."

작은 잔에 받아 입에 머금었다. 처음에는 가죽 냄새가 났지만, 곧 입안에 꽃향기가 퍼졌다.

"오라버니, 딱 한 잔만이에요. 사요는 몸이 나은 지 얼마 안 됐으니까요."

"알고 있어. 한 잔 이상 나눠 줄 정도로 나는 맘이 넓지 않아. 남은 건 다 내 거다."

스즈가 손을 뻗어 가죽 자루를 덥석 낚아챘다.

"아니죠. 반은 제 거예요."

말이 끝나자마자 스즈는 가죽 자루를 높이 들고 입을 벌렸다. 곡선을 그리며 쪼르륵 떨어지는 술을 참으로 맛난 듯 꼴깍꼴깍 잘 받아 마셨다.

다이로는 쓴웃음을 지으며 사요에게 말했다.

"우리 일족 여자들은 다 술이 세단 말이야."

가슴이 따뜻해졌다. 사요는 오랜만에 자기 몸의 온기를 느낄 수 있었다.

여유로웠던 점심 식사가 끝나자 사요와 스즈는 시냇가로 내려와 찬합을 씻었다. 다이로는 이치타와 함께 나물을 캤다.

"어이, 우린 이쪽에서 고사리를 뜯고 있을 테니 다 끝나면 오라고!"

위에서 다이로의 목소리가 들려왔다. 고사리는 들판보다 어둑어둑한 곳에서 자란다. 다이로는 이치타를 데리고 나무숲을 헤치고 들어갔다.

설거지를 끝낸 사요는 스즈와 함께 느긋한 발걸음으로 다이로의 뒤를 따랐다. 산에 들어서자 공기가 선선해진다.

조금 앞쪽에 다이로의 등이 보였다. ─그 등을 보고 심상치 않은 기운을 감지한 사요의 얼굴에서 웃음기가 사라졌다.

"오라버니…?"

스즈도 그 모습에서 무언가를 느꼈는지 조용히 다이로를 불렀다.

다이로는 살짝 뒤돌아 나무 사이를 가리켰다.

그곳으로 눈길을 돌린 순간, 사요는 그대로 얼어붙었다.

산벚나무 사이에 보이지 않는 곳이 있었다. 다른 쪽을 보다 그쪽으로 시선을 옮기면 돌연 아무것도 보이지 않는 것이다.

"또 어둠의 문이 열렸어. 구멍을 기운 지 얼마 안 됐는데."

스즈가 분한 듯 말했다.

'이게 「어둠의 문」….'

그 이야기를 곳간에서 들었을 때는 검은 구멍이 뻐끔 뚫린 모습을 상상했다. 그러나 지금 눈앞에 있는 것은 그런 것과는 달랐다. 바로 그곳만 눈에 보이지 않는 것이다. 마치 세상이 거기서 끝난 것처럼.

팔짱을 끼고 있던 다이로가 스즈를 돌아보았다.

"푸념해 봐야 소용없다. 다시 기워야지. 준비해 다오."

스즈는 고개를 끄덕이고 짐을 놔둔 곳으로 되돌아갔다.

"뭔가 도울 일이라도…?"

사요의 말에 다이로는 고개를 저었다.

"그 근처에 앉아서 이치타를 안고 있어 다오."

다행히 이치타는 배불리 먹은 뒤라 졸음이 쏟아지는 모양이었다. 나무 밑에 앉은 사요가 이치타를 무릎 위에 올려 안아 주자, 이치타는 얌전히 몸을 기댄 채로 손가락을 빨기 시작했다.

스즈가 돌아왔다. 짐이 담긴 자루를 바닥에 놓고 작은 향로 네 개를 꺼냈다. 다이로가 향로를 들고 「어둠의 문」을 사방에서 둘러싸듯 하나씩 내려놓았다.

향로에서 연기가 날 때까지, 스즈는 익숙한 몸놀림으로 작은 방울이 잔뜩 달린 띠를 발목과 손목에 감았다.

"…됐어요, 오라버니."

끄덕인 다이로는 눈을 감고 내쉬는 숨을 가다듬었다. 그리고 아주 깊이 숨을 들이마시더니 낭랑한 목소리로 주문을 읊기 시작했다.

스즈는 그 주문에 맞춰 오른발 뒤꿈치로 통통 땅을 찼다. 작은 방울이 그에 답하듯 딸랑딸랑 소리를 낸다. 하늘을 품듯, 팔을 벌려 위로 들어 올린 스즈는 천천히 춤을 추기 시작했다.

스즈의 손이 공기를 반죽하듯 스칠 때마다 작은 방울이 반짝이며 잘그랑 소리를 낸다.

사요 눈에는 보였다. 스즈 손에 감긴 작은 방울은 단순히 햇빛만 반사하고 있는 것이 아니었다. 향로에서 피어오르는 연기가 그 방울 소리에 이끌려, 나비 날개의 비늘 가루처럼 반짝이는 작은 빛으로 변해 스즈를 향해 모여들었다.

수면 위의 기름 막이 너울대는 빛의 띠를 만들며 떠내려가듯, 향로의 연기는 반지르르한 빛의 띠가 되어, 공중을 휘젓는 스즈의 손에 낚여 뭉쳐지기 시작했다.

사요는 잠시 물속에 있는 듯한 착각이 들었다.

편안하게 뻗은 스즈의 팔과 손이 물을 휘젓듯 유유히 공기 속에서 춤을 춘다. 향로의 연기가 만드는 빛의 띠가 팔에 감기며 느린 소용돌이를 이룬다.

이윽고 스즈가 부채질하듯 손을 움직이자 빛의 띠가 「어둠의 문」을 향해 흘러가기 시작했다.

'…앗.'

빛의 띠가 닿은 곳부터 풍경이 보이기 시작했다. 거품에 비친 풍경처럼 살짝 일그러지고 흔들리지만, 갈라진 틈은 확실히 사라져 간다.

그 모습을 가만히 지켜보던 사요는 미간이 간질거리는 것을 느꼈다.

어째서일까. …스즈가 연주하는 방울 소리는 아름답게 울려 퍼졌지만, 어딘가 불편해서 견딜 수가 없었다. 가려운 곳에 손가락이 닿을락 말락 하는데 정작 가려운 곳에는 닿지 못하는, 그런 조바심이 일었다.

아주 조금이지만 뭔가가 다르다. 가슴속에 새겨진 장단과 어딘가 어긋나 있다.

사요는 눈을 감았다.

소리가 들려온다. 멀리서, 희미하게…. 목소리다. 가늘지만 힘이 느껴지는 목소리….

사요는 자기도 모르는 사이에 이치타를 땅바닥 위에 살짝 눕히고 자리에서 일어났다. 짚신을 벗고 맨발로 선다. 차가운 흙과 풀이 금방 미지근하게 느껴졌다.

스즈가 연주하는 소리도, 다이로가 외는 주문 소리도 점점 작아지며 들리지 않게 되었다. 어느샌가 사요는 멀리서 들려오는 목소리에만 귀를 기울이고 있었다. 그리운 목소리. 몸속 깊이 새겨진 목소리….

멀리서 들려오는, 부드럽게 공기를 타고 전해 오는 그 소리에 맞춰, 사요는 천천히 손발을 움직이며 춤추기 시작했다.

다이로의 눈이 휘둥그레졌다. 사요가 주문과는 살짝 다른 장단에 맞춰 춤추고 있었다. 다이로는 주문을 외우던 목소리를 점점 낮추다 결국 멈추고 말았다.

놀란 스즈가 눈을 뜨고 오빠를 쳐다보았다. 다이로가 가만히 사요를 가리켰다.

사요의 춤은 스즈의 춤보다도 한층 더 느릿느릿했다.

사이사이를 벌려 들어 올린 손가락에 반딧불 같은 빛이 켜졌다. 그러자 그 빛에 화답이라도 하듯 「어둠의 문」 주변에서 스르르 안개가 피어올랐다.

나뭇잎 하나하나, 풀잎 하나하나, 돌, 흙, 벌레 그 모든 것에서 둥실거리며 피어오르는 연기와도 같은 빛이었다.

주문과 향으로 만들어 낸 빛이 아닌, 이 땅에 사는 것들의 정기精氣가 사요의 손에 휘감겨 간다. 사요는 그 안개를 몸에 걸치며 「어둠의 문」을 향해 걸었다.

사요는 자신이 뭘 하고 있는지 전혀 의식하지 못했다. 몸속에서 목소리가 되살아난 순간, 손가락 끝이, 피부가, 몸 전체가, 기억하고 있는 움직임을 따라 저절로 춤을 추기 시작한 것이었다.

사요의 의식은 하얀 어둠 속을 떠돌았다. 멀리서 들려오던 목소리는 이제 맑고 또랑또랑하게 귓속을 울린다.

사요의 손가락 끝이, 손바닥이, 팔이, 안개를 가느다란 실처럼 뽑아내 강제로 찢긴 곳을 기워 나가기 시작한다.

「어둠의 문」을 다 기워 갈 무렵, 사요의 이마에는 작은 땀방울이 송골송골 맺혀 있었다.

손끝이 따끔거렸다. 춤을 출수록 그 아픔이 심해졌다.

'흡수당하면 안 돼. …흡수해서도 안 돼.'

누구의 목소리일까? 몸을 움직일 때마다 그리운 목소리가 귓가에 울린다.

손가락 끝에 닿은 안개에는 빨아들이는 힘이 있었다. 긴장을 풀었다간 정기를 흡수당하고 말 것이다.

하지만 사요의 손가락에도 빨아들이는 힘이 있었다. 방심하면 안개를 흡수해 버릴 것이다.

흡수당하지도 흡수하지도 않도록, 마치 외줄을 타듯 균형 잡기란 너무나 어려웠다.

게다가 안개에서는 짹짹 지저귀는 새소리 같은 목소리가 끝없이 들려온다. 셀 수 없이 많은 생물이 동시에 속삭이는 듯한 목소리. 그 목소리가 사요에게 말을 걸어온다….

'그들에게 보이면 안 돼. …아, 안 돼, 사요야, 보면 안 돼…! 그들이 널 보고 말 거야!'

그 순간 아주 먼 과거의 기억이 되살아나며 순식간에 현재와 연결되었다.

보면 안 된다. …그러나 참지 못한 사요는 감았던 눈을 뜨고 말았다.

그 순간, 온몸을 감고 있던 빛의 실 가닥들이 셀 수 없이 많은 눈으로 변했다!

날 보고 있어! 수많은 눈이 사요를 가만히 쳐다본다…!

비명을 지른 사요는 양팔로 자기 몸을 안고 웅크려 앉았다.

오로지 숨기 위해. 저 눈들로부터 달아나기 위해….

그 순간 햇빛이 사라졌다.

사요는 어스름 속에 있었다. 푸르스름한 어둠 속에 나무들이 울창하게 줄지어 서 있었다. 나무들도, 그 나무들이 서 있는 위치도 조금 전까지 있던 숲과 전혀 다를 바 없었다. 그러나 눈앞의 나무들은 이상할 정도로 생생하게 껍질이 반짝거리고, 계속 쳐다보면 말이라도 걸어올 것만 같아 무서웠다. 희미한 안개가 흐르고 저 너머로 푸르스름한 빛이 보였다. 나무다. 거대한 나무. 가지에 불꽃이 빛난다. 푸르스름한 도깨비불이….

사요야…!

누군가가 부르는 소리에, 갑자기 잠에서 깨어나듯 사요가 눈을 떴다.
다이로가 굳은 표정으로 내려다보고 있었다. 사요는 웅크린 몸을 천천히 일으켰다. 흙냄새가 났다. 햇빛이 손등 위로 넘실거린다.
눈을 들자 저 멀리에 방금 본 듯한 커다란 나무가 보였다. 하지만 어째선지 갑자기 말라 버린 것처럼 한층 작아 보였다. 물론 도깨비불도 빛나지 않았다.
"…지금."
사요는 중얼거렸다.
"전, 대체 뭘…."
다이로가 온기를 전해 주려는 듯 사요의 어깨 위에 커다란 손을 올렸다. 사요는 그 손이 조금씩 떨리는 것을 눈치채고 다이로를 올려다보았다.
"이거 정말 놀랐는걸. …비명을 질렀나 싶더니 갑자기 「틈」으로 사라져 버렸으니."
"「틈」으로 사라졌다?"

도깨비불이 아른거리는 나무—그곳이 「틈」….

사요는 식은땀이 가득 맺힌 이마를 멍하니 손으로 훔쳤다. 그리고 손바닥과 손가락을 가만히 쳐다보았다.

기억하고 있다는 사실조차 몰랐던 것을, 이 손가락은 알고 있었다. —자기 안에 펼쳐진 한없이 깊은 늪을 본 기분이 들었다.

소름 끼칠 듯한 불안이 가라앉기 시작하자, 서서히 신기한 느낌이 들기 시작했다.

'그 목소리….'

그건 분명 엄마 목소리였다.

내게는 엄마와 함께 지낸 시간이 틀림없이 존재하고, 그것을 지금도 이 몸이 기억하고 있는 거야. …그렇게 생각한 순간 뜨거운 것이 가슴에서 목구멍으로 퍼져 나갔다.

양손으로 얼굴을 감싼 사요는 한동안 움직이지 않았다.

스즈가 조심스럽게 손을 내밀어, 웅크려 앉은 사요의 어깨를 안아 주었다.

다이로는 「어둠의 문」이 있던 곳에 서서 근처를 둘러보았다.

'…「어둠의 문」의 흔적조차 느낄 수 없어.'

다이로는 천천히 뒤돌아 사요를 바라보았다. 봉인을 푼 탓이리라. 사요의 힘은 전보다도 훨씬 강해져 있었다. 게다가 하나노는 춤 동작으로 사요에게 이런 기술을 전수해 둔 것이다….

다이로는 심각한 표정으로 생각에 잠긴 채, 한동안 가만히 사요를 바라보았다.

4
달밤의 손님

매화 꽃잎이 떨어지기 시작한 봄날의 저녁 무렵. 아련한 달빛을 받으며 다섯 그림자가 매화가지 가옥의 정문을 통과했다. 작은 체구의 무사 한 명과 그를 호위하는 무사 네 명이었다. 마당으로 들어온 무사들은 타고 온 말을 문가에 세우고 땅으로 내려왔다. 문지기 야타가 말을 맡고 호위 무사들을 대기실로 안내했다.

다이로가 정면의 가리개를 세워 둔 곳에서 작은 체구의 무사를 맞이했다.

"잘 오셨습니다. …일부러 이런 누추한 곳까지 발걸음하지 않으셔도, 말씀하셨으면 제가 성으로 찾아뵈었을 텐데 말입니다."

고개를 숙인 다이로가 공손히 말하자 작은 체구의 무사는 고개를 저었다.

"서둘러 자네를 만나야 할 일이 생겨서 말이야. 적의 첩자가 어디 숨어 있을지 모르는 성에서는 할 수 없는 이야기다. 갑작스럽게 찾아와서 미안하구나."

"별말씀을 다 하십니다. 자, 이쪽으로 오시지요."

다이로가 안채에 안내하려고 무사를 바깥 툇마루로 이끌었을 때였다. 타닥타닥 발소리가 나더니 이치타가 방 밖으로 뛰쳐나왔다. 당황한 모습의 사요가 그 뒤를 쫓아 나타났다.

"이치타! 손님 계신 곳으로 가면 안 돼…!"

스즈가 손님에게 대접할 저녁 식사 지시를 내리러 부엌에서 일하는 할머니에게 가 있는 동안, 이치타는 사요가 보고 있었다. 하지만 장난꾸러기 이치타는 강아지처럼 날쌔서 사요의 팔을 스르르 빠져나와 밖으로 뛰쳐나가 버렸다.

바깥 툇마루에서 겨우 이치타를 따라잡은 사요가 이치타를 안고 마루 위에 무릎을 꿇었다. 그리고 고개를 숙이며 무사에게 무례를 용서해 달라고 빌었다.

"괜찮다. 마음 쓸 것 없다. …그 아이는 스즈의 아이냐? 많이 컸구나. 어디 얼굴 좀 보여 다오."

무사는 온화한 목소리로 말하며 허리를 굽혔다.

마음이 놓인 사요는 고개를 들었다. 그리고 이치타를 기품있는 무사와 마주 보게 세웠다.

"개구쟁이 같구나. 아이 보기가 많이 힘들겠어."

무사는 미소를 짓고 사요에게 눈길을 주었다. 그 순간 무사의 얼굴빛이 변했다.

눈을 의심하듯 사요의 얼굴을 바라보며 무사는 입을 살짝 벌렸다.

—— 하나노…?

무사의 가슴속에 돌연 떠오른 「마음」이 들렸다. 깜짝 놀란 사요는 자신을 보고 있는 무사를 쳐다보았다.

하나노라면 엄마의 이름이다. 이 무사는 엄마를 아는 거야…!

"하루모치 님…."

다이로가 걱정스레 눈살을 찌푸리고 무사를 불렀다. 무사는 그제야 정신을 차린 듯 다이로를 뒤돌아보았다.

하루모치는 다이로의 눈에 담긴 표정을 알아챘다. 고개를 끄덕이고 말없이 몸을 일으켰지만, 다이로를 따라 걸음을 옮기면서도 다시 한번 사요를 흘깃 쳐다보았다.

놀람, 혼란, 슬픔, 그리고 후회가 한데 뒤섞인 「마음」이 손님방으로 사라지는 무사의 등 뒤에서 전해져 온다. 사요는 얼어붙은 얼굴로 그 뒷모습을 지켜보았다.

"…다이로, 저 아이는 사요인가?"

하루모치는 방으로 들어오자마자 다이로에게 물었다. 다이로는 끄덕였다. 그리고 하루모치가 윗자리에 앉길 기다렸다가 자신도 아랫자리에 앉고 나서 입을 열었다.

"네, 사요입니다."

"…살아 있을 줄은 꿈에도 생각하지 못했네. 하나노와 함께 적의 미끼가 되어 죽은 줄로만 알았어."

"용서하십시오. ─일부러 알리지 않았습니다."

다이로의 말에 하루모치의 얼굴이 굳어졌다. 하루모치가 입을 열기 전에 다이로가 말했다.

"─영주님을 원망해서 그렇게 한 것은 아닙니다. 하나노 님 스스로 결정을 내리고 하신 일이니 영주님을 원망하는 마음은 털끝만큼도 없습니다. 다만 간신히 목숨을 구한 어린 소녀를 지켜 주고 싶었을 뿐입니다."

하루모치가 눈을 내리깔았다. 그 표정을 바라보며 다이로가 말을 이었다.

"하나노 님을 죽인 주술사는 아주 무서운 자입니다. 사요가 살아 있다는 사실을, 만에 하나라도 그런 자가 알게 하고 싶지 않았습니다."

하루모치의 눈에는 깊은 동요의 빛이 어려 있었다.

"…그렇다고 나에게조차 숨길 줄은…."

다이로는 깊이 머리를 숙였다.

"드릴 말씀이 없습니다. ─부디 헤아려 주십시오. 저는 하나노 님이 목숨을 걸고 지키신 두 아이의 안전을 무엇보다도 우선해 왔습니다. 하나노 님이 돌아가셨을 당시, 저는 하나노 님을 죽인「잎그림자」의 기억을 살짝 조작하는 것조차 겨우 해냈을 만큼 힘이 없었습니다. 사요가 살아 있다는 사실을 그 주술사가 알게 되면, 코하루마루 도련님이 살아 계시다는 것도 알려지고 맙니다. 아무리 사소할지라도 그런 위험이 따르는 일을 저지를 수는 없었습니다."

하루모치가 감았던 눈을 떴다.

그리고 가만히 다이로를 바라보았다.

"─오늘 이곳에 온 것은 바로 그 일 때문이다."

다이로의 얼굴빛이 변했다.

"그자가 코하루마루 도련님에 대해 알게 된 겁니까?"

"곧 알게 되겠지."

그렇게 말한 하루모치는 대공의 성에서 있었던 일을 다이로에게 들려주었다.

"나는 며칠 안으로 대공님께 일의 경위를 알리는 서한을 보낼 것이다. 그리고 후계자 승인식을 행해 주신다는 대공님의 회답이 도착하면, 그 즉시 코하루마루를 대공님이 계신 곳으로 데려갈 것이야."

다이로는 심각한 표정을 지은 채 아무 말도 하지 않았다.

"알고 있다. 이건 코하루마루의 목숨을 위태롭게 할지도 모르는 큰 도박이야. 그러나 이번이 아니면 다시는 움직일 기회가 없겠지. 자네도 알 거야. ─이건 우리 유지 일족이 하루나국의 대를 이을 유일한 기회이자, 코하루마루가 앞으로 사람답게 살 수 있는 마지막 기회이기도 해."

다이로는 하루모치의 얼굴을 잠시 동안 쳐다보다 고개를 끄덕였다.

"…맞는 말씀입니다. 야스모치 도련님이 돌아가셨을 때, 저도 하루모치 님께서 그런 결단을 내리시지 않을까 생각했습니다. 언젠가는 내려야 할 결단이고… 드디어 때가 되었다는 말이겠지요."

하루모치도 절박한 표정으로 끄덕였다.

"지금부터 보름 이내에 승부가 난다. 이를 위해 목숨마저 희생한 자들의 마음은 물론, 십 년이란 긴 세월을 저택에 갇혀 지낸 코하루마루의 모든 것이 여기에 달려 있네. 자네를 찾아온 이유는 이미 알고 있겠지. 자네의 부친이 코하루마루를 지켜 주었듯, 이번에는 자네가 이국異國에서 건너온 술법으로 코하루마루를 지켜 줬으면 해."

다이로의 눈에는 고뇌의 빛이 담겨 있었다. 긴 침묵 끝에 다이로는 겨우 입을 열었다.

"아버지가 병으로 돌아가셨을 때, 저는 아직 술법을 다 익히지 못한 상태였습니다. 아버지가 남겨 주신 책과 여러 나라에 흩어져 있는 동료를 통해 조금씩 술법을 배우고 익히기는 했으나, 아무리 애를 써도 적의 주술사를 당해 내지는 못할 것입니다."

다이로는 한마디 한마디 곱씹듯 말을 이었다.

"게다가 「오기」는 본래 대상을 보호하고 지키기 위한 기술입니다."

"…코하루마루를 숨긴 저택에 걸려 있는, 그런 방어 기술을 말하는 건가?"

"그렇습니다. 공격 기술은 거의 없습니다."

쓴 것이라도 씹은 듯한 다이로의 표정을 보며 하루모치가 말했다.

"다이로여, 나는 공격해 달라고 하지는 않았네. 지켜 달라고 부탁하는 거야."

다이로는 눈을 들었다.

"지키는 기술 중에서 가장 좋은 방식은 숨기는 것입니다. 상대에게 존재를 들키지 않으면 지켜 낼 수 있습니다. 그렇기에 이제까지 어떻게든 코하루마루 도련님을 지켜 올 수 있었던 것입니다. 그러나 일단 상대에게 그 존재를 들킨 자를 지켜 내려면 공격할 힘도 필요해집니다. ―저는 그 주술사의 상대가 되지 못할 겁니다."

다이로는 새파래진 얼굴로 말했다.

"대공님께 사정을 모두 말씀드리고 그분을 모시는 주술사의 힘을 빌리는 것은 안 되겠습니까?"

하루모치는 고개를 저었다.

"될 리 없지. …대공님 처지에서 보면 나는 그저 영토 일부를 맡긴 소영주小領主일 뿐이야. 내게 주술사를 빌려주면 그동안 대공님 자신의 방비가 허술해진다. 그런 위험을 무릅쓰면서까지 나를 도와주실 리가 없어."

"그러나 유키 모리타다의 힘이 너무 커지는 것은 대공님께도 안 좋은 일이 아닙니까?"

하루모치는 입가에 쓴웃음을 띠었다.

"분명 그 말도 옳다. …그 덕에 모리타다도 주술사에게 영주가 된 나를 죽이라고 시키지는 못하고 있지. 대공님께서 승인하신 영주를 저주로 죽이는 것은 대공님의 뜻을 거스르는 것과 마찬가지니까. 그렇게 되면 이번에는 모리타다 자신이 대공님의 주술사가 거는 저주로 죽임을 당하게 될 테니 말이다. 그러나 한 걸음 더 나아가 생각해 보게. 그 말은 곧 내게만 힘을 빌려주는 것도 불가능하단 뜻이야. 내게 손을 빌려주시는 순간, 대공님께서는 모든 영주를 평등하게 대한다는 규칙을 깨시게 된다. 그것이야말로 대공님의 권위를 뒤흔드는 결과를 가져오겠지. 대공님께서 코하루마루를 내 후계자로 인정해 주시면 모리타다도 대놓고 손을 쓰지는 못하게 된다. 그러나 다이로여, 대공님이 직접 힘을 빌려주시는 일은 있을 수 없어. ─우리는 우리 힘으로 끝까지 살아남아야 해."

그렇게 말한 하루모치는 다이로를 응시했다.

"참으로… 그대의 힘으로는 승산이 없는가?"

다이로의 미간에는 깊은 주름이 패어 있었다.

"…아마도."

하루모치의 얼굴에는 핏기가 없었다. 그 하얀 얼굴에 결의의 빛을 띠고 하루모치는 말했다.

"그렇다면 내가 그대에게 물어야 할 것은 단 한 가지다. 나와 코하루마루에게 남은 길은 이것뿐. 다른 살길은 없어. ─자네도 이 길을 함께 걸어 주겠는가?"

다이로는 숨을 깊이 들이마시고 잠시 눈을 감았다.

갖가지 감정들─색색의 수많은 추억으로 물든 감정들이 다이로의 가슴속을 마구 휘저었다.

이윽고 다이로는 눈을 떴다.

"…저는 이미 그 길 위에 있습니다."

앞으로의 계획에 대한 의논을 마치고 하루모치가 자리에서 일어난 것은, 달이 하늘 한가운데 높이 뜰 무렵이었다.

하루모치는 무슨 생각인지 그 뒤로 단 한 번도 사요 이야기를 꺼내지 않았다.

하룻밤 머물고 가라는 다이로의 권유에도 하루모치는 고개를 저었다. 하루모치는 횃불을 들고 성으로 돌아갔다.

다이로는 무거운 마음을 안고 거실로 돌아왔다. 쿨쿨 잠자는 이치타의 곁에 있던 스즈가 퍼뜩 얼굴을 들었다.

"오라버니…."

다이로는 스즈에게 물었다.

"사요는 어디 갔지?"

"…어머, 그러고 보니 아까 잠깐 나갔다 온다더니 아직 안 왔네요. 뒷간에 갔나 했는데."

다이로의 표정이 심각해졌다.

"무슨 일이죠?"

"…사요는 우리보다 「깊이 듣는 귀」의 힘이 훨씬 강해. 하루모치 님의 「마음」을 들은 것인지도 몰라. 아까 얼굴빛이 바뀐 걸 보면."

"네? 두 분이 나누신 대화를 들었단 건가요? 그럴 리 없어요. 계속 여기 있었던걸요. 아무리 「깊이 듣는 귀」의 힘이 강해도 여기서 손님방의 이야기를 듣는 건 불가능해요. 그리고 그런 표정을 하고 있었다면 저도 알았을 테고요."

"아니, 손님방에 들어간 후로는 나도 조심했어. 그게 아니라 손님방에 들어가기 전 말이야. 이치타를 쫓아왔다가 우연히 하루모치 님과 마주쳤다. 그때 하루모치 님이 사요를 보고 하나노 님을 떠올리셨어…."

다이로는 말을 하다 입을 다물었다. 회랑을 걸어오는 발소리가 들려왔기 때문이다.

사요가 고개를 숙인 채 거실로 들어왔다. 그 주위에는 차갑고 습한 밤기운이 감돌고 있었다.

"…사요야, 어디 갔었니?"

스즈가 애써 밝은 말투로 묻자 사요는 창백한 얼굴에 미소처럼 보이는 것을 억지로 띠어 보였다.

"뒷간에 좀. ─ 속이 살짝 안 좋아서요…."

스즈는 자리에서 일어나 사요의 어깨를 끌어안았다. 옷이 싸늘하게 식어 있었다.

"약을 달여 올 테니 잠깐 기다리렴. 여기 앉아 있어."

말을 끝낸 스즈는 바로 부엌으로 가 버렸다.

사요는 멍하니 선 채 다이로를 올려다보았다.

"사요야…."

다이로의 말을 막듯 사요가 빠르게 말했다.

"다이로 님, 긴 시간 여러모로 돌봐 주셔서 고맙습니다. …저는 이제 집으로 돌아갈까 해요. 내버려 둔 밭도 신경이 쓰이고 집도 슬슬 그리워져서요."

다이로는 사요를 가만히 바라보았다.

한층 작아진 듯한 얼굴에 눈만 커다랗게 보였다.

하루모치의 「마음」을 들은 탓일까. 아니면 뭔가 다른 이유가 있는 것일까. 사요가 혼란스러워하며 완전히 겁에 질려 있는 것이 느껴졌다.

그러나 사요는 이유를 물어도 대답하지 않을 것이다. 사요는 작은 짐승 같은 아이다. 겁에 질리면 누군가에게 매달리기보다 자신의 굴속으로 도망쳐 스스로 몸을 지키려고 한다.

'…그게 나을지도 모르겠구나.'

다이로는 마음속으로 생각했다. 다이로는 이제부터 목숨을 건 여행길에 올라야 한다. 스즈와 이치타는 이 저택에 있는 한 안전하다. 사요도 이곳에 머물게 하고 싶었지만, 생각해 보면 사요의 존재는 아직 적에게 알려지지 않았다. 이곳에 있는 것보다 전처럼 원래 살던 마을에서 사는 편이 행복할지도 모른다.

돌아가게 놔두자— 하고 다이로는 생각했다.

이제까지 다이로는 사요에게 어머니에 대해 알려 주고 자신들과 함께 살자고 설득할 생각이었다.

사요는 두 남매에게 없는 보석 같은 재능을 지니고 있다. 기초부터 하나씩 술법을 가르치다 보면, 언젠가 하나노를 뛰어넘는 주술사가 되어 이 나라를 지키는 데 도움을 주지 않을까 기대하고 있었다.

그러나 운명은 그럴 시간을 허락해 주지 않았다. 하루모치가 시작한 도박은 앞으로 보름 이내에 결판이 난다.

이렇게 된 이상, 사요를 이곳에 두는 것은 오히려 위험하다. 자신들과 관계를 맺고 있다 보면 적의 주술사가 어떤 계기로든 사요에 대해 —「어둠의 문」을 기울 수 있는 주술사의 핏줄임을 알게 될지도 모른다.

그렇게 되면 적은 틀림없이 사요의 목숨을 노릴 것이다.

돌려보내 주자. 원래 살던 삶으로 돌려보내 주는 것이 분명 사요를 위한 길이리라.

"알았다. 내일 아침 쿠모카게를 다시 빌려주마."

다이로는 조용히 말했다.

✣ ✣

달빛이 어렴풋하게 길을 비추었다. 말을 타고 달리는 하루모치의 눈에는 주변 경치가 전혀 들어오지 않았다.

계속해서 사요의 모습이 떠올랐다.

살아 있다는 사실만으로도 몸이 떨려 올 만큼 기뻤다. 여태까지 대체 어디서 어떻게 살아 왔을까. 힘든 일 없이 평온하게 지내 왔을까.

'그 아이는 어떻게 저리도 하나노와 닮았단 말인가….'

처음 만났을 때의 하나노를 떠올리자 가슴속에 뜨거운 것이 퍼져 나갔다.

하나노의 아버지 나다는 하루모치의 아버지를 모시던 주술사였다. 키가 크고 입이 무거운 남자로, 놀랄 만큼 옅은 색의 눈을 지니고 있었다. 하나노는 그런 아버지의 손에 이끌려 하루모치가 있는 곳으로 왔다. 하루모치가 열두 살 때쯤일까. 하나노도 비슷한 나이였을 것이다.

하루모치의 아버지 마사모치는 탐욕스러운 자였다. 하루모치와 하나노를 어릴 때부터 남매처럼 지내게 한 것도, 하나노를 나다 뒤를 잇는 주술사로 만들어 하루모치를 섬기게 하려던 속셈이었다.

하나노는 얌전하고 상냥한 아이였다. 죽은 어머니에게서 배웠다는 춤을 보여 준 것이 떠오른다. 하지만 자라면서 많은 것을 알게 된 하나노는 결국 주술사가 쓰는 기술을 증오하게 되었다.

지금 돌이켜 보면 나다는 하나노를 굳이 주술사로 만들려는 생각이 없었던 게 아닐까 싶다. 언제나 담담한 나다는 무슨 생각을 하는지 알 수 없는 사람이었다. 그래서 아마 그랬지 않았을까 하는 막연한 추측이지만, 잘못 짚은 것은 아닐 듯싶었다.

다이로의 아버지 코우로를 마사모치에게 소개한 것도 다름 아닌 나다였다. 마사모치는 바다를 건너온 이방인이라며 수상쩍게 여긴 듯했지만, 나다는 일이 있을 때마다 코우로에게 주술을 돕게 해 마사모치의 신뢰를 얻을 수 있도록 했다. 주술사라는 무거운 짐을 딸에게 지우고 싶지 않아서 그랬던 것은 아닐까….

하루모치의 아버지 마사모치가 숨을 거두자 얼마 지나지 않아 나다도 세상을 떴다.

하나노는 지켜 줄 사람이 없어진 하루모치를 그냥 내버려 둘 수 없었을 것이다. 원하지 않았던 주술사가 되어 하루모치 곁에 남아 주었다. 이미 본부인이 있었지만, 하루모치에게 하나노는 둘도 없이 소중한 사람이었다. ──태어난 환경이라는 굴레 탓에, 무서운 저주의 소용돌이 한복판에 내던져진 하루모치와 하나노. 함께 하루하루를 지내면서 두 사람은 강한 마음의 끈으로 이어졌다.

그러나 하나노는 아무리 부탁해도 아버지 나다가 쓰던, 심부름꾼을 부리는 기술만은 결코 쓰려 하지 않았다.

소중히 여기는 사람들을 적의 영물여우에게 잃었을 때, 하루모치는 하나노를 원망했다.

 '…잔인한 짓을 하고 말았어.'

 그때의 일을 떠올리면 아직도 가슴이 아프다.

 하루모치도 하나노의 마음을 알고 있었기 때문이다. ─하나노는 모든 것을… 사람도, 짐승도, 화초도, 벌레도 모두 차별 없는 눈으로 바라보던 사람이었다. 그래서 무언가를 위해 다른 무언가를 희생시키는 것을 참지 못했을 것이다.

 그렇기에 하나노는 자신이 할 수 있는 최대한의 것을 해 준 것이다. ─자기 몸을 내던지면서까지….

 하루모치는 말의 갈기에 이마를 대고 이를 악물었다.

 '하나노….'

 먼 옛날에 잃은 사랑하는 사람의 얼굴이 사요의 얼굴과 겹쳐졌다.

 다이로가 어떤 마음으로 사요를 숨겨 왔는지도 잘 알 수 있었다. 적의 주술사에게 살아 있다는 것이 알려지면 목숨은 없는 것과 마찬가지니까.

 '정말 잘 지켜 주었다.'

 그렇게 생각했을 때 문득 다른 생각이 떠올랐다. ─만약 그 아이가 하나노와 같은 힘을 지녔다면 주술사가 될 수 있는 것이 아닐까.

 하루모치는 얼굴을 찌푸리고 머리를 양옆으로 살짝 흔들었다. 마음속에 도사리고 있는 무서운 것을 엿본 느낌이었다.

'…그 아이를 주술사로 만들면 제 어미와 같은 고통 속으로 밀어 넣게 된다.'

그러나 하루모치에게는, 유지 일족을 지키고 영토를 풍요롭게 만들어야 한다는, 그 무엇보다도 우선해야 할 무거운 사명이 있었다. 하루모치는 깊은 고통을 가슴에 품은 채 계속해서 말을 몰았다.

성의 망루望樓가 보일 무렵 하루모치는 생각했다.

'저 아이를 말려들게 할 수는 없다…, 아직은.'

5
밭 태우기

바람막이 울타리를 걷어 내자 집 안이 훨씬 밝아졌다.

문을 열어 상쾌한 봄바람을 집 안으로 들이기도 하고 밭도 둘러보고 하다 보니, 이전까지 해 왔던 생활의 감각이 조금씩 몸에 돌아오는 것 같았다.

바쁘게 일하다 보면 언젠가는 매화가지 가옥에서 보고 들은 것을 잊을 수 있을지도 모른다. 아무 일도 없었던 것처럼 평범한 생활로 돌아갈 수 있을지도 모른다.

그래, 어차피 손 놓고 쉬고 있을 틈은 없다. 어서 밭부터 태워야 한다. 죽은 풀을 태워 재로 만들고, 그 재를 뿌린 땅을 일구어 채소 씨앗을 뿌릴 준비도 해야 한다. 얼마 남지 않은 실을 뽑아 천 짜는 일도 해야 한다. 살기 위해서는 돈을 벌어야 하니까···.

매화가지 가옥을 떠날 때 고맙게도 다이로와 스즈가 쌀을 넉넉히 챙겨 주었다. 들에서 캔 나물을 잘게 썬 다음, 호사스럽게도 윤기가 자르르 흐르는 쌀밥에 섞어 나물밥을 만들어 먹으니 봄 내음이 온몸을 가득 채우는 것 같았다.

하지만 홀로 화롯불을 쳐다보고 있자니 가슴이 텅 비는 느낌이 밀려온다.

다시 혼자가 되어 버린 쓸쓸함은 할머니가 돌아가셨을 때 느꼈던 것과는 달랐다. 그때는 뼈저리게 외로웠다면, 지금은 어딘가 허전한 것처럼 가슴이 욱신거렸다. 아무리 몸을 피곤하게 해도 그 욱신거림은 사라지지 않았다. …뭘 해도 채워지지 않는—원하는 것은 이게 아닌데 하는 느낌을 떨쳐 낼 수 없었다.

바람이 잠잠하고 화창한 어느 날, 사요는 불이 다른 곳으로 옮겨붙지 않도록 조심하며 홀로 작은 밭을 태웠다.

피어오르는 연기가 천천히 바람을 타고 흘러간다. 사요는 그 냄새에 휩싸인 채 연기가 나부끼며 사라져 가는 그 끝을 눈으로 좇았다.

오래된 풀을 태우고 흙을 갈아엎으면 씨앗을 뿌릴 차례다.

말라 죽은 풀이 사라진 밭을 파 뒤집자, 검은 새 흙이 불쑥 모습을 드러내고 숨을 쉬기 시작하는 것 같았다. 그 새 흙냄새를 기억해 낸 순간, 문득 뭔가를 깨달은 느낌이 들었다.

뒤엉켜 붙은 검불을 태우기 전까지는 밭을 되살릴 수 없는 법.

나도 마찬가지야. 가슴속에 뒤엉켜 있는 감정들을 그냥 놔두면 분명 이 답답하고 울적한 기분은 영원히 사라지지 않으리라.

하루모치가 다녀간 밤, 사요는 거짓말을 했다. 그때 사요는 뒷간에 간 것이 아니었다. 다이로의 집을 둘러싼 매화나무 숲에 숨어 하루모치가 말을 타고 돌아가는 모습을 지켜보고 있었다.

하루모치가 또 엄마 생각을 하는 것은 아닐까, 아주 잠시라도 떠올리지 않을까 기대하며 매화나무 뒤에 숨어 있었다.

그러나 하루모치에게서 들려온 「마음」은 사요를 매우 놀라게 만들고… 두려움에 떨게 했다.

마구를 쩔렁쩔렁 울리며 지나가는 무사의 등에서 전해져 온 것은—저주, 영물여우, 죽음의 예감, 두려움, 각오—그런 수많은 단어가 뒤엉킨 어두운 감정이었기 때문이다.

소름이 끼쳐「마음의 귀」를 닫으려는 순간, 이름 하나가 하루모치의 가슴을 스치고 지나갔다.

코하루마루—라는 그 이름에는 어떤 이유에선지 하나노… 엄마의 이름이 달라붙어 있었다. 그리고 사요라는 이름도….

작아지는 무사들의 그림자를 바라보며 사요는 한동안 움직일 수 없었다.

어렴풋이 깨달은 사실이 사요의 마음을 얼어붙게 만들었다.

불현듯… 무작정 어딘가로 도망치고 싶었다. 이곳에는 터무니없이 크고 무서운 어둠이 있다. 아무것도 모르는 편이 나았을 거란 생각이 들었다. 다 제쳐 두고 집으로 돌아가고 싶었다. 그리고 화롯가에서 이불을 덮어쓰고 잠들고 싶었다….

나부끼는 연기가 연푸른색 봄 하늘로 녹아든다.

포근한 햇볕이 얼굴 위로 내리쬐고 작은 새들의 명랑한 노랫소리가 허공으로 사라져 간다.

사요는 숨을 크게 들이마셨다. 연기 냄새가 흩어지자 봄바람에서 새싹 냄새가 났다. 겁에 질려 쏜살같이 도망쳐 온 뒤로 잔뜩 오그라들었던 마음이 이제야 겨우 진정되기 시작했다.

홀로 천천히 생각할 시간을 가질 수 있어 다행이었다. 그 덕분에, 돌이 날아와 흙탕물로 변했던 연못이 스르르 맑아지듯, 자신의 마음속이 보이기 시작했다.

지금껏 몰랐던 과거가 틀림없이 존재하고, 그 끝에 지금의 자신이 있다.

설령 무서운 빛깔로 가득 차 있다 해도, 그것은 분명한 감촉이 느껴지는 과거였다. 봉인되어 하얗게 뚫린 공허한 과거와 달리, 좋든 나쁘든 자신에게 달라붙어 있는 무언가를 생생하게 느끼게 해 주는 것이었다.

사요는 손뼉을 치며 마음을 정리하고 하늘을 올려다보았다.

'하루모치 님이 왜 나랑 엄마랑 코하루마루에 대해 생각하고 계셨는지 다이로 님께 여쭤보러 가야겠어.'

엄마에 대해, 코하루마루에 대해, 그리고 자신에 대해. ─과거를 모두 알고 나서 그것을 뛰어넘을 수 있다면, 분명 땅이 되살아나듯 새로운 기분으로 시작할 수 있을 것이다. 캄캄한 어둠 속에서 길을 잃은 듯한 불안감도 사라질 테고, 어디로 발걸음을 옮기면 좋을지도 눈에 보일 것이다.

내일 아침이 되면 다이로 님의 집까지 걸어가자. 멀긴 해도 새벽에 출발하면 해가 저물기 전까지는 분명 도착할 수 있을 거야.

가늘어진 연기가 요나 숲 쪽으로 흘러간다.

코하루마루도 이제 열다섯 살이 되었을 것이다. ─어떤 모습으로 성장했을까?

만나서 지금껏 쌓인 이야기를 나눌 수 있다면 좋겠지만, 그럴 수 없으리라는 것을 지금의 사요는 잘 알고 있었다.

썩은 울타리 틈으로 들락거리며 같이 놀던 때가 그리웠다. 생각해 보면 그때는 꽤 대담한 짓을 했었구나 싶다. 간이 크다는 건 이런 걸 두고 말하는 것이겠지.

신기했다. 그런 식으로 코하루마루와 만났다는 것이….

도대체 코하루마루와 나는 무슨 인연으로 이어져 있는 걸까? 만약 깊은 인연이라면, 겁내지 않고 계속 앞으로 나아가려고 노력하다 보면 다시 한번 만날 수 있는 길이 열릴지도 모른다.

푸른 하늘을 날아오르는 작은 새처럼 마음이 가벼워졌다.

화창한 봄 햇살 속에서 사요는 눈을 가늘게 뜨고 미소 지었다.

✤ ✤

서둘러 씨뿌리기만 끝낸 다음 날, 사요는 날이 채 밝기도 전에 주먹밥과 대나무 물통만 가지고 집을 나섰다.

혼자 가야 하니 쿠모카게를 타고 간 길이 아니라 큰길로 나가는 편이 나을 것이다. 다이로가 신비로운 곳간 안에서 사요의 집과 매화가지 가옥의 위치를 손으로 가리켜 줬을 때, 사요는 히노베日野邊 길이 매화가지 가옥 바로 옆을 지난다는 사실을 깨달았다.

히노베 길은 하루모치 님의 성으로 이어지는 큰길로 사람의 왕래가 잦은 편이다. 낮이라면 여자아이 혼자 걸어도 습격당할 일은 없을 것이다.

오늘도 변함없이 날씨가 좋았다. 들뜬 발걸음으로 산길을 내려가자 화창한 봄 햇살이 비치는 산기슭의 길이 나왔고, 점심 전에 히노베 길에 접어들 수 있었다.

사요는 히노베 길의 수많은 인파에 깜짝 놀랐다. 장날도 아닌데 왜 이렇게 사람이 많을까? 더욱이 다들 뭔가를 기다리듯 길 양쪽으로 물러나 있었다.

"…와, 왔다! 왔다, 왔어…!"

누군가의 말소리가 들리고 웅성거림이 한층 커졌다.

사요는 재빨리 아주머니들의 팔 아래를 지나 앞쪽으로 나갔다. 말발굽 소리가 크게 들려온다. 길 저편에서 기마 무사의 행렬이 마구를 번쩍이며 다가온다.

"누가 그분이야?"

뒤에 있는 아주머니들의 목소리가 들렸다.

"글쎄."

"좀 기다려 봐. 가까이 오면 알 수 있을 거야. 열다섯 살쯤 되는 젊은 무사랬지?"

"그렇다 해도 참 놀랄 일이야. 십 년이나 숨기다니 대체 왜 그랬을까?"

사요는 사람들의 이야기를 들으며 가슴이 옥죄여 오는 것을 느꼈다.

'설마….'

맨 앞의 무사가 든 깃발이 똑똑히 보이기 시작했다. 틀림없이 유지 하루모치 님의 깃발이었다. 요나산 쪽에서 왔다는 것은 숲 그림자 저택에서 내려왔다는 뜻이다.

어디로 가는 걸까? 이 앞은 하루모치 님의 성이 있는 마을이다. 성으로 가는 걸까?

선두의 기마 무사가 흙먼지를 일으키며 지나간다. 그리고 계속해서 말에 탄 무사들이 사요 눈앞을 통과한다.

무사들에게 둘러싸인 채, 아름다운 백마를 타고 가는 소년의 모습이 얼핏 눈에 들어왔다. 봄 햇살에 하얀 얼굴이 드러나 있었다. 기품 있는 얼굴 위로 의지가 강해 보이는 검은 눈썹과 눈동자가 선명하게 보였다. 낯익은 모습이었다.

"코하루마루…!"

사요는 무심결에 외치고 말았다.

코하루마루를 호위하는 무사들이 인상을 쓰고 사요를 내려다보며 지나간다.

코하루마루와 눈이 마주쳤다. 하지만 사요를 발견하고도 그 눈은 차갑게 빛날 뿐이었다. 코하루마루는 마치 길가의 나뭇가지라도 본 것처럼 시선을 쏙 돌려 버렸다.

차가운 경직이 목덜미부터 머리 뒤로 번져 갔다. 사요는 눈앞을 지나가는 코하루마루의 뒷모습을 멍하니 쳐다보았다.

눈이 마주친 순간의 느낌을 믿을 수 없었다. 사요는 숨 쉬는 것도 잊고 그 자리에 얼어붙었다.

'…저건 코하루마루가 아니야.'

사요는 부르르 몸을 떨었다.

삼 년이라는 시간이 흘러도 소년의 얼굴에는 어릴 적 코하루마루의 모습이 똑똑히 남아 있었다. 겉모습은 밝고 활발하던 그 시절 그대로였다.

그러나 그 속에서 느껴진 것은… 토할 듯이 어둡고 뒤틀린 무언가였다. 소름이 돋을 만큼 일그러진 그것에 닿은 순간, 머릿속에 벌레 날갯소리 같은 낮은 울림이 들려왔다.

얕은 숨을 몰아쉬며 그 자리에 서 있는 사요의 눈앞을 낯익은 얼굴이 지나쳤다.

다이로다. 하야테를 탄 다이로가 지나간다.

다이로도 사요를 발견하고 눈을 동그랗게 떴다. 다음 순간 다이로의 「목소리」가 사요의 가슴을 때렸다.

'…사요, 네가 왜 여기 있는 거야! ─우리에게 상관하지 말아라! 어서 여기에서 떨어져!'

날카로운 경고를 남긴 다이로는 뒤따라오는 기마행렬에 밀려 앞으로 가 버렸다.

사요는 엉겁결에 그 뒤를 쫓아 두 발자국 앞으로 내디뎠지만, 기마행렬을 따라가는 것은 무리라고 판단하고 마음을 바꿨다.

그때 미간을 살며시 스치는 것이 있었다.

행렬의 마지막 대열이 지나가는 중이었다. 대열 끝부분의 말에 탄 종자從者 소년 중 한 명이 이쪽을 보고 있었다. 밤색 말을 탄, 말끔한 얼굴의 소년이었다. 가늘고 긴 눈초리에 옅은 색의 눈동자가 놀란 빛을 머금고 사요를 바라보고 있었다. 소년은 뭔가 말하고 싶은 듯 입가에 아쉬움을 띤 채 앞으로 멀어져 갔다.

누굴까…. 어디선가 본 적이 있는 소년이었다.

어째서 저렇게까지 걱정스러운 눈으로 날 쳐다본 걸까….

술렁대며 흩어지기 시작한 사람들 사이에서 이리저리 밀리던 사요는, 퍼뜩 얼굴을 들고 이미 멀어진 소년의 뒷모습을 눈으로 좇았다.

생각났다! 지난 섣달 그믐날, 도적들에게 습격당했을 때 자신을 구해 줬던 소년이 틀림없다.

도대체 정체가 뭘까? 무엇을 전하고 싶었던 걸까? 마치 안개로 된 장막이 가리고 있는 것처럼, 소년의 「마음」은 사요에게 들리지 않았다.

대낮에 기묘한 꿈을 꾼 것만 같았다. 사요는 그 자리에 우두커니 서서 떠나가는 기마행렬을 바라보았다.

6
젖형제

해가 뉘엿뉘엿 넘어갈 무렵에야 사요는 매화가지 가옥에 도착할 수 있었다. 어느덧 내리기 시작한 비를 맞고 몸이 흠뻑 젖은 상태였다.

처음 왔을 때와 마찬가지로 커다란 눈동자를 지닌 야타가 가장 먼저 맞아 주었다. 하지만 소리를 들었는지 야타가 부르러 가기도 전에 스즈가 깜짝 놀라며 뛰쳐나왔다.

온종일 걸은 사요는 녹초가 되어 있었지만, 해야 할 이야기와 묻고 싶은 것이 목 끝까지 차올라 애가 탔다.

스즈는 일단 한숨 돌리고 이야기하자며 향기 좋은 차를 끓여 주었다. 도톰한 찻잔이 차가운 손바닥을 데워 주었고, 구수한 차는 지친 몸을 속부터 편안하게 만들어 주었다.

사요는 차를 홀짝거리며 여기까지 오게 된 사정을 스즈에게 들려주기 시작했다.

스즈는 무릎을 지나 머리로 기어오르는 이치타를 어르며 말없이 사요의 이야기를 듣고 있었다. 그러나 오늘 점심때 마주친 행렬에 대해, 특히 코하루마루에 대해 이야기하기 시작하자 얼굴빛이 변했다.

"사요야, 너 코하루마루 도련님을 아니?"

"그게, 사실 아주 예전에, 어릴 때 만난 적이 있어요…."

숲그림자 저택에서 남몰래 같이 논 이야기를 듣던 스즈의 얼굴이 점점 새파랗게 변했다.

"이럴 수가…. 울타리 뚫린 곳으로 빠져나왔다고? 이거 야단났구나."

중얼거린 스즈가 머리에 손을 올렸다.

"왜죠?"

스즈는 그 물음에는 답하지 않고 사요의 얼굴을 쳐다보며 물었다.

"오늘 눈이 마주친 코하루마루 도련님에게서 뭔가 무서운 것을 느꼈다고 했지. 그게 어떤 것이었는지 한 번 더 설명해 주렴."

"음…."

사요는 얼굴을 찌푸렸다. 다른 사람의 「마음」을 말로 설명하기는 어렵다.

"뭐랄까…, 오싹했어요. 있잖아요, 예전의 코하루마루는 힘이 넘치는 밝고 상냥한 아이였어요. 하지만 오늘 만난 코하루마루는 겉은 예전 그대로인데 속은… 어둡고 일그러진 데다 이상한 소리도 들렸어요."

"소리라니? 어떤?"

"벌레 날갯소리처럼 낮게 윙윙거리는 소리였어요."

다시 떠올린 순간 소름이 돋았다. 사요는 팔 위쪽을 문지르며 스즈의 굳어진 얼굴을 보고 있었다.

스즈도 사요를 보고 있었지만, 그 눈은 사요를 지나 어딘가 다른 곳을 보고 있는 듯했다.

"스즈 언니."

사요가 부르자 스즈는 눈을 깜빡였다.

"…어쩜 좋담."

스즈는 혼잣말처럼 말하고 입가를 손으로 문질렀다.

숨기고 있는 사실을 털어놓을까 망설이는 것이리라. 사요는 마음의 문을 살며시 열어젖히듯 스즈에게 말했다.

"스즈 언니, 말해 주세요."

스즈는 눈앞의 호리호리한 소녀를 바라보았다.

이제까지 사요의 눈은 어딘가 겁먹은 듯한 망설임을 담고 있었다. 하지만 지금은 머뭇거리면서도 앞을 향해 나아가려는 의지가 느껴졌다.

그걸 본 스즈는 마음을 정했다. 지금 사요가 한 이야기는 한시라도 빨리 오빠에게 전해야 한다. 하지만 이치타 때문에 스즈 자신이 직접 오빠 뒤를 쫓을 수는 없었다.

지금 할 수 있는 것은 단 한 가지. 모든 것을 털어놓고 사요의 힘을 빌리는 것뿐이다.

'…인연이란 이런 걸 두고 말하는 걸까.'

스즈는 소녀였을 때 사요의 어머니인 하나노를 동경했다. 온화하고 상냥했던 하나노를….

"난 오라버니와 달리 이야기를 잘하지 못하지만…."

그렇게 말한 스즈는 망설임을 떨쳐 버리려는 듯 짧게 한숨을 쉬었다. 그리고 사요를 똑바로 바라보았다.

"이미 알고 있겠지만, 코하루마루 도련님은 유지 하루모치 영주님의 아드님이야. 십 년 전에 강에 빠져 죽은 것으로 되어 있는 둘째 아드님이지."

스즈는 거기까지 말하고 답답하다는 듯 혀를 찼다.

"아아, 정말! 오라버니라면 훨씬 잘 설명할 텐데! 내가 이야기하면 이곳저곳 빠뜨릴지도 몰라. 그도 그럴 게 그때 나는 아직 어린애였고 어른들은 자기들이 뭘 하는지 전혀 알려 주지 않았으니까…. 내가 알고 있는 건 나중에 오라버니가 가르쳐 준 것들뿐이야."

사요는 스즈에게 용기를 불어넣어 주듯 말했다.

"그래도 괜찮으니까 알고 있는 것만이라도 말해 주세요."

"응…, 그래 볼게."

스즈는 흐트러진 머리를 쓸어 올렸다.

"전에 오라버니가 이야기한 것 같은데, 그 유키 모리타다가 하루모치 님께 원한을 품고 있단 이야기…."

"아, 와카사 들판 때문에 증오하고 있단 거 말이죠?"

"와카사 들판 때문만은 아니라고 하지만, 어쨌든 유키 일족은 유지 일족을 계속 저주하고 있어. 「어둠의 문」을 열고 영물여우를 보내 충신을 죽이기도 하고…. 마사모치 님은, 생전에 아드님인 하루모치 님이 적의 저주에 걸려 죽을까 봐 두려워하셨어. 그래서…."

스즈는 머뭇거렸다.

"그래서요?"

사요가 재촉하자 스즈는 한숨을 내쉬고 말했다.

"분명 그래서 하나노 님을 하루모치 님 곁에 두신 걸 거야. 하나노 님의 아버지 나다 님은… 마사모치 님의 주술사셨으니까."

깜짝 놀란 사요는 눈을 크게 떴다. 스즈가 황급히 덧붙였다.

"네 외할아버지는 주술사라고는 해도 무서운 분은 아니셨어. 조용한 분이셨지."

사실 스즈는 어렸을 때, 옅은 눈동자를 지닌 나다를 보고 무척 무서운 인상을 받았다. 하지만 그 기억을 들키지 않도록 서둘러 말을 이었다.

"게다가 하나노 님은 아름다운 분이셨어. 명랑하고, 다부지고. 곁에 있으면 기분이 밝아졌지. 너도「깊이 듣는 귀」의 능력이 있잖아? 하나노 님도 같은 힘을 가지고 계셨어. 우리 아버지와 하나노 님이 어떻게 만나게 되었는지는 나도 몰라. 아버지는 나다 님과 친했으니, 아마 유지 일족의 성에서 만난 게 아닐까?"

사요는 작은 목소리로 물었다.

"성에… 있었나요?"

"응, 하루모치 님의 시녀로 계셨어. 어렸을 때부터 쭉. 코하루마루 도련님의 유모 역할도 맡아 하셨고."

스즈의 눈에 어두운 그림자가 일렁였다.

"코하루마루 도련님은 너와 같은 젖을 먹고 컸으니 젖형제가 되겠구나."

사요는 뜨거운 것이 가슴속 깊이 퍼져 나가는 것을 느끼며 눈길을 떨어뜨렸다.

그 가을밤, 작은 등불에 의지해 같이 놀던 코하루마루의 웃는 얼굴이 눈에 선했다. 같은 젖을 나눈 아이들이 우연히 만나 아무 것도 모른 채 남매처럼 놀았다니, 이 얼마나 신기한 인연이란 말인가….

그런 생각을 했을 때, 사요는 문득 어떤 사실을 깨달았다.

'같은 젖을 먹고 자랐다면 그때 이미 내가 태어나 있었단 뜻이잖아.'

사요는 얼굴을 들고 스즈를 쳐다보았다.

"그럼 저도 성에 있었다는 거네요? 그때, 어… 어머니는 결혼해서 제가 이미 태어나 있었단 말인 거죠? 그럼 아버지는…?"

왜 지금까지 전혀 생각하지 못했을까? 아버지에 대해서는 떠올려 본 적조차 없다는 게 이상했다.

스즈의 눈동자가 흔들렸다.

"그래, 태어나 있었어. 하지만 미안해. 난 네 아버지에 대해선 몰라. 네가 태어났을 무렵 난 겨우 여섯 살이었으니까."

"그렇지만, 그럼, 제가 태어난 후 죽었다는 건가요?"

스즈는 고개를 저었다.

"미안해. …정말로 나는 몰라."

"스즈 언니!"

사요는 스즈의 손을 잡았다.

"어째서 가르쳐 주지 않는 거죠? 대체 왜…?"

스즈가 완고하게 고개를 젓고 초조한 듯 소리쳤다.

"정말로 몰라! 난 그때 겨우 여섯 살이었다고 말했잖니."

스즈가 갑자기 소리를 지르자 이치타가 깜짝 놀라며 울음을 터뜨렸다. 스즈는 떨리는 손으로 이치타를 안아 올리고 "착하지" 하며 부둥켜안고 달랬다.

"…이 아이의 아버지를."

불현듯 스즈가 낮은 목소리로 말했다.

"오라버니는 묻지 않아. ─내가 먼저 말을 꺼내길 기다려 주고 있어."

사요의 얼굴을 외면한 채 스즈는 말했다.

"언젠가는 꼭 말할 거야. 하지만 아직은 그럴 마음이 들지 않아. …그런 거, 누구에게나 있잖니?"

스즈는 글썽이는 눈에 강한 빛을 띠고 사요를 바라보았다.

"오라버니는 내게 네 아버지가 어떤 분인지는 이야기해 주지 않았어. ─오라버니에게 물어보렴."

사요는 이를 꽉 깨물고 잠시 스즈를 바라보았다.

펄펄 끓어오르던 분노가 스즈의 눈을 쳐다보는 동안 조금씩 가라앉았다.

스즈가 마음을 써 주는 것을 느꼈기 때문이다. 하지만 그것이 오히려 사요를 불안하게 만들었다. 스즈는 아버지에 대해 모르는 편이 사요를 위한 것이라고 생각하고 있다….

이윽고 사요는 숨을 크게 들이마시고 고개를 한 번 끄덕였다.

'언젠가 반드시 알게 될 날이 올 거야.'

지금껏 아버지도 어머니도 모르고 살아왔다. 이제 와서 아버지에 대해 알게 된들 과연 달라지는 것이 있을까.

"알았어요. 다이로 님께 여쭤볼게요."

그렇게 말하자 스즈가 몸에서 긴장을 풀었다.

스즈는 잠시 고개를 숙이고 이치타의 머리를 쓰다듬다 입을 열었다.

"아버지에 대해서는 모르지만, 하나노 님이 왜 살해당하셨는지는 알고 있어."

사요는 무릎 위에 올려 둔 손에 힘을 주었다.

"하나노 님은 코하루마루 도련님 주위에 뭔가 꺼림칙한 기운이 감돌고 있는 걸 항상 느끼고 계셨다나 봐. 적의 주술사는 아주 무서운 사람이고 힘 차이가 워낙 크니까, 언젠가는 반드시 저주로 죽임을 당할 거라 생각하신 거야. 코하루마루 도련님의 형님은 영주 자리를 이을 후계자이기도 하고 이미 철이 든 나이라, 하나노 님의 아버지가 만든 부적을 몸에 잘 지니고 다녔고 무술 실력도 어느 정도 갖추고 있었어. 하지만 코하루마루 도련님은 너무 어려서 지키는 것이 어려웠지. 그래서 하나노 님은, 우리 오라버니하고 하루모치 님과 함께 의논해서 과감한 수단을 쓰기로 하신 거야."

스즈는 무릎 위에서 칭얼거리기 시작한 이치타를 추스르며 말했다.

"코하루마루 도련님이 강물에 휩쓸려 죽은 것으로 해서 몰래 빼돌린 다음, 오라버니가 「오기」 술법으로 견고하게 보호해 둔 저택에 숨겨 키우자고…, 그런 꾀를 낸 거지. 하나노 님과 오라버니는 너에 대해서도 걱정하셨어. 주술사의 피를 이어받은 널 적이 가만둘 리 없으니까. 그래서 오라버니가 코하루마루 도련님을 빼돌렸을 때, 하나노 님도 너를 안고 다른 방향으로 도망치셨다고 해. 하지만 적의 주술사는 그리 쉽게 속일 수 있는 상대가 아니었어. 하나노 님을 의심하고는 「잎그림자」에게 뒤를 쫓게 했지."

스즈의 목소리가 갈라졌다.

"네게 두건을 씌우고 도망쳤으니 코하루마루 도련님을 데리고 도망치는 것처럼 보였을지도 몰라. …하나노 님은 그렇게 의심받을 것을 각오하고 도망치신 것인지도 모르지. 지금 와서 일의 진상이 어떤지는 알 수 없어. 그 뒤는… 네가 알고 있는 그대로야."

사요는 양손으로 얼굴을 감쌌다. 그날 밤의 파편들이 머릿속에서 소용돌이쳤다. 피 냄새와 남자의 얼굴….

마음속에 퍼져 간 것은 증오가 아니라 이해할 수 없다는 감정이었다.

"─대체, 왜 그런…."

사요는 얼굴을 일그러뜨리고 스즈를 바라보았다.

"스즈 언니는 이해가 가요? 왜 그렇게까지 하는 거죠?"

스즈도 고개를 저었다.

"…나도 모르겠어. 만난 적도 없는 사람을 저주로 죽이다니, 대체 무슨 마음으로 그런 짓을 하는지…."

7
슬픈 비

부슬부슬 내리는 가랑비 소리가 들린다. 때때로 마구간 안으로 숨어드는 바람이 비 냄새를 싣고 왔다.

"토오타, 미안하지만 내 말도 좀 봐 주지 않을래? 나중에 주먹밥 몇 개 슬쩍해서 챙겨다 줄 테니까."

성에서 함께 시동(侍童)으로 일하는 소년 시게타가 손을 모으고 비는 시늉을 했다. 토오타라고 불린 소년은 말없이 고개를 끄덕였다.

"미안!"

시게타는 말이 끝나자마자 말 돌보는 일을 내팽개치고 부리나케 빗속으로 뛰쳐나갔다.

시게타는 요즘 도박에 빠져 있었다. 어차피 가진 돈을 다 잃고 돌아와서 우는소리 할 것이 뻔했지만, 이렇게 은혜를 베풀어 두면 가끔 모습을 감춰도 윗사람에게 이르지 않고 덮어 주기에, 노비가 사람으로 변신한 토오타에게는 오히려 고마운 일이었다.

밤색 말의 등을 짚 뭉치로 천천히 문질러 주자 말이 기쁜 듯 코를 킁킁거렸다.

시동의 모습으로 처음 말 가까이 갔을 때는 진땀을 뺐다. 말은 영리하고 예민한 짐승이라 모습을 바꿔도 사람처럼 쉽게 속아주지 않았다. 순식간에 영물여우 냄새를 알아채고, 흰자위를 드러내며 뒷발로 곧추서서 노비를 냅다 걷어차려고 했다.

영물여우에게 사람을 속이는 일은 누워서 떡 먹기였다. 노비의 눈을 본 사람들은 모두 토오타가 예전부터 여기서 일해 왔다고 믿었다. 하지만 사냥개나 말 같은 짐승들은 속여 넘길 수 없는 위험한 상대였다.

말을 돌보는 것은 시동의 일과다. 말 가까이 가지 못한다면 시동인 척하는 것은 불가능했다.

노비는 어찌할 바를 몰랐다.

한동안은 적당히 둘러대며 다른 일을 맡아 했다. 그러던 어느 날, 신기한 일이 벌어졌다. 물지게를 지고 물을 길어 돌아오던 노비의 옆을, 말이 울음소리 한번 내지 않고 지나간 것이다.

말이 지나간 뒤, 노비는 흠칫했다. …왜 말이 겁을 내지 않았는지 깨달았기 때문이다.

그 무렵 노비는 기묘한 감각을 느끼고 있었다. 문득 자신이 원래「인간」이었던 것이 아닐까 하는 착각을 때때로 느끼게 된 것이다.

인간으로 변해 얼마 지나지 않았을 때는 땅바닥에서 멀리 떨어진 것 같아 두려웠다. 두 발로 걸으면 몸이 흔들려서 거북했다. 손발이 거미처럼 길어진 느낌이 들었고, 털가죽이 아닌 반들반들한 피부도 맘에 들지 않았다.

그러나 하루 이틀 시간이 지나다 보니 어느샌가 그런 점들이 더는 신경 쓰이지 않게 되었다.

몸의 감각만 그런 것이 아니었다. 원래부터 영물여우는 남의 마음을 읽는 데 뛰어난 재주를 지녔지만, 사람과 이야기하고 웃고 맞장구치며 지내는 사이, 어느덧 마음도 사람의 마음에 가까워진 것이리라.

자신이 영물여우라는 것을 잊고 있었다. ─그래서 말이 더 이상 노비를 두려워하지 않게 된 것이다.

토오타로 변해 있을 때는 자신이 영물여우라는 사실을 잊고 있는 편이 낫다는 것을 노비는 깨달았다.

다만 너무 오랫동안 인간 모습으로 있으면 점차 몸에 부담이 간다. 그것은 이것이 진짜 모습이 아니라는 것을 계속 상기시켜 주는 감각이었다.

그렇다고 원래 모습이 편한가 하면, 이상하게 그렇지도 않았다. 영물여우로 돌아오면 이번에는 땅바닥이 너무 가깝고 주변 냄새도 너무 강하게 느껴지는 데다 몸이 작아져서 답답한 느낌이 들었다.

'…이제 나는 노비도, 토오타도 아니게 되었구나.'

어느 날 문득 그런 생각이 들었다.

'난「노비인 토오타」야. …이제 어느 한쪽만으로는 살아갈 수 없어.'

노비는 애마의 갈기를 살며시 쓰다듬어 주었다.

꽉 닫히지 않는 문이 바람에 덜컹거렸다. 노비는 멍하니 그쪽을 바라보며 낮에 본 사요의 모습을 다시 떠올렸다.

'왜 그런 곳에 있었을까.'

분명 그 아이는 코하루마루에게 뭔가가 씌었다는 사실을 눈치챘을 것이다.

걱정스러운 눈으로 행렬을 지켜보던 사요의 얼굴이 떠오르자 불안이 가슴을 옥죄어 왔다.

전에 사요를 쫓아가 발견했던 매화나무 숲속의 저택 주인은, 코하루마루를 지키는 다이로인지 뭔지 하는, 다른 나라에서 건너온 수호자다. 코하루마루가 뭔가에 씌었다는 것을 눈치챈 사요가 그 수호자에게 이 사실을 전하려 하지는 않을까.

사요가 그 수호자를 만나려고 이곳에 온다면―그때는 그 아이를 죽여야만 한다….

눈을 꽉 감았을 때, 노비는 멀리서 울려 퍼진 「부름 소리」를 들었다.

말이 귀를 쫑긋했다. 말의 피부가 긴장으로 팽팽해지는 것이 느껴졌다.

"워, 워…."

속삭여 준 노비는 주변을 둘러보았다. 아무도 없는 것을 확인하자마자 휙 뛰어올라 공중제비를 돌았다.

그 순간 소년의 모습은 온데간데없이 사라지고 붉은빛의 작은 여우 한 마리가 나타났다.

노비는 비가 내리는 밖으로 뛰쳐나가 마구간 뒤쪽으로 이동했다.

여우 모습이 되자 갑자기 주변의 모든 것이 훌쩍 커진 것처럼 느껴진다. 빗소리가 커지고 젖은 흙과 풀 냄새가 숨이 막힐 정도로 진하게 풍겨 온다.

다이로의 아버지 시절부터 성안에는 영적인 방어벽이 빈틈없이 설치되어 있다. 영물여우가 상처 없이 그 방어벽을 통과해 성 내부로 숨어들려면, 옆 나라와 내통하는 배신자의 힘을 빌릴 수밖에 없었다.

그런 배신자 중 한 명이 다른 사람들 눈에 띄지 않도록 심어 둔 작은 잡목雜木이 있었다. 그 나무에는 「틈」과 연결된 담쟁이덩굴이 휘감겨 있었다.

비와 어둠이 노비의 모습을 숨겨 주었다. 그 덕에 작은 여우가 덩굴에 닿은 순간 스르르 사라진 것을 본 사람은 아무도 없었다.

「틈」으로 돌아온 노비는 휴 하고 숨을 돌렸다. 축축한 정기가 온몸으로 스며든다. 「틈」 깊숙한 곳에는, 엄청난 힘을 지닌 신령들이 거주하는 한없이 깊고 넓은 공간이 있다고 한다. 그러나 이미 몸을 더럽힌 심부름꾼 노비가 그곳에 갈 방도는 없다.

인간이 사는 세상과 신령이 사는 세상의 경계에서 노비는 태어났다. 이곳 「틈」이 노비에게는 단 하나의 고향이었다.

빛도 어둠도 아닌, 파르스름한 빛 속을 나는 듯이 달렸다. 노비는 눈 깜짝할 사이에 동료가 모이라고 부른 장소로 접근했다.

와카사 들판은 잿빛 비에 부옇게 흐려 보였다. 먼저 와 기다리는 사람의 형체가 그 속에서 아련하게 번져 보였다.

노비는 부르르 몸을 흔들어 빗방울을 털어 내고는 토오타의 모습으로 스르르 변했다.

"…왔구나."

타마오가 길게 째진 눈초리를 빛내며 노비를 쳐다보았다.

"무슨 일이야?"

노비가 묻자 팔짱을 끼고 서 있던 카게야가 팔을 풀고 나무숲 사이를 가리켰다.

"「어둠의 문」이 사라졌다."

그 말을 듣고 놀란 노비는 「어둠의 문」이 열려 있던 곳으로 발을 들여놓았다.

"…이건!"

"이제껏 본 「수선修繕」과는 달라. 향로 연기로 짠 주술 천呪布으로 막은 게 아니라고. ─정말 완벽하게 원래대로 돌려 놓았어."

타마오는 이마로 떨어지는 물방울을 희고 가느다란 손가락으로 훔쳐 냈다.

카게야가 「어둠의 문」이 있던 자리를 쳐다보며 낮은 목소리로 말했다.

"주인님께 일이 돌아가는 상황을 보고하러 가려고 이곳에 들렀다 알게 된 거야. …너희들도 맡을 수 있겠지. 희미하지만 잎 안쪽에 주술용 향냄새가 배어 있어."

노비는 끄덕였다. 주술용 향냄새만이 아니다. 영물여우의 날카로운 후각은 미미하게 남아 있는 인간 몇 명의 냄새조차 잡아낼 수 있었다. 타마오가 눈살을 세게 찌푸리며 말했다.

"그 이국에서 건너온 수호자 냄새가 나. 그놈 외에도… 두

명… 아니 세 명, 여기 있었던 것 같아. 둘은 여자 같고."

그 냄새를 맡은 순간 노비의 얼굴이 새파래졌다.

'…사요다.'

틀림없다. 사요의 냄새가 남아 있어….

"이건 그 수호자가 한 게 아니야. 이렇게 「어둠의 문」을 지워 버리는 기술이 있다니, 난 처음 봤어."

타마오가 말하자 카게야가 나직이 말했다.

"아무튼, 서둘러 주인님께 알려야 한다. 국경을 빠져나가는 「틈」에는 그 수호자가 우리 같은 영물들을 막는 주술을 걸어 뒀어. 「어둠의 문」을 빠져나가지 못하면 우리 영물여우는 국경을 넘을 수 없다."

"…바다 쪽을 통해 가는 방법이 있어. 바다에는 방어 주술이 걸려 있지 않아."

노비가 작게 말하자 카게야는 고개를 저었다.

"시간이 너무 많이 걸려. 「잎그림자」 한 명을 주인님께 보내자. 놈들은 인간이니까 우리처럼 영적인 방어벽에 튕길 일은 없을 거야."

"여기 와카사 들판에서 오로산을 넘어가면 가장 빠르겠지만, 파수꾼이 많으니 위험할 거야. 산을 넘든, 말을 타고 큰길로 달리든, 시간이 꽤 걸리겠지. 인간 놈들은 발도 느리고 금방 지치니까 말이야. 국경을 넘더라도 「틈」으로 이동할 수 있는 것도 아니고."

타마오는 투덜투덜 불평을 늘어놓았지만 달리 좋은 방법이 없다는 것을 알고 있었다.

"이 사실이 주인님께 전해지길 그냥 넋 놓고 기다릴 수만은 없어. 만약 그 수호자보다 더 강한 놈이 적들에게 가세했다면, 자칫하다간 코하루마루에게 쳐 둔 덫까지 풀어 버릴지도 몰라."

카게야는 타마오를 힐끗 쏘아보았다.

"…그걸 막는 게 우리 임무다."

노비는 줄기차게 내리는 비를 맞으며「어둠의 문」이 사라진 풀밭을 어두운 눈빛으로 가만히 바라보았다.

3장

노비와 사요

1
영물여우 여인

하루모치의 성에 다다르자 수염을 기른 호위병 두 명이 무서운 얼굴로 후문 앞을 지키고 있었다. 말을 잘못 걸었다가 의심을 사서 잡혀가는 게 아닐까 두려웠다. 그래도 사요는 스즈가 일러 준 대로 "타케치 아주머니께 향료香料를 배달하러 왔습니다"라고 말했다. 호위병은 이름을 묻고 향료 단지의 뚜껑을 열어 안을 확인하더니 별말 없이 통과시켜 주었다.

'…와!'

후문을 통해 성안으로 들어간 사요는 저도 모르게 걸음을 멈추었다.

꽃봉오리를 벌리기 시작한 복숭아나무가 성벽 안쪽에 심겨 있고, 수많은 사람이 그 곁을 오간다. 생선 장수로 보이는 남자는 양쪽에 나무통이 달린 물지게를 지고 지나간다. 성에서 허드렛일을 하는 듯한 여자들을 상대로, 꽃문양 돗자리를 펼치고 칠그릇을 파는 아주머니도 보인다.

장날처럼 북새통을 이루고 있었다.

사요는 등에 동여맨 짐을 추스르고 다시 걷기 시작했다. 스즈는 타케치라는 여인이 성 내곽의 주방에 있다고 했다. 주방이 어던지는 몰라도 아마 연기가 나고 있을 테니 어떻게든 찾을 수 있을 거라 믿고 멀리 보이는 흰 내곽을 향해 걸어갔다.

성 본채를 빙 둘러싼 내곽에 다다르자 작은 쪽문이 보였다. 그 문을 지나자 갑자기 주변의 소리가 사라졌다. 쪽문을 통과할 때 마치 깊은 물속에 들어간 것처럼 귀와 코의 안쪽이 막히는 느낌이 들었다. 다시 밝은 햇빛 아래로 나오자 팅 하는 소리와 함께 막힌 느낌이 사라졌다.

'아, 이건….'

사요는 뒤돌아 쪽문을 쳐다보았다. 스즈가 말한 대로였다. 문 바로 옆쪽 벽에, 이국異國의 글자가 까맣고 선명하게 적힌 종이가 붙어 있었다. 다이로가 쓴 「수호부적」이었다.

다이로가 여기 있다고 생각하는 것만으로도 마음이 훨씬 가벼워졌다.

꽃향기 속에 섞인 연기 냄새를 따라 걷다 보니, 노란 개나리꽃이 흐드러지게 핀 곳 근처에 주방 뒷문처럼 보이는 출입구가 보였다.

아주머니 두 명이 벽에 기대듯 서서 이야기를 나누고 있었다. 사요가 가까이 다가가자 두 사람이 무슨 일인가 하는 얼굴로 쳐다보았다.

"저기, 혹시 타케치 아주머니를 아시나요?"

그렇게 말을 걸자, 조금 살이 찌고 야무져 보이는 여자가 눈썹을 치켜세웠다.

"타케치는 난데, 넌 누구니?"

뭔가 생각이 날 듯 말 듯 한 눈으로 사요를 쳐다보며 타케치가 대답했다.

"안녕하세요. 저기, 전 사요라고 합니다. 다이로 님, 스즈 님과 아는 사이예요."

그 말을 듣자마자 타케치의 눈이 휘둥그레졌다.

"너…, 넌!"

그렇게 말한 타케치는 사요의 팔꿈치를 잡더니 이제까지 이야기 나누던 여자를 돌아보고,

"미안해요. 다음에 또 얘기해요"

하고 사과했다. 중요한 이야기를 하던 것은 아니었는지 상대방도 마음 편하게,

"그래요. 또 봐요."

하며 손을 흔들고 다른 곳으로 걸어갔다.

타케치는 사요의 팔을 잡아끌고 주방 뒷문으로 들어가 흙마루 옆의 작은 방으로 데려갔다. 요리와 연기 냄새가 밴 아담한 방에 돗자리가 깔려 있었다.

타케치는 둥근 짚방석에 사요를 앉게 하고 방 밖을 둘러보았다. 아무도 없는 것을 확인하고 나서야 타케치는 사요 앞에 자리를 잡고 앉았다.

"사요라니. 너…, 너 설마 하나노 님의 딸이니?"

숨 돌릴 새도 없이 질문을 던지는 타케치에게 사요가 간략하게 사정을 이야기했다. 타케치는 연신 고개를 끄덕이며 들어 주었다.

스즈는 타케치가 다이로 남매의 어머니와 먼 친척 사이라고 했다. 일찍 부모님을 여읜 타케치를 다이로 남매의 부모님이 데려와 열두 살이 될 때까지 한 가족처럼 지냈다고 했다.

요리를 좋아했던 타케치는, 열두 살에 성으로 불려가 주방에서 일하게 된 이래, 그대로 성에 눌러앉아 여전히 같은 곳에서 일하고 있었다. 성의 정원사와 부부의 연을 맺었고 아직 자식은 없다고 했다.

스즈는 우선 타케치를 만나서 다이로에게 데려가 달라는 부탁을 하라고 말했다.

"어쩜 이렇게 하나노 님을 꼭 빼닮았을까! 언제 이리 컸어…."

가만두면 끝없는 질문 세례를 받게 될 것 같았다. 사요는 서둘러 용건을 꺼냈다.

"저기, 사실은 가능한 한 빨리 다이로 님을 만나 뵙고 싶어요. 다이로 님께 데려다주실 수 있을까요? 코하루마루 님 일로 꼭 들려 드려야 할 이야기가 있어서요."

타케치는 놀란 듯 눈을 깜빡이더니 얼굴을 흐렸다.

"어머나, 이를 어쩐담. 다이로 님은 오늘 아침 일찍 아오리靑抄 숙소로 떠나셨어. 코하루마루 도련님을 대공님의 성으로 데려가신다던데. 그래서 가는 도중 하룻밤 머물 숙소에다 미리 수호의 주술을 걸러 한발 먼저 떠나셨어."

"…아오리 숙소는 여기서 얼마나 떨어져 있나요?"

"어디 보자, 말을 타면 하루 만에 갈 수 있는 거리긴 한데, 지금 출발해도 밤까지는 못 가."

'큰일 났네…. 어쩌면 좋을까.'

어찌할 바를 모르는 사요의 얼굴을 보고 타케치가 물었다.

"무슨 일인데? 급한 일이니?"

사요는 스즈와 나눈 이야기를 타케치에게도 들려주었다.

어릴 때 코하루마루가 저택의 울타리 뚫린 곳으로 몰래 빠져나와 놀았다는 이야기를 하자, 타케치도 스즈와 마찬가지로 얼굴이 어두워졌다.

"아이고, 어쩌다가 그런…. 그런 짓을 하면 모처럼 걸어 둔 수호의 주술이 물거품이 되어 버리잖아. 어린애면 얼마든지 그럴 만도 한데 빈틈이 생긴 것을 몰랐다니, 다이로 님답지 않은 실수를 저지르셨구나."

타케치는 한숨을 쉬었다.

"그렇긴 해도 저택도 워낙 넓고 몇 년이나 아무 일 없다 보니 방심하셨겠지. 천장 구멍은 비가 새는 걸 보고서야 안다고 하잖니. …그래도 이건 정말 큰일이구나. 스즈가 새파래질 만해. 어떡하면 좋담. 성에서 일하는 아무 사내를 하나 보낼 수도 없는 노릇이고. 사정도 잘 알고 완전히 신뢰할 수 있는 사람이어야 하니 말이야."

타케치는 턱을 문지르며 한동안 생각한 후 눈을 뜨고 사요를 쳐다보았다.

"어쩔 수 없구나. 허둥대지 말고 여기서 다이로 님이 돌아오시길 기다리는 수밖에. 섣불리 움직였다가는 외려 안 좋을 수도 있으니까. 여기서 재워 줄 테니 어디 가지 말고 기다리렴. 알았지?"

사요도 별다른 수가 없을 듯싶었다.

"예. 그럼 잘 부탁드릴게요. 저기, 혹시라도 도울 일이 있으면 말씀하세요."

타케치는 방긋 웃었다.

"알았어. 일손은 많을수록 좋으니까."

타케치가 문득 진지한 얼굴로 말했다.

"맞아…. 네가 하나노 님처럼「깊이 듣는 귀」의 힘을 가졌다면, 다이로 님을 기다리는 동안 할 수 있는 일이 있어. 코하루마루 도련님이 계신 방의 저녁 식사 시중을 들게 해 줄 테니, 그때 다시 한번 네가 말한 그 이상한 느낌이 드는지 확인해 보려무나. 어쩌면 그냥 네 착각일지도 몰라. 그도 그럴 것이, 나도 식사 시중 때마다 뵙지만, 코하루마루 도련님은 오랫동안 갇혀 지냈다는 게 믿기지 않을 만큼 명랑하고 활발하신걸. 정말로 그 벌레가 윙윙거리는 이상한 소리가 코하루마루 도련님의 마음에서 들려오는지 먼저 확인부터 해 보렴."

갑자기 목덜미에 한기가 들고 몸이 오싹했다.

코하루마루의 어둡고 뒤틀린 마음에서 들려오는, 그 벌레가 윙윙거리는 듯한 소리를 다시 느끼게 될 거라 생각하니 소름이 끼쳤다.

그래도 한 번 더 만나 보고 싶었다. 만나서… 확인하고 싶었다. 활발하고 명랑하다는 타케치의 말이 마음에 걸렸다. 옛날의 코하루마루는 분명 그런 소년이었다. 어쩌면 타케치의 말대로 착각일지도 몰랐다.

사요는 끄덕였다.

"예, 시중을 들게 해 주세요."

타케치는 성에서 일하는 시녀 중에서도 오래된 편이라 신뢰를 받는 듯했다.

타케치는 동료들에게 사요를 먼 친척의 딸로 예절 교육 때문에 잠시 데리고 있다고 소개했다. 덕분에 사요는 별문제 없이 저녁 시중에 참여할 수 있었다.

성안에는 작은 마을 하나에 견줄 만큼 많은 사람이 살고 있었다. 그래서 높은 무사들을 위한 저녁 식사 준비만으로도 엄청난 양의 밥을 짓고 요리를 만들어야 했다. 일손은 아무리 많아도 부족할 정도였다.

주방에 발을 들여놓은 사요는 늘어선 거대한 솥과 자욱하게 피어오르는 김에 압도당했다.

"솥 근처에는 가지 말고. 연기 냄새가 머리카락에 배면 영주님이 계신 방 식사 시중을 못 드니까 말이야. 저쪽에서 채소 다듬는 걸 도와주렴."

팔을 걷어붙이고 어깨끈을 묶은 뒤 시키는 대로 부지런히 일하다 보니, 코하루마루를 만날 생각에 긴장되던 마음은 어디론가 사라져 버렸다.

성에서는 일반 마을보다 훨씬 이른 시각에 저녁상을 차려 올린다.

해가 기울기 시작할 무렵, 사요는 식사 시중을 위해 받은 깨끗한 통소매 옷으로 갈아입고 머리를 빗어 몸차림을 단정히 했다.

일인용 진짓상은 광택이 나는 칠기漆器로, 기품 있는 무늬가 금박으로 그려져 있었다. 시녀들은 그 위에 조림과 국물 요리 같은 여러 음식을 올리고 미끄러지듯 복도를 걸어간다.

시녀들을 따라 걷던 사요는 심장이 점점 빨리 뛰는 것을 느꼈다. 혹여 국이라도 엎지르면 큰일이다. 떨면 안 된다고 생각하니 손이 더 떨려 온다.

사요는 숨을 마시고 조용히 뱉은 후, '침착하자, 침착해' 하고 자신을 타일렀다.

이윽고 시녀들은 화려한 맹장지문으로 에워싸인 안쪽 방 앞에 도착했다.

'아, 이 냄새는….'

다이로가 쓰던 향의 냄새다. 그뿐만 아니라, 우두머리 시녀가 도착을 고하고 맹장지문을 연 뒤, 다른 시녀들을 따라 방 안으로 발을 내디딘 순간, 다시 귀가 핑 하고 아팠다. 아마 다이로가 이 방에도 영적인 결계를 쳐 둔 것이리라.

사요는 앞의 시녀를 따라 깊이 머리를 숙여 인사한 뒤, 상을 받쳐 들고 나아갔다.

무사가 왼쪽, 오른쪽에 다섯 명씩 무릎을 꿇고 앉아 있고, 정면 안쪽의 한 단 높은 곳에 하루모치와 코하루마루가 나란히 앉아 있었다.

코하루마루와 소곤대던 하루모치가 눈을 들고, 방으로 들어온 시녀들을 무심코 바라보았다. 잠시 후 사요를 발견한 하루모치는 눈이 휘둥그레졌다.

사요는 하루모치가 뭔가 말을 하지 않을까 생각했다. 그러나 하루모치는 아무 말도 하지 않았다. 말은커녕 그 뒤로는 사요에게 눈길조차 주지 않았다.

'「잎그림자」와 내통하는 배신자가 어디 있을지 모르니까 방심하면 안 돼.'

스즈의 말을 떠올린 사요는 눈을 내리깔고 다른 사람의 눈에 띄지 않도록 노력했다.

"…예, 아버님."

변성기를 갓 지난, 쉰 듯한 목소리가 들렸다. 사요는 움찔했다. ─코하루마루의 목소리다. 심장이 가슴속에서 괴로울 정도로 두근대기 시작했다.

음식을 다 나른 사요는 맹장지문 옆으로 물러났다. 그리고 용기를 내어 얼굴을 들고 코하루마루를 쳐다보았다.

곁에 있는 하루모치를 보며 고개를 끄덕이던 코하루마루가 시선을 느꼈는지 이쪽을 바라보았다.

그 순간… 사요는 분명히 「들었다」. 소름 돋을 듯 윙윙대는 벌레 소리를….

'왜 아무도 알아차리지 못하는 걸까? 정말 들리지 않는 거야? 이렇게나 불쾌한 소리인데!'

코하루마루의 눈썹이 살짝 일그러졌다. 무언가를 떠올리려는 듯이.

재빨리 고개를 숙인 사요는 뒷걸음질로 미끄러지듯 방을 빠져나왔다. 맹장지문이 닫힌 후에도 심장은 튀어나올 것처럼 쿵쾅대고 입안은 바싹 타들어 갔다.

사요는 상을 치우러 다시 돌아가는 것은 무슨 일이 있어도 싫다고 생각했다. 타케치 아주머니에게 어떻게든 잘 말해서 빼 달라고 해야지.

그런 생각을 하며 복도를 걷다 보니 아름다운 시녀 한 명이 갠 옷을 손에 들고 건너편에서 다가왔다.

스쳐 지나간 순간 가슴이 덜컥 내려앉았다. 사요는 시녀를 뒤돌아보았다. ──화장 냄새로도 숨길 수 없는 기묘한 냄새를 미간에 느꼈기 때문이다.

시녀도 역시 깜짝 놀란 듯 뒤돌아 사요를 쳐다보았다.

눈이 마주친 순간 사요는 섬뜩했다. 시녀의 눈은 틀림없는 살의를 담고 있었다.

숨이 턱 막힐 듯한 공포를 느꼈다. 사요는 몸을 바들바들 떨며 식사 시중을 드는 시녀들 뒤를 서둘러 쫓아갔다. 뒤따라 오는 게 아닐까 했지만, 그 무서운 시녀는 보이지 않았다.

2
사요, 습격을 받다

대기실로 돌아온 사요는 곧바로 분주하게 지시를 내리고 있는 타케치 곁으로 다가갔다.

"타케치 아주머니."

"왜 그러니? 나중에 다시…."

타케치는 사요의 얼굴에서 핏기가 사라진 것을 눈치채고 말투를 바꿨다.

"무슨 일이니?"

사요는 타케치에게 조금 전 지나친 수상한 시녀와 코하루마루에 대해 빠르게 말했다.

이야기를 듣고 난 타케치는 아주 잠깐 뭔가를 생각하다 곧 사요의 이마 위에 손을 올렸다. 그리고 큰 목소리로 야단을 치기 시작했다.

"세상에, 열이 펄펄 나잖아! 너 참 못 말리는 애구나. 이렇게 열이 있는 몸으로 식사 시중을 들다 병이라도 옮기면 어쩌려고 그러니? 상 치우러 가는 건 꿈도 꾸지 마. 내 방으로 가서 좀 누워 있도록 해."

이곳에도 엿듣는 사람이 있을지 모른다. 사요는 미처 그것까지 생각하지 못한 자신의 경솔함이 부끄러웠다.

타케치는 어서 가라는 듯 사요 등을 거칠게 떠밀며 속삭였다.

"내 방에는 부적을 달아 놓았어. 요괴는 못 들어올 거야. 내가 돌아갈 때까지 방에 있으렴."

사요는 끄덕였다.

"…정말 죄송합니다. 그럼 이만 물러가겠습니다."

연기하는 것이 아닌데도 목소리가 떨렸다.

타케치의 방으로 돌아오는 동안에도 조금 전 복도에서 마주친 시녀가 갑자기 튀어나올까 봐 두려워 견딜 수가 없었다.

하지만 수상한 사람과 마주치는 일 없이, 사요는 무사히 타케치의 방으로 돌아올 수 있었다. 문에 빗장을 걸어 잠그고 구석에 웅크려 앉아 무릎을 감싸 안았다. 떨림은 조금 진정되었지만, 공포는 쉽게 사그라지지 않았다.

부적이 있다고 하니 요괴는 막을 수 있을지 모른다. 하지만 성에는 적의 입김이 닿은 자들이 잔뜩 숨어 있다. 마음만 먹으면 저런 판자문 따위, 순식간에 부수고 들어올 수 있을 것이다.

방 안은 어두워서 거의 보이지 않는다. 자리에서 일어나 접시 모양의 등잔을 손으로 더듬었다. 기름이 있는 것을 확인하고 불을 밝혔다. 사요는 작은 불빛이 비추는 방 안을 둘러보며 몸을 지킬 무기로 쓸 만한 것이 없을까 찾기 시작했다.

다른 사람 방을 마음대로 뒤지고 싶지는 않았다. 그러나 지금은 그런 걸 따지고 있을 때가 아니었다. 생각하지 않으려 해도 엄마가 습격당한 순간의 광경이 머릿속에 떠올랐다.

겨우 찾아낸 것은 작지만 날이 잘 선 단도였다. 사요는 속으로 타케치에게 용서를 구하고 단도를 품속에 집어넣었다.

단도가 있다는 사실만으로도 마음이 훨씬 든든했다. 사요는 딱딱한 단도를 가슴에 품고 방구석에 쪼그려 앉았다.

'내 몸 하나 지킬 힘도 없으면서 이런 큰일에 끼어들다니…'

희미한 등불 빛에 흔들리는 그림자를 우두커니 바라보며 생각했다.

그냥 계속 집에 있었다면 평온하게 살 수 있었을 텐데. 바보 같은 짓을 하고 있구나.

'엄마는 대체 왜…'

엄마도 무서운 무사와 맞서 자기 몸을 지킬 힘은 없었을 텐데, 왜 자기 목숨을… 어린 딸의 목숨마저 위험에 빠뜨리면서까지 이런 일에 발을 들여놓은 걸까.

멍하니 그런 생각을 하다 보니 해가 완전히 저물고 꽤 긴 시간이 지나 있었다.

슬슬 상 치우는 것도 뒷정리도 다 끝났을 무렵이겠거니 생각한 순간, 문을 두드리는 소리가 들렸다.

움찔하며 일어서자 문 너머에서 아이 목소리가 들려왔다.

"죄송한데요. 혹시 여기 사요라는 분이 계신가요?"

사요는 단도를 꽉 쥐고 문 옆으로 다가갔다.

"네. …무슨 일이시죠?"

문 너머로 말하자 아이 목소리가 답했다.

"저기요, 타케치 아줌마가요, 땔감 창고에서 기다린대요. 좀 와 달래요. 알았죠?"

사요는 망설였다. 덫일지도 모르니 문을 열 수는 없다.

"넌 누구니?"

"나요? 난 쇼우타예요. …그럼 난 다 전했어요."

아주 귀찮은 듯 말하고 바로 달려가는 발소리가 들렸다.

'어떡하지….'

타케치가 땔감 창고로 오란 소리를 할까?

'조금 더 기다려 보자. 주방 일이 정리되면 돌아올 테니.'

하지만 이런 상황에서 가만히 기다린다는 건 괴로웠다. 시간이 더디 가는 것처럼 느껴진다. 꽤 기다린 것 같은데도 타케치는 돌아오지 않는다.

이제는 타케치가 걱정되기 시작했다. 자신을 꾀어내려고 적들이 잡아간 것은 아닐까….

폐문閉門을 알리는 종소리가 들렸을 때 사요는 빗장에 손을 올렸다.

이건 바보 같은 짓이야. ─속에서 그런 소리가 들려왔지만, 사요는 단숨에 빗장을 열고 어두운 밤 속으로 미끄러지듯 빠져나갔다.

으스름달이 주변을 부드럽게 비추고 있었다.

사요는 단도를 움켜쥐고 땔감 창고가 있는 주방 뒤편으로 향했다. 그리 멀지는 않았다.

이 시간에 땔감 창고에 출입하는 사람은 없다. 화재를 예방하기 위해서다. 그러나 땔감 창고의 입구는 어렴풋이 빛나고 있었다. 누군가가 안에 있다는 뜻이었다.

정면으로 들어갈 자신은 없었다. 사요는 조용히 창고 옆으로 돌아 판자 틈을 통해 안을 들여다보았다. 쌓여 있는 땔감 때문에 안이 잘 보이지 않았다. 조금 더 안쪽으로 돌아 다른 옹이구멍을 들여다본 순간이었다. 갑자기 목덜미로 밀려오는 바람 같은 것을 느끼고 사요는 후다닥 몸을 돌렸다.

✢✢

저녁 식사를 마친 주인이 갑자기 뭔가가 떠오른 듯, 곁에 대기하던 시동 토오타에게 새 버선을 한 켤레 가져오라고 말했다.

주인은 외모가 돋보이는 무사였다. 자신도 그 사실을 아는지 언제나 차림새에 신경을 썼다. 주인이 아침에 새 버선을 신을 수 있도록 토오타는 밤에 미리 버선을 준비해 두지만, 어째선지 주인은 지금 갈아 신고 싶다고 했다. 어디론가 바로 외출할 생각인 듯했다.

"분부대로 하겠습니다."

토오타는 고개를 가볍게 숙여 인사하고 일어섰다.

세탁을 맡은 여자들이 빨래가 끝난 옷을 잘 개어 보관해 두는 방이 있다. 크기가 꽤 크고 삼면三面에 선반이 있어 그 위에 갠 옷을 쌓아 두었다. 버선 선반으로 가서 주인의 발 크기에 맞는 것을 한 켤레 가지고 복도로 나왔을 때, 건너편에서 다가온 아름다운 시녀가 토오타를 알아보고 발을 멈췄다.

"…마침 잘됐구나."

타마오의 얼굴에 미소가 떠올랐다.

주변에 사람이 없는지 재빨리 확인한 후 타마오가 속삭였다.

"노비야, 그 냄새 주인을 찾았어. 아직 어린 여자애지 뭐니."

가슴이 덜컥 내려앉은 노비는 타마오의 기뻐 보이는 얼굴을 쳐다보았다.

"…어디서?"

"그게 말이지. 여기 복도를 지나가다가 딱 마주쳤지 뭐야. 요약은 것이 식사 시중 드는 여자들 사이에 태연하게 껴 있더라고. 주방 여자들에게 물어보니 타케치의 조카딸이라지 뭐야. 그렇게 몰래 들어와서 코하루마루에게 접근하려고 한 거야. 큰일 날 뻔했지 뭐니."

타마오는 궁지로 몰아넣은 먹잇감을 발로 꽉 누르고 있을 때처럼 만족스러운 웃음을 띠고 있었다.

"하지만 이제 괜찮아. 손을 써 뒀거든."

노비는 나직이 물었다.

"어떻게?"

"스구로한테 납치한 다음 밖에서 죽이라고 말해 뒀어. 스구로는 잔머리도 잘 돌아가고 잔인한 남자니까 잘 해낼 거야."

"스구로? …인간에게 시킨 거야?"

"그 여자애, 날 눈치챘단 말이야. 무서울 만큼 예리한 애야. 카게야는 아오리 숙소로 갔고, 「잎그림자」를 보냈다간 냄새로 알아채고 도망칠지도 모르니까. 인간을 쓰는 게 최선이야. 어쨌든 잘됐지 뭐야. 이렇게 빨리 찾을 수 있어서."

노비는 끄덕였다. 타마오는 의아한 표정으로 노비의 얼굴을 들여다보았다.

"왜 그러니? 표정이 안 좋은데?"

"…인간에게 맡긴 게 신경 쓰이는 것뿐이야. 실수하지 않아야 할 텐데."

그렇게 말한 노비는 타마오를 남겨 둔 채 몸을 휙 돌렸다.

타마오는 멀어져 가는 소년의 등을 보며 뭔가를 생각하듯 눈살을 찌푸렸다.

노비는 빠른 발걸음으로 복도를 걸으며, 엄습해 오는 불안과 맞서 싸웠다.

── 사요가 죽을 거야.

주인의 명령을 완수하려면 어쩔 수 없는 일이다.

사요에게는 「깊이 듣는 귀」의 재능이 있다. 「어둠의 문」을 기우는 힘이 있다. 없애지 않으면 언젠가 틀림없이 주인님께 방해가 될 것이다.

── 사요가 죽을 거야.

생각하지 마. 사요를 생각해선 안 돼.

나는 주인님의 명령을 완수하기 위해 살아 있는 거야.

주인님의 뜻을 거역하면 살 수 없어.

── …그 아이가, 사요가 죽고 말 거야….

뜨겁게 달궈진 초조함이 목구멍까지 솟구쳐 올랐다. 노비는 이를 악물었다.

오래전 그날, 참억새 들판에 서 있던 사요. 그 따듯한 품속의 냄새….

노비는 잠시 눈을 꽉 감았다.

그리고 눈을 뜨더니 손에 들고 있던 버선을 내팽개치고 쏜살같이 달리기 시작했다.

✣ ✣

누군가가 머리채를 잡고 끌어 올리는 바람에, 사요는 강제로 자리에서 일어났다.

야비해 보이는 남자가 뒤에서 히죽대며 커다란 손으로 사요의 입을 막았다.

"그래, 착하지. 착한 애구나. 얌전히 따라오면 거칠게 다루지는 않을 거야…."

웃고 있던 남자의 얼굴이 바로 다음 순간 놀라움과 고통으로 일그러졌다.

사요가 몸을 세차게 비틀며 단숨에 뽑아 든 단도가, 입을 막고 있던 남자의 팔꿈치 아래를 가볍게 스쳤기 때문이다.

사요도 왼쪽 손바닥에 아픔을 느꼈다. 칼집에 꽉 물려 있는 단도를 억지로 뽑은 탓에 자기 손바닥까지 베어 버렸기 때문이다.

"이 계집년이…!"

눈초리를 추켜세운 남자는 무시무시한 얼굴로 사요를 노려보았다.

이런 곳에서 비명이 들리면 사람들이 모여들 텐데도 피가 거꾸로 솟은 남자는 상관하지 않았다. 남자는 고함을 지르며 허리의 칼을 뽑더니 곧바로 사요를 향해 내리쳤다.

반사적으로 손을 올려 막으려고 했지만, 길이가 짧은 단도로는 칼을 완전히 막아 낼 수 없었다. 귀에 거슬리는 끼이잉 소리가 나며 불꽃이 튀었다. 사요는 손에서 단도를 놓쳐 버렸다. 뒤는 땔감 창고의 벽. 더는 도망갈 곳이 없다.

"아이고, 이제 어쩐다지? 단도를 떨어뜨려 버렸네. 자, 어디부터 베어 줄까?"

남자는 히쭉히쭉 웃으며 사요 얼굴에 닿을락 말락 칼을 휘둘러 보였다.

웃고 있는 남자의 얼굴을 보고 있자니 불타는 듯한 분노가 치밀었다.

너 같은 놈에게 순순히 죽을 순 없어! ─몸을 굽힌 사요는 신고 있던 짚신을 벗어 들어 남자에게 있는 힘껏 던졌다. 놀란 남자가 짚신을 칼로 쳐 내는 틈을 타 그 옆을 빠져나갔다.

"─제기랄!"

남자가 소리치며 칼을 번쩍 들어 올린 순간이었다. 작고 검은 그림자가 남자의 발뒤꿈치를 빠르게 스쳐 지나갔다.

남자의 눈이 놀란 듯 휘둥그레졌다. 털썩 무릎을 꿇고 땅바닥에 쓰러진 남자는 발뒤꿈치의 힘줄이 끊어진 아픔에 몸부림치며 나뒹굴었다.

어안이 벙벙해서 멍하니 남자를 내려다보던 사요의 팔목을 누군가가 휙 낚아챘다. 그러고는 소리칠 겨를도 주지 않고 사요를 안아 올렸다.

다음 순간 사요는 허공을 날고 있었다.

땔감 창고의 지붕이 눈앞으로 다가왔다. 사요를 안은 사람은 양발을 모아 지붕을 툭 차고 더 높이 뛰어올랐다.

밤바람이 귓가를 스치며 윙윙 소리를 낸다.

발바닥에 뭔가가 스친 것을 느끼고 내려다보니, 발아래로 성 내곽 위를 덮은 기와가 보였다.

내곽 벽을 뛰어넘어 간다…. 눈에 보이지 않는 영적인 결계의 벽을 뚫고 지나가는 순간, 사요는 자신을 안고 있는 사람이 괴로워하며 신음하는 것을 들었다.

땅바닥이 가까워진다. 잠시 뒤, 쿵 하는 착지의 충격이 몸에 전해졌다.

사요는 몸을 떨며, 자신을 끌어안고 있는 사람의 얼굴을 올려다보았다.

아련한 달빛에 낯익은 소년의 얼굴이 희뿌옇게 드러나 보였다. 볼과 귀에는 조릿댓잎에 베인 것처럼 여러 줄의 얕은 상처가 나 있었다. 다른 상처도 있는지 소년은 이를 악물고 괴로운 듯 헐떡였다. 사요를 땅 위에 내려 준 소년은 어깨를 들썩이며 크게 숨을 내쉬었다.

"넌…."

말하려던 사요에게 소년은 고개를 저어 보였다.

"…이야기는 나중에. 내 등에 업혀."

"어?"

"어서…."

소년에게서는 희미하지만 틀림없는「냄새」가 났다. 복도에서 스쳤던 무서운 시녀와 똑같은 냄새였다.

그래도 사요는 소년이 무섭지 않았다.

"…나 혼자 뛸 수 있어."

헐떡이는 소년 등에 업힐 마음은 들지 않았다. 그 말을 들은 소년은 애가 타는 듯 말했다.

"사람 발로는 안 돼. 너무 느리다고. …타마오가 쫓아오면 바로 잡힐 거야."

눈초리가 길게 째진, 소년의 날카로운 눈에는 필사적인 빛이 담겨 있었다.

사요는 마음을 정했다. 고개를 끄덕이고 시키는 대로 소년의 등에 몸을 맡겼다. 소년의 목에 양팔을 두르고 꼭 매달리려 했지만, 상처 때문에 왼손이 마음처럼 움직이지 않았다. 지금은 아프다기보다 마비가 온 것 같았다. 굳어 버린 왼손을 오므릴 수가 없었다. 하는 수 없이 팔 전체로 휘감듯 소년에게 매달렸다.

"잠깐만 참아."

소년은 속삭이듯 말하고 바로 달리기 시작했다. 엄청난 속도였다. 사요는 소년의 등에 얼굴을 바싹 붙이고 눈을 꼭 감았다.

소년의 등에 힘이 들어갔다…. 땅을 탕 차고 다시 공중으로 날아올랐다.

외곽 위로 뛰어오르자마자 기와를 발로 차고 날다람쥐처럼 날아간다.

토오타 모습의 노비는 사요를 업은 채 단숨에 성 주위의 도랑

못을 뛰어넘었다.

'―어디로 가는 걸까.'

귓가에서 바람이 낮게 울린다. 드문드문 보이던 인가人家의 불빛마저 사라졌다. 소년은 캄캄한 산의 어둠을 헤치고 들어간다. 잔가지가 몸을 할퀴며 뚝뚝 부러진다. 피가 흘러내리는 손은 얼음처럼 차가웠고, 바람 때문에 귀도 너무 시려서 견디기가 힘들었다.

물 흐르는 소리가 들린다. 여기는 산골짜기일까.

그때 등 뒤에서 케엥, 하고 높게 우는 소리가 긴 여운을 남기며 들려왔다.

소년은 움찔하며 발을 멈췄다. 마치 짐승이 귀를 세우듯 등 뒤의 소리를 듣다 사요를 땅 위에 조심스레 내려 주었다.

바닥에는 자갈이 널려 있었다. 휘청거리다 무릎을 찧자 무심결에 소리가 새어 나올 만큼 아팠다.

"…왜 그래?"

달빛이 어렴풋이 강변을 밝혔다. 소년의 머리카락에도 서리가 내린 것처럼 달빛이 어려 있었다.

소년은 어둠에 잠긴 숲을 가만히 바라보았다.

검은 형체가 모습을 드러냈나 싶더니 순식간에 키 큰 여인의 모습으로 변했다.

성에서 본 무서운 시녀였다.

"노비."

시녀가 나직한 목소리로 불렀다. 조금 어두운 표정으로 묻기라도 하듯.

노비라 불린 소년은 잠자코 있었다.

가만히 노비를 바라보던 여인은 노비가 등 뒤에 숨긴 사요에게로 시선을 옮겼다. 그리고 다시 노비의 눈을 보고 작게 한숨을 내쉬었다.

"뭔가 이상하다 싶더니. …노비, 이 바보야."

촉촉하게 반짝이는 타마오의 길게 째진 눈이 슬픈 빛을 머금고 있었다.

"무슨 일이 있어도 그 계집애를 구할 셈이니?"

노비가 고개를 끄덕였다.

"나와 싸워서라도?"

망설이는 듯한 침묵 후에 노비는 끄덕였다.

여인의 눈이 화르르 분노로 물들었다. 다음 순간, 여인의 모습이 사라지고 가느다란 그림자가 노비를 향해 날아왔다. 노비는 바로 몸을 젖혔지만 미처 다 피하지 못했다. 볼에서 피가 확 튀겼다.

달빛에 영물여우의 털가죽이 반짝였다. 그림자가 유연한 몸놀림으로 다시 덤벼들었다. 노비는 자세를 낮추고 곧바로 주먹을 휘둘렀지만, 그림자는 몸을 슬쩍 피하며 노비의 팔을 가볍게 물어뜯었다. 그림자가 스칠 때마다, 허공을 가르는 노비의 공격과 달리 영물여우의 엄니는 확실하게 노비의 상처를 늘려 간다.

펄쩍 뛰어 거리를 벌린 영물여우는 털가죽을 부르르 떨더니 다시 스르르 사람 모습으로 변했다.

그리고 피투성이가 된 채 헐떡이는 노비를 내려다보며 낮은 목소리로 말했다.

"…원래 모습으로 안 돌아오고, 그 꼴사나운 모습으로 내 엄니에 찢겨 죽을 생각이야?"

노비는 대답 없이 이를 악물고 타마오를 쳐다보았다.

타마오는 기가 막힌다는 듯 고개를 저었다.

"정말 바보구나. …바보야."

중얼거린 타마오는 휙 등을 돌렸다.

"너도 알겠지만, 주인님은 물론이고 카게야도 나처럼 정이 많지 않아. ─얼마 남지 않은 목숨, 미련 남지 않게 살아 봐."

내뱉듯 말하고 떠나가는 타마오의 등을 노비는 가만히 지켜보았다.

사무치는 슬픔이 가슴속에 퍼져 나갔다. ─두 번 다시 타마오를 만날 수 없을 것이다. 이제 정말 돌이킬 수 없는 길을 선택하고 말았다.

노비는 타마오의 모습이 숲의 어둠 속으로 녹아드는 것을 끝까지 지켜보았다. 그리고 그대로 강변 위에 털썩 쓰러졌다.

사요가 달려와 소년을 안아 일으켰다. 깊은 상처는 없었지만, 온몸 여기저기에 상처를 입고 진한 피 냄새가 코를 찔렀다.

"…괜찮아?"

속삭이자 소년이 눈을 뜨고 뭔가를 말하려고 했다. 귀를 가져다 대니,

"큰 소리로 키나와 도령이라고 외쳐."

하는 갈라진 목소리가 들렸다.

"응? 키나와 도령이라고 외치라고?"

사요가 되묻자 소년은 고통스러운 모습으로 끄덕였다. 사요는 뭐가 뭔지 몰랐지만,

"키나와 도령!"

하고 외쳤다.

"…더 크게."

소년이 들릴 듯 말 듯 말했다. 사요는 숨을 깊이 들이마신 후, 온 힘을 다해 외쳤다.

"키나와 도령!!"

사요의 맑은 목소리가 산골짜기에 메아리치며 사라졌다. 잠시 뒤 어디에선가 호오이… 하는 기묘한 메아리가 되돌아왔다.

3
두 소년

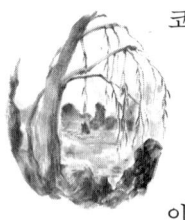
코하루마루는 살짝 눈을 뜨고 천장을 바라보았다. 등잔 불빛에 흔들려 보이는 천장은, 지겨울 만큼 눈에 익은 숲그림자 저택의 천장보다 훨씬 높았고 사각으로 두른 테 안에 호화찬란한 꽃이 그려져 있었다.

'…긴 꿈이야.'

자고 또 자도 깨지 않는 꿈. 언제쯤에야 마지막에 다다를 수 있을까.

—— 이제 얼마 남지 않았다.

목소리가 들려왔다. 코하루마루는 바짝 긴장하고 이불 속에서 두 손을 모았다.

'수호신이시여….'

만개한 매화나무가 꽃잎을 팔랑팔랑 떨어뜨리기 시작할 무렵, 숲그림자 저택의 침실에서 자고 있던 코하루마루 앞에 신비한 빛이 나타났다.

천장에서 둥실거리며 내려온 그 빛은,

—— 나는 네 수호신이니라.

하고 엄숙한 목소리로 알렸다.

――며칠 안으로 그대는 아버지의 부름을 받고 이 저택에서 나가게 될 것이다.

그 말을 들은 순간 코하루마루는 몸을 떨었다.

믿고 싶었다. 언제 나갈 수 있을까, 언제 이곳에서 밖으로 나갈 수 있을까, 그것만을 생각하며 살아왔다.

나가고 싶어서, 너무 나가고 싶어서… 코하루마루는 때때로 몸이 터져 버리는 것은 아닐까 싶을 정도로 분노에 휩싸여 맹장지문을 발로 차 부수거나 주먹으로 때리기도 하는 등 마구 날뛰게 되었다.

말을 타고 자유롭게 달리는 꿈을 꾸다 깨는 날이 셀 수 없이 많았다. 아침에 일어나 그것이 꿈이었단 걸 깨달았을 때의 허탈감은 견디기 힘들었다.

그래서 빛 속에서 들려오는 목소리를 듣고 한순간 기쁨으로 가득 찼다가 곧 이것도 꿈이 아닐까 생각했다. 그러나 평소의 꿈과는 뭔가가 달랐다. 코하루마루는 빛을 뚫어지게 바라보았다.

――코하루마루여, 너는 정말로 해방되고 싶으냐?

코하루마루는 저도 모르게 홀린 듯이 끄덕였다.

――진정 그것을 원하느냐?

"예."

――얼마나 간절하게 바라느냐?

"…무엇보다도 간절하게 바라고 있습니다."

――그것을 위해서라면 어떤 시련도 이겨 낼 수 있겠느냐?

"예."

코하루마루가 대답하자, 빛은 진정으로 해방되기 위해 넘어야 할 시련에 대해 들려주었다.

─그대는 지금부터 기나긴 꿈을 꿀 것이다. 아버지의 부름을 받고, 대공의 성으로 떠나게 되는 꿈을…."

빛이 말한 대로였다. 얼마 지나지 않아 하루모치가 몸소 숲그림자 저택을 찾아온 것이다.

'수호신이시여, 부디 믿어 주십시오. 기필코 시련을 이겨 내 보이겠습니다.'

─…지켜보고 있으마.

수호신의 목소리는 사라져도 낮게 윙윙대는 소리가 가슴 깊은 곳에서 계속 울린다. 수호신이 거기 계시다는 것을… 보고 계신다는 것을 느끼게 하는 아주 작은 소리. 그 소리에 몸을 맡기면 생각하는 것이 귀찮아진다.

코하루마루는 어둠이 일렁이는 천장을 쳐다보며 몸의 긴장을 풀었다.

눈을 감고 꾸벅꾸벅 졸기 시작했을 때, 머릿속에 누군가의 모습이 떠올랐다. 코하루마루는 그리움을 느꼈다. 누구일까. 아주 오래전에 꾼 꿈일까. 작은 불빛 너머로 흔들리는, 까만 눈동자를 반짝이는 다정한 얼굴.

결국 코하루마루는 누군지 기억해 내지 못한 채, 꿈꾸지 않는 깊은 잠 속으로 빨려 들어갔다.

✤✤

사람의 발길이 닿지 않는 깊고 깊은 산속의 바위 뒤에서 온천물이 퐁퐁 솟아난다.

"…상처가 따갑냐?"

바위에 걸터앉은 키나와 도령이 굵은 다리를 온천물에 담근 채 노비에게 말을 걸었다.

여우 모습으로 돌아와 뜨거운 물에 몸을 담그고 있던 노비가 눈을 살짝 뜨고 머리를 끄덕이듯 움직였다.

"그럴 테지. 하지만 도깨비만 아는 이 온천은 매우 영험해서 효과가 확실하니, 내일이면 상처도 아물어 있을 거야."

느릿느릿 온천물 밖으로 빠져나온 노비는 몸을 부르르 흔들어 달라붙은 털에서 물기를 털어 냈다. 그러고는 앞발에 생긴 가장 깊은 상처를 핥기 시작했다.

그 모습을 바라보며 키나와 도령이 중얼거렸다.

"결국은 일을 냈구나."

이곳저곳의 상처를 정성껏 핥은 후, 노비는 머리를 흔들어 사람 몸으로 변했다.

"…사요는?"

"푹 자고 있다. 약으로 쓰는 덩굴즙을 마시게 했거든. 온천에서 느긋하게 몸을 데우고, 지금은 바위 굴에서 꿈나라를 여행하는 중이라네."

노비는 나무숲 속에 있는 바위 굴 쪽으로 고개를 돌렸다.

"이제부터 어쩔 셈이냐?"

키나와 도령이 묻자 노비는 천천히 뒤돌아 키나와 도령을 바라보았다. 노비는 속에서 뭔가가 쑥 빠져나간 것처럼 평온한 표정을 짓고 있었다.

"…나도 눈을 좀 붙여야겠어."

노비는 그 말만 남기고 바위 굴 쪽으로 사라졌다.

키나와 도령은 턱을 긁으며 그 모습을 지켜보았다.

모락모락 피어오르는 김이 흔들리더니, 바위 위에 우두커니 앉아있는 키나와 도령 위로 덩굴줄기가 구불거리며 내려왔다. 키나와 도령은 어깨를 지나 목을 휘감아 오는 덩굴을 어루만지며 중얼거렸다.

"거참, …모든 것이 저 소녀에게 달려 있다는 말이구나."

동틀 녘의 어스레한 빛에 바위 굴 입구의 윤곽이 드러날 무렵, 사요는 깊은 잠에서 깨어났다.

무슨 나뭇잎을 엮어 만들었는지 묘하게 따듯한, 새의 둥지 같은 잠자리에 웅크리고 있으니, 지금까지 있었던 일들이 모두 머나먼 꿈속의 일처럼 느껴진다.

곁에서 고요한 숨소리가 들린다. 소년이 입을 살짝 벌린 채 자고 있었다.

사람과 전혀 다를 바 없었다. ─이렇게 자고 있을 때조차 사람으로 보였다. 사요는 소년의 잠든 얼굴을 바라보며 멍하니 그런 생각을 했다.

이제는 소년이 누군지 알 것 같았다. …어디서 만났는지도.

단 한 번의 그 만남 때문에, 두 번씩이나 자신의 목숨을 구해 주었다.

사요는 되도록 소리가 나지 않게 살그머니 몸을 일으켜 바위굴 밖으로 걸어 나갔다. 바위 안쪽에서 솟아오르는 온천의 김이 아침 안개와 섞여 천천히 나무숲 사이를 흐른다

아직 새소리조차 없는 고요함 속에서, 사요는 바위 위에 걸터앉아 뜨거운 물속에 맨발을 담갔다.

"…일찍 일어났구나."

온화한 목소리가 들렸다. 뒤돌아보니 키나와 도령이 나무 둥치에 책상다리로 앉아 있었다. 우웅, 하고 기지개를 켠 키나와 도령은 어깨로 뚝뚝 소리를 내며 고개를 흔들었다.

"노비는 조금 더 자게 놔 두세. 베인 상처는 별거 아니지만, 영적인 방어벽을 뚫으면서 생긴 상처 때문에 몸속 깊은 곳이 괴로울 테니 말이야."

성 내곽에 설치된 다이로의 결계를 뚫을 때 소년이 냈던 신음이 귓가에 되살아났다.

"…깊은 상처인가요?"

키나와 도령은 머리를 벅벅 긁었다.

"가볍지는 않아. 그러나 낫지 못할 상처는 아니야. 이곳의 정기 속에서 푹 자고 나면 나을 거야."

안심한 사요는 몸의 긴장을 풀었다.

"넌 이제 어떻게 할 생각이지?"

사요는 키나와 도령의 물음에 답하려고 입을 열었다가 문득 망설였다.

키나와 도령에게는 도움을 받았다. 그리고 노비라는 소년도 무서운 영물여우 여인과 맞서 싸워 주었다. 같은 편이라 생각해도 괜찮을 것이다.

그러나 사요는 불안했다. 자신이 모르는 많은 사람과 영물여우 들이 저마다의 속셈으로 움직이고 있다. 무심코 한 이야기가 나중에 어떤 결과를 불러올지 알 수 없다.

키나와 도령은 사요의 망설임을 눈치채고 굵은 눈썹을 쓱 움직였다.

"뭐, 괜찮다. 그 정도로 신중한 편이 오래 살아남을 수 있을 테니까."

사요는 엉겁결에 고개를 숙였다.

"죄송해요. ―구해 주셔서 정말 고맙습니다."

"응, 도깨비가 되어도 인사를 받으니 기분이 좋구나."

껄껄 웃은 키나와 도령은 자리에서 일어나 사요 곁으로 다가와 앉았다.

냄새가 없다. ―사요는 깜짝 놀랐다. 어떤 사람도, 어떤 짐승도, 곁에 오면 바람이 훅 불어오는 느낌이 들고 저마다의 냄새가 느껴진다. 그러나 키나와 도령은 마치 거기 없는 것처럼 전혀 냄새가 나지 않았다.

사요의 마음을 읽었는지 키나와 도령은 다시 한번 눈썹을 추켜세웠다.

"나는 주변의 나무나 담쟁이덩굴과 같은 냄새가 날 거야. 그래서 분간이 안 되는 거지."

놀란 사요는 키나와 도령을 쳐다보았다.

"제가 무슨 생각을 하는지 알 수 있나요?"

"어렴풋이 느낄 뿐이야."

키나와 도령은 히죽 웃어 보인 후 돌연 진지한 표정을 지었다.

"네가 산을 내려가 어딘가로 가고 싶다면 거기까지 바래다 주마. 하지만 한 가지만, 내 이야기를 마음에 새겨 다오."

키나와 도령은 바위 굴 쪽으로 쓱 눈길을 돌렸다.

"노비는 심부름꾼이야. 심부름꾼이 된 영물여우의 목숨은 주인 손에 달렸지. 심부름꾼은 오직 주인의 명령을 완수하기 위해 살아 있는 거야. 그러니 거역했다는 걸 주인이 알게 되면… 노비는 죽어."

사요는 그대로 얼어붙었다. 차가운 손이 심장을 움켜쥔 것 같았다.

"―살 방법은 없는 건가요?"

작게 말하니, 키나와 도령은 흠, 하고 낮게 신음했다.

"글쎄다. 주인이 용서하면 살 수도 있겠지만… 용서할 리가 없지. 아니면, 그래, 노비와 주인을 연결하는 인연의 끈을 잘라 버리거나."

사요는 몸을 쑥 내밀었다.

"방법은요? 어떻게 하면 되죠?"

"글쎄다. 주술사라면 그런 기술도 알고 있을 테지만."

주술사라는 말을 듣는 순간 엄마 생각이 났다. 엄마는 그런 기술을 알고 있었을까? 엄마가 조금만 더 오래 살아서 그 기술을 전해 주었더라면….

사요는 숨을 들이마셨다. 그리고 눈을 들어 아침 햇살에 빛나기 시작한 머리 위의 나뭇잎을 쳐다보았다.

주술사의 피를 이어받았지만 가진 힘을 쓰는 방법을 모른다. 엄마한테까지 이어져 내려왔던 것이 자기 손에 닿기 전에 끊어져 버린 것을, 사요는 처음으로 아쉽다고 생각했다.

그 옆얼굴을 본 키나와 도령은 저도 모르게 눈길을 돌렸다. ―이 소녀와 노비의 앞날이 보인 듯했기 때문이다.

정이 많은 소녀다. 앞뒤 재기보다 정 때문에 몸을 먼저 움직일 소녀이리라.

노비도 마찬가지. 자기 몸을 지키기보다 이 소녀를 구하려고 할 짐승이다.

'…이 아이들은 가느다란 거미줄 끝에서 떨리는 투명한 물방울 같구나.'

반#도깨비 키나와 도령은 그 위태로움이 애처로워 견딜 수가 없었다.

풀이 바스락 흔들리는 소리가 나더니 작은 체구의 소년이 바위 굴 입구에 모습을 드러냈다. 공기 냄새를 맡듯 얼굴을 살짝 위로 향하고 아침 햇살을 받는다.

소년은 사요와 키나와 도령을 발견하고, 산뜻해 보이는 얼굴에 옅은 미소를 지었다.

가까이 걸어왔지만, 갑자기 주눅이 든 것처럼 약간 떨어진 곳에 멈춰 서서 이쪽을 쳐다본다.

"좋은 아침."

사요가 말하자 노비는 부끄러운 듯 작게 말했다.

"…응, 좋은 아침."

두 사람은 무슨 말을 해야 할지 몰라 한동안 입을 꾹 다물고 있었다.

"저기… 구해 줘서 정말 고마워…."

사요가 말하자 노비는 끄덕였다.

"―이제 어떻게 할 거야?"

사요는 눈을 깜빡였다. 노비에게서 전해져 오는 마음은 봄 햇살처럼 부드럽고 순수했다. 어느샌가 사요에게서 경계하는 마음이 사라져 버렸다.

"…마음에 걸리는 게 여러 가지야. 코하루마루 일도 다이로 님께 전해야 하고, 타케치 아주머니도 걱정되고…."

"타케치 아줌마는 괜찮아."

노비는 나직이 말했다.

"널 습격한 건 스구로란 놈인데, 놈은 그냥 아이를 시켜서 널 꾀어냈을 뿐이야. 그 아이는 스구로가 잔심부름을 자주 시키는 아이고. 나도 널 유인한 장소를 녀석에게서 알아냈어."

안심한 사요는 몸의 긴장을 풀었다.

"타케치 아주머니가 무사해서 다행이야."

사요는 멍하니 오른손으로 뺨을 문지르며 잠시 생각하다 고개를 들었다.

"그러면 난 다이로 님을 만나러 가고 싶어. 코하루마루 일도 의논하고 싶고… 다이로 님이라면 네 목숨을 구할 방법을 알고 계실지도 모르니까."

"내 목숨?"

노비는 얼떨떨한 눈으로 사요를 쳐다보았다. 누군가가 이렇게 자기를 걱정해 준 적이 없었던 노비는, 사요가 마음을 써 주는 것이 기쁘다기보다 신기하게 느껴졌다.

"나보다도…."

노비는 눈을 깜빡이며 작게 말했다.

"네가 먼저야. 주인님은 「어둠의 문」을 기울 수 있는 널 절대 가만두지 않으실 거야. 반드시 죽이려고 하시겠지. 멀리 도망가는 게 제일 좋아. 이 나라를 떠나 버리면 더 이상 널 뒤쫓지는 않으실 거야"

사요는 멍하니 노비를 올려다보았다. 「어둠의 문」을 기우는 것이 그런 의미를 지닌다는 사실을 어리석게도 지금껏 깨닫지 못하고 있었다. 하지만 분명 노비가 말한 대로다. 옆 나라 주술사의 처지에서 보면 사요는 살려 둘 수 없는 방해물일 테니….

목덜미에서 시작된 경직이 조용히 머리 뒤편으로 퍼져 간다.

사요는 눈을 돌리고 고개를 숙였다.

멀리 도망간다고? 이 땅을 떠나서? …괴롭지만 못 할 것은 없다고 생각했다. 몸에 익혀 둔 산파의 기술과 베 짜는 기술은 어디에 가든 먹고사는 데 도움이 될 것이다.

'옛날에 할머니가 날 데리고 산을 넘어 요나 마을 변두리에 정착한 것처럼….'

그때 사요는 문득 깨달았다.

어쩌면 할머니는 이런 날이 올 것을 미리 내다보고 계셨던 게 아닐까. 엄마의 최후를 알고 계셨다면 충분히 생각할 수 있는 일이다.

사요는 양손으로 얼굴을 감쌌다.

도망칠까. 여기서 멀리 떨어진 곳으로. 코하루마루와 매화가지 가옥 사람들을 뒤로하고, 이 모든 무서운 속박에서 멀리 벗어날 수 있는 곳으로.

하지만….

"─나는."

사요는 양손으로 얼굴을 감싼 채 분명하지 않은 목소리로 중얼거렸다.

"도망가는 게 나을지도 몰라. 하지만 코하루마루는 어떻게 될까. 다이로 님이나 스즈 언니는─도망칠 수 없는 모두는…."

사요는 얼굴을 들고 노비를 쳐다보았다.

"너의 주인은 모두를 죽이려는 거지?"

노비는 끄덕였다.

"…도망가더라도."

사요는 중얼거렸다.

"나… 살아 있는 기분이 안 들 것 같아."

무심결에 입에서 나온 자기 말을 듣고, 사요는 그것이 진짜 속마음이라는 것을 깨달았다. 다이로, 스즈, 코하루마루를 버리고 어떻게 아무렇지도 않게 살아갈 수 있을까?

사요는 노비를 쳐다보았다.

"나, 역시 다이로 님을 만나러 갈래."

노비는 어두운 표정으로 생각에 잠겼다.

다이로라는 수호자를 죽이기 위해 이미 카게야가 「잎그림자」들과 함께 아오리 숙소로 떠났다. 어쩌면 벌써 죽여 버렸을지도 모른다.

하지만 만약 카게야 일행의 습격을 받고도 살아남을 수 있는 자라면… 자신이 죽고 난 뒤에도 사요를 지켜 줄 수 있을지도 모른다.

사요는 아무 말 없는 노비의 얼굴을 들여다보며 말했다.

"다이로 님은 여러 술법을 알고 계시니까 널 구할 방법도 알고 계실지 몰라. 다이로 님을 만나러 가면 앞으로 어떻게 해야 할지도 알 수 있을 거야."

'그건 불가능한 일이야.'

노비는 속으로 생각했다. 자신의 목숨은 주인의 손안에 있으니 그 수호자도 별다른 방법이 있을 리 없다. 그러나 노비는 그 말을 입 밖으로 내지 않았다. 그저 사요에게 끄덕여 보였다.

"알았어. 그 다이로라는 수호자에게 가자."

다이로가 습격에서 살아남았다면 좋고, 죽었다면 사요를 멀리 도망가게 하자.

다행히 사요가 「어둠의 문」을 닫은 덕에, 배신한 사실이 주인님 귀에 들어가기까지 조금 여유가 있을 것이다.

신기했다. 몸에 후끈후끈 열이 난다. 굴속에만 있다가 처음 밖으로 나왔을 때처럼, 불안과 설렘이 한데 뒤섞인 기분이 든다. 눈앞을 가리던 막이 사라지고 새하얀 아침 햇살로 가득한 들판이 눈앞에 확 펼쳐진 느낌이 들었다.

목을 옥죄던 사슬은 이제 없다. 원하는 대로, 어디까지든 달려도 괜찮은 것이다. 목숨이 다할 때까지.

노비는 처음으로 사요를 똑바로 바라보고 미소 지었다.

4

큰길에서의 습격

끝없이 펼쳐진 유채꽃. 보슬비가 그 노란 꽃을 조용히 흔든다.

삿갓을 쓰고 도롱이를 입은 다이로는 애마인 하야테에 타고 보슬비로 흐려 보이는 큰길을 쉬지 않고 달렸다. 목적지는 하루모치의 성이었다.

아오리 숙소에 수호의 주술을 거는 동안에도 하루모치와 코하루마루가 걱정되어 견딜 수가 없었다. 코하루마루의 상태가 왠지 계속 마음에 걸렸기 때문이다.

코하루마루를 숲그림자 저택에 숨긴 이후, 다이로는 지금까지 수도 없이 코하루마루와 만나 왔다. 만날 때마다 내보내 달라고 조르는 모습을 보면 가슴이 미어지는 것 같았다. 언젠가 떳떳하게 밖으로 데리고 나갈 수 있는 날이 오면 얼마나 기뻐할까 계속 생각해 왔다.

데리러 온 하루모치에게 지금까지의 사정을 듣고 저택 밖으로 발을 디뎠을 때, 코하루마루는 분명 환하게 웃는 얼굴이었다. 온화한 모습으로 이제까지의 일들을 모두 이해하고 용서한다는 코하루마루를 보고, 하루모치는 아들이 아주 잘 컸다며 기뻐했다. 그러나 다이로는 속으로 고개를 갸웃거릴 수밖에 없었다.

코하루마루는 솔직하고 성미가 과격한 소년이다. 오랫동안 쌓인 불만과 분노를 밖으로 터뜨리기는커녕 아버지를 위로하는 말을 건네다니. 모르는 사이에 훌쩍 자라서 어른처럼 남을 배려할 수 있게 되었다는 말인가. 아무리 그래도 이렇게 갑자기 바뀔 수 있는 걸까….

점심때가 조금 지났을 무렵, 큰길은 웅장한 삼나무 가로수 길로 모습을 바꾸었다. 멀리까지 늘어선 울창한 삼나무 숲이 햇빛을 가려 길이 어둑어둑해졌다. 하지만 그 대신 빗방울을 덜 맞을 수 있었다.

비 탓인지 오가는 사람이 거의 없었다. 가슴이 시원해지는 삼나뭇잎 냄새를 맡으며 큰길을 나아가던 다이로는 미간 주위가 꿈틀꿈틀하는 기묘한 낌새를 느꼈다.

하야테도 뭔가 이상한지 자꾸만 귀를 쫑긋 세웠다.

다이로는 쥐고 있던 고삐를 놓고 다리로 하야테를 몰며 품속에 손을 넣어 인형 두 개를 꺼냈다. 손가락으로 인형 머리에 쓱쓱 글자를 쓰고 입안에서 주문을 외운 후, 인형의 귀에 숨을 후 불어 넣었다.

하야테가 느닷없이 발을 멈추더니 높게 울며 뒷걸음쳤다.

삼나무 숲 사이에서 다섯 남자가 불쑥불쑥 뛰쳐나와 짧은 창을 겨누고 다이로의 말을 포위했다.

다이로는 꼼짝 않고 남자들을 내려다보았다.

한가운데 선 남자는 창도 칼도 없이 팔짱을 끼고 있다. 다이로는 그 남자의 눈을 보고 한기가 스멀스멀 올라오는 것을 느꼈다.

사람 눈이 아니다. ─짐승의 눈이다.

남자가 손을 쓱 들어 올렸다. 순간, 짧은 창을 겨누고 있던 남자들이 함성을 지르며 돌진해 왔다.

"무신소환武神召喚!"

외친 즉시 다이로는 인형 두 개를 공중으로 던졌다. 순식간에 인형에서 푸르스름한 빛이 나며 팔다리가 길어졌다.

남자들은 눈을 의심했다. 우뚝 솟은 산처럼 거대한, 이국의 갑옷을 입은 장수가 쿵 하고 땅을 울리며 내려선 것이다. 오른쪽의 무신은 푸르스름하게 빛나는 미늘창을, 왼쪽의 무신은 두껍고 휜 모양의 거대한 칼을 들고 자세를 취했다.

"…들어라."

다이로의 목소리가 울려 퍼졌다.

"무신은 우리 일족의 수호신. 너희가 사람이라면 겁낼 것 없다. 그러나 털끝만큼이라도 나쁜 주술의 힘을 빌린 자라면… 몹시 두려워해야 할 것이다."

남자들의 얼굴에 두려움이 번졌다.

"뭘 겁내느냐. 명색이 「잎그림자」라는 자들이!"

채찍질하는 듯한 낮은 목소리가 남자들의 등을 때렸다. 카게야는 무신을 가리키며 비웃듯이 말했다.

"저건 그냥 인형일 뿐이야! 속임수에 현혹되지 마라! 어서 공격해!"

남자들이 일제히 창을 겨누고 무신에게 돌진했다. 무신의 창이 바람을 가르고 칼이 허공에서 춤추자 엄청난 바람이 일어났다. 그 바람이 닿은 남자들의 미간에서 피가 튀겼다.

남자들은 창을 떨어뜨리고 손으로 눈을 누른 채 아우성쳤다. 다이로는 하야테를 몰아 그 사이를 서둘러 빠져나갔다.

순간 뒷덜미에 섬뜩한 느낌이 들었다.

다이로는 몸을 비틀어 피했지만 삿갓이 날아가고 도롱이의 짚이 베여 흩날렸다.

'…영물여우!'

무신들조차 그 속도를 따라잡을 수 없었다. 카게야影矢는 이름 그대로 화살矢처럼 창과 칼 사이를 빠져나가 다시 한번 다이로의 목을 노리고 뛰어올랐다.

다이로는 반사적으로 손을 들어 목을 막았다.

새끼손가락 아랫부분에 타는 듯한 아픔이 느껴지고 피가 튀겼다. 하지만 영물여우 역시 고통에 찬 비명을 질렀다.

다이로의 손목에는 작은 글씨가 빽빽이 새겨진 수호의 팔찌가 채워져 있었던 것이다.

다이로는 이를 악물고 왼손으로 오른 손목을 힘껏 쥐었다. 여우에게 물린 새끼손가락 아래가 쩍 벌어져 피가 멈추지 않는다.

다이로는 다리만 움직여 하야테를 몰았다. 뒤에 남은 영물여우의 모습을 살필 여유조차 없었다. 다이로는 하야테의 갈기에 이마를 꾹 누르고 격심한 통증을 필사적으로 참았다.

카게야 역시 코를 누르며 괴로움에 나뒹굴었다. 수호의 팔찌에 급소인 코를 맞아 벼락이라도 맞은 것처럼 온몸이 저릿했다.

가까스로 아픔이 조금 가라앉았을 무렵에는 이미 다이로도 거대한 무신의 모습도 보이지 않았다. 다만 눈을 누른 채 괴로움에 몸부림치는 「잎그림자」들 위로 빗방울이 소리 없이 떨어지고 있을 뿐이었다.

카게야는 부르르 몸을 흔들어 사람으로 변했다. 그리고 다이로가 사라져 간 방향을 노려보았다.

이곳에서 죽이지는 못했지만 걱정하지 않았다. 영물여우의 엄니에는 독이 있으니 다이로는 머지않아 몸이 마비되어 죽을 것이다.

'…녀석의 얼굴은 똑똑히 봐 두었다.'

목적은 달성했다. 온몸이 아파서 한동안은 제대로 걷지도 못할 것 같았지만, 카게야는 만족스러운 웃음을 지었다.

불쾌한 아픔이 욱신거리며 팔을 타고 올라온다.

다이로는 악문 이 사이로 숨을 가쁘게 몰아쉬었다.

'이대로라면 끝이다….'

현기증을 참으며 큰길에서 조금 벗어난 삼나무 숲속에 하야테를 세우고 미끄러지듯 땅바닥으로 내려왔다. 바닥에 쌓인 삼나뭇잎을 밟자 다리가 쑥 빠져 비틀거렸다.

"…하야테야, 가거라…. 스즈가 있는 곳으로 돌아가…."

매화가지 가옥으로 가는 길은 하야테가 기억하고 있다. 하야테를 본 스즈가 일이 벌어진 것을 알아챈다면 여기까지 올 수 있을지도 모른다. —그때까지 목숨이 붙어 있을지 모르겠지만.

하야테는 걱정이 되는 듯 콧등으로 다이로를 눌러 보다 마지 못해 그 곁을 떠나갔다.

다이로는 삼나무 밑에 웅크려 앉아 왼손으로 품속의 종이 꾸러미를 꺼냈다. 손이 떨려서 꾸러미를 푸는 동안 내용물을 많이 흘리고 말았다. 그래도 얼마쯤은 입속에 머금을 수 있었다.

삼나무 줄기에 머리를 기대고 얼굴을 위로 향했다. 빗물이 똑똑, 애가 탈 만큼 조금씩 입으로 들어온다. 억지로 약을 삼키고 떨리는 손가락으로 삼나무 줄기에 기호를 여러 개 그렸다.

이런 은형술隱形術이 얼마나 효과가 있을지는 모르지만, 추격자들의 눈을 속일 수 있다면 조금이라도 길게 목숨을 부지할 수 있을 것이다.

가물거리는 눈으로 어둑어둑한 나무숲을 멍하니 바라보는 동안, 다이로의 마음은 이곳저곳을 헤매었다.

하루모치는 호위 무사를 붙여 주겠다고 했으나 다이로는 사양했다.

오랫동안 충성을 다해 코하루마루를 지켜 온 토치하 츠네유키처럼, 영물여우와 싸워 살아남을 만큼 강한 자는 그 수가 매우 적다. 그런 무사는 코하루마루를 지키게 하고 싶었다. 다른 무사들은 호위의 의미가 없다. 사람끼리 싸우는 것이라면 몰라도 영물여우와의 싸움에서는 헛되이 목숨을 잃을 뿐이다.

'…힘 차이가 너무 크구나.'

다이로는 입가에 쓴웃음을 띠었다.

여러 마리의 심부름꾼을 자유자재로 조종할 수 있는 적. 그와 달리 혼자서 모든 것을 해야 하는 다이로….

가랑비가 부슬부슬 끝없이 내린다.

다이로는 반쯤 꿈속에 있는 것처럼 이미 세상을 떠난 사람의 목소리를 듣고 그 모습을 보았다.

——와카사 들판을 돌려주면 될 텐데 말이야.

하나노의 깊이 있는 목소리가 들렸다. 조금 우울한 표정으로 봄 안개 낀 산과 들을 바라보는 옆얼굴.

——원한의 뿌리가 아직 눈에 보일 때 말이지. …이대로 죽고 죽이다 보면 어느샌가 뭘 해도 지울 수 없는 증오가 쌓여 단단히 굳어 갈 뿐이야.

"…하루모치 님께 그렇게 말씀드리면 어때? 당신 말이라면 귀를 기울이시지 않을까?"

젊은 다이로의 말에 하나노는 천천히 고개를 저었다.

——그분은 온화하고 총명한 분이시지만, 부인이 살해당한 원한을 한시도 잊지 않고 계셔. 와카사 들판을 돌려주면 어떻겠냐는 말을 지금 꺼내도, 살인자에게 상이라도 내리란 말이냐고 하실 뿐이겠지.

그늘에 반쯤 가려진 하나노의 얼굴은 쓸쓸해 보였다.

——그래서 기다리는 거야. 언젠가 아이들이 건강하게 자라난 모습을 보고 '이 행복을 지키기 위해서라면 와카사 들판 정도는 그냥 돌려주자' 하고 그분 스스로 생각하실 날이 올 때까지.

하나노의 얼굴이 갑자기 일그러졌다.

——하지만 과연 우리가 할 수 있을까. 아버님이 안 계신 지금 우리 힘으로 지켜 낼 수 있을까. 코하루마루 도련님을 지켜 내지

못한다면 더 이상 희망은 없어….

비가 눈물처럼 뺨을 타고 흐른다. 다이로는 눈을 감았다.
'…하나노….'
힘 한번 못 써 보고 하나노가 죽게 내버려 두고 말았다. ── 하나노가 목숨까지 걸고 이루고자 했던 일조차 지금….

한동안 정신을 잃었던 것 같다.
다이로가 추위에 몸을 떨며 눈을 떴을 때는 어느새 비가 멎어 있었다. 그리고 멀리 우거진 나뭇잎들이, 비스듬히 비치는 석양빛에 불그스름하게 빛나고 있었다.
다이로는 그 빛나는 나뭇잎들을 우두커니 바라보았다.
그러던 중 어디에선가 희미한 소리가 들려왔다. 말발굽 소리일까?
문득 정신을 차리니 처음 보는 소년이 눈앞에 서 있었다.
'…영물여우.'
나무에 그려 둔 은형술의 인印이 비에 젖어 지워진 듯했다. 소년은 다이로를 똑바로 바라보고 있었다.
'이제 끝인가.'
몸이 움직이지 않는다.
"당신이 다이로인가?"
조용한 목소리가 들렸다. 신기하게도 적의敵意가 느껴지지 않는 목소리였다. 심부름꾼이란 원래 이런 것이리라. 증오나 원한과 상관없이 주인의 명령에 따라 사람의 목숨을 빼앗는 것이다.

"그렇다."

다이로가 대답하자 소년은 고개를 끄덕인 뒤, 발걸음을 휙 돌려 쏜살같이 달려가 버렸다.

동료를 부르러 간 걸까―하고 생각했을 때 나무숲 사이에서 하야테의 모습이 보이기 시작했다. 누군가가 등에 타고 있었다.

다이로는 놀라서 눈이 휘둥그레졌다.

'…여우에게 홀린다는 게 이런 걸 두고 하는 말이구나.'

속으로 중얼거린 다이로는 사요가 하야테에서 뛰어내려 자신에게 달려오는 것을 바라보았다.

5
의심

다이로는 높은 열에 시달리면서도 누군가가 오른손의 상처를 계속 핥아 주는 것을 느꼈다. 혀가 닿을 때마다 가시로 찌르는 듯한 불쾌한 아픔이 사라지고, 보통의 베인 상처에서 느껴지는 아픔으로 바뀌어 간다.

"…노비야, 이제 들어가도 돼?"

사요의 걱정스러운 목소리가 들려왔다. 상처를 핥던 혀의 움직임이 멈추고 바람이 살랑 불어와 부드럽게 볼을 만졌다. 눈을 뜨자 아름다운 여우가 스르르 인간 모습으로 변하고 있었다.

사요가 들어왔다. 다이로 곁에 무릎을 꿇고 앉아 상처 난 손을 들여다본다.

'사요야, 조심해라…. 거기 있는 녀석은 영물여우야….'

다이로는 마음속으로 죽을힘을 다해 경고했다.

사요는 다이로의 이마에 올려 둔 천을 살며시 들어 올린 뒤, 베개 곁의 나무통에 넣어 물에 적셨다. 그리고 물기를 짜서 다시 이마에 올리며 속삭였다.

"다이로 님, 괜찮아요. 노비가 영물여우라는 것은 저도 알고 있어요."

물에 적셔 차가워진 천은 무심결에 한숨이 새어 나올 정도로 기분이 좋았다.

"노비가 핥아 준 덕분에 상처에서도 피가 멈추기 시작했어요. 걱정하지 마시고 조금 더 주무세요."

사요의 목소리를 들으며 다이로는 멍하니 생각했다.

'…아까 그건 영물여우의 혀였단 말인가.'

소년은 가만히 팔짱을 낀 채, 변함없이 차분한 표정으로 다이로를 내려다보고 있었다.

"독은…?"

사요가 작은 목소리로 묻자 노비라고 불린 소년은 온화한 목소리로 답했다.

"거의 다 빨아냈어. 아침이면 열도 내릴 거야. 물을 좀 마시게 해 주는 게 좋아."

"아, 그렇겠다. 바로 가져올게."

사요는 자리에서 일어나 문밖으로 나갔다.

다이로는 갈라진 목소리로 물었다.

"…여긴 어디지?"

"누군가가 임시로 지어 둔 오두막이다."

차분한 목소리로 소년이 답했다.

"삼나무 숲속의 샛길을 산 쪽으로 조금 오르다 찾았어. 당신이 정신을 잃어서 그리 멀리까지는 옮길 수 없었다. 그래서 그냥 허락 없이 들어와서 쓰고 있어. 오두막 주인이 나타나더라도 아픈 사람을 보면 무조건 나가라는 말은 하지 않을 거라고 사요가 말했다."

노비가 말하는 동안 사요가 돌아왔다.

"다이로 님, 물이에요. 조금씩 마셔 보세요."

사요는 왼손의 베인 상처를 감싸고 있었다. 그것을 본 노비가 무릎을 꿇고 다이로의 등을 손으로 받쳐 천천히 몸을 일으켜 세워 준 후, 물그릇을 입에 가져다 대 주었다. 열로 부어오른 목구멍으로 달고 차가운 물이 흘러내려 간다. 다이로는 정신없이 물을 마셨다. 몸속 깊숙이 스며드는 느낌이었다.

자리에 눕자 졸음이 쏟아졌다.

"다이로 님, 푹 주무시고 어서 회복하세요…."

다이로는 사요의 목소리를 들으며 깊은 잠에 빠져들었다.

다이로가 다시 눈을 뜬 것은 다음 날 오후였다.

오두막 안에 사요와 노비의 모습은 없고, 들창문으로 밝은 햇살이 쏟아져 들어오고 있었다. 아직 몸에 힘이 없어 일어날 수는 없었다.

퍽 하고 장작 패는 소리가 들렸다. 사요의 목소리도 들렸다. 그에 답하는 소년의 목소리도.

'…왜 영물여우와 사요가.'

저 영물여우에게서 적의는 느껴지지 않았다. 그래도 영물여우는 영물여우. 옆 나라 주술사에게 몸이 매인 심부름꾼이다. 영물여우는 사람을 속이는 재주에 능하니 사요는 그 속임수에 넘어간 것이리라.

'날 살려서 어떻게 할 작정이냐.'

그것을 이해할 수 없었다. 큰길에서 습격해 온 영물여우는 분명 다이로의 목숨을 노렸는데 대체 왜….

'내 신뢰를 얻은 후, 뭔가를 시킬 속셈인가….'

바로 그때 영물여우 소년이 장작을 한가득 안고 들어왔다. 다이로가 깨어난 것을 눈치챈 소년은, 장작을 흙마루 위에 내리고 손을 턴 후, 누워 있는 다이로의 곁에 와서 앉았다.

그 순간 다이로는 몸을 덮은 옷 아래에서 손을 쑥 내밀어 소년의 팔을 붙잡았다. 소년의 얼굴이 고통으로 일그러졌다. 수호의 팔찌를 찬 손에 잡혔으니 영물여우는 옴짝달싹 못 할 것이다.

"…뭘 꾸미고 있는 거지?"

갈라진 목소리로 속삭이자, 소년은 이를 악물고 다이로를 노려보았다.

발소리가 들리고 입구에서 사요가 나타났다. 손에 들고 있던 질냄비를 화로 언저리에 내려놓고 다이로를 보며 밝은 목소리로 말을 건넸다.

"다이로 님, 정신이 드셨네요."

곁으로 다가온 사요는 두 사람 사이에 흐르는 심상치 않은 분위기를 눈치채고 흠칫하며 움직임을 멈췄다. 다이로는 사요를 바라보며 날카로운 목소리로 말했다.

"사요야, 속으면 안 돼. 영물여우는 결코 주인을 배신하지 못해. 날 구한 건 다른 꿍꿍이가 있기 때문이야."

사요는 그런 게 아니라고 말하려다 머뭇거렸다.

무슨 말을 해야 믿어 줄까. 매서운 다이로의 눈을 보고 있자니 자신이 없어졌다. 어렸을 때 노비를 구해 준 이야기를 해도, 아니 무슨 이야기를 해도 다이로를 설득하지는 못할 것 같았다.

사요는 살며시 손을 뻗어, 노비의 팔을 잡은 다이로의 손을 만졌다.

'…아얏.'

가시에 찔린 듯한 아픔이 느껴졌다. 노비는 지금 이런 아픔을 느끼고 있는 것이다.

분노와도 슬픔과도 다른 감정이 복받쳐 올랐다. 사요는 다이로의 손을 세게 잡고 억지로 노비의 팔을 빼냈다.

사요는 분노로 물든 다이로의 눈을 똑바로 바라보고 입을 열었다.

"전 노비를 믿어요. ─다이로 님은 제가 속고 있다고 여기시겠지만, 잘 설명은 못 하겠지만…."

노비는 잡혔던 손을 어루만질 뿐, 아무 말 하지 않았다.

다이로는 초조함을 그대로 드러내며 엄한 목소리로 말했다.

"사요야! 무슨 일이 있어도 심부름꾼은 절대 주인을 배신할 수 없어. 사람을 속이는 게 이놈들의 본성이라고! 정신 차리란 말이다!"

사요는 노비를 쳐다보았다.

문득 다이로의 말이 맞을지도 모른다는 생각이 들었다. 자신을 구해 준 것도 신뢰를 얻기 위한 연기였을 뿐, 다이로가 있는 곳으로 데려가게 만드는 것이 목적이었는지도 모른다.

노비는 사요의 눈동자가 흔들리는 것을 조용히 바라보았다. 그리고 자리에서 일어나 말없이 밖으로 나가 버렸다.

무심결에 자리에서 일어나려던 사요를 다이로가 말렸다.

"가면 안 돼, 사요야! 녀석에게 마음을 빼앗기면 안 돼."

그래도 사요는 노비를 쫓아 밖으로 나왔다. …그러나 노비의 모습은 이미 사라진 뒤였다.

노비는 여우 모습으로 돌아와 들판을 달렸다.

견디기 힘든 무거운 슬픔이 가슴을 가득 채우고 있었다.

신뢰를 얻을 목적으로 뭔가를 할 생각은 없었다. 사요를 구하고 싶어서 구한 것이다. 그냥 그뿐이다. ─그런데도 가슴의 통증은 사라지지 않았다.

사요는 쓰라린 아픔을 가슴에 품고 오두막 안으로 돌아왔다.

"…사요야."

자신을 부르는 다이로를 외면한 채, 창문 쪽을 멍하니 바라보며 사요가 입을 열었다.

"─다이로 님 말씀대로 속은 건지도 몰라요. 하지만 혹시라도 그게 아니라면?"

사요는 아직 아픔이 느껴지는 왼손을 오른손으로 감싸고 나직이 말했다.

"노비를 만난 건 아주 먼 옛날 일이고, 이런 일에 휩쓸릴 거라고는 상상도 못 했던 때인데…."

참억새 들판에서 노비를 품속에 숨겨 줬던 일. 도망쳐 들어간 숲그림자 저택에서 코하루마루가 숨겨 줬던 일. 사요는 이제껏 있었던 일 전부를, 중간중간 쉬어 가며 다이로에게 들려주었다.

　이야기를 듣던 다이로는 코하루마루에게서 느껴지던 위화감이 적의 저주 때문이라는 것을 알게 되었다.

　'—위험할 뻔했구나. 사요가 눈치채지 못했다면 저주에 걸린 코하루마루를 그대로 대공님의 성으로 데려갈 뻔했어.'

　그렇다면 그 노비라는 영물여우의 역할은 대체 무엇이란 말인가.

　다이로는 눈살을 찌푸렸다. 사요를 자신과 만나게 하면 모처럼 쳐 둔 덫이 물거품이 될 텐데. 설마 사요의 말대로 저 영물여우는 정말로 목숨을 구해 준 은혜를 갚으려고 한 걸까….

　다이로는 자기 자신을 타이르듯 중얼거렸다.

　"그럴 리 없어. 심부름꾼은 주인에게 절대적으로 충성할 터. 목숨을 구해 준 은혜를 기억하고 있다 해도, 주인을 배반하면 죽음만이 기다린다. 이런 식으로 은혜를 갚을 리 없어."

　사요는 다이로에게 눈길을 돌렸다.

　"다이로 님. 심부름꾼이란 게 대체 뭐죠? 주인을 거역하면 정말로 죽어 버리나요?"

　다이로는 끄덕였다.

　"예전에 네 어머니, 하나노 님이 말씀하셨다. 영물여우란 「틈」에서 태어나 「틈」에서 살아가는 짐승이라고. 힘 있는 주술사는 「틈」에서 태어난 어린 여우를 잡아다가 이 세상에서 살아갈 수 있는 주술의 힘을 주는 대신, 여우피리라는 영험한 피리에 어린 여우의 목숨을 봉인해 자기 마음대로 부릴 수 있는 심부름꾼으로 만들어 버리지. 주술사의 손에 여우피리가 있다는 말은, 주술사가 영물여우의 목숨을 손에 쥐고 있단 뜻이야."

"여우피리…. 그걸 주술사에게서 빼앗으면 노비의 목숨을 구할 수 있나요?"

"구할 수 있겠지. ─ 하지만 구해 준 사람은 분명 수명이 줄어들 거야."

다이로는 메마른 말투로 말했다.

"원래 영물여우는 인간의 뜻대로 움직일 수 있는 존재가 아니야. 무서운 힘을 지닌 영물여우를 여우피리 하나로 속박하기 위해서, 주술사는 다양한 방어 술법을 쓰고 있다고 한다. 그 술법 탓에 점점 정기精氣를 빼앗기는 것이겠지. 주술사가 절대적인 힘을 가지고도 몰락의 길을 걷는 것은, 아마 영물여우를 부리는 술법 같은 것이 사람의 몸으로는 감당하기 어렵기 때문일 거야."

사요는 잠자코 다이로의 말을 듣고 있었다. 다이로는 가만히 사요를 쳐다보았다.

"하나노 님은 자주 말씀하셨어. ─ 보는 것은 보이는 것. 쓰는 것은 쓰이는 것. 그건 사람에게는 견디기 힘든 것이라고 하시더구나."

'보는 것은 보이는 것….'

사요는 부르르 몸을 떨었다.

와카사 들판에서 「어둠의 문」을 기웠을 때의 기억이 되살아났다. 수많은 눈이 자기를 쳐다본 순간에 느낀 그 엄청난 공포…. 떠올리는 것만으로도 피부가 조여들었다.

"보이지 않게 보고, 쓰이지 않게 쓰는 것이 주술사의 지혜라고 한다. 영물여우의 눈에 띄면, 속박은커녕 반대로 물려 죽게 될 테니까."

그렇게 말한 다이로는 조용히 덧붙였다.

"이미 저 영물여우는 네 얼굴을 보았어. 여우피리를 손에 넣더라도 그 여우를 묶어 둘 수는 없겠지. 풀려난 영물여우가 어떤 생각을 하고 무슨 짓을 할지는 아무도 알 수 없다. 줄에 묶여 자유를 잃은 뒤로 사람을 깊이 증오하게 된 늑대의 목줄을 잘라 주는 것과 마찬가지야."

사요는 다이로의 말을 들으며 노비를 생각했다. 콧등에 피를 묻히고 겁먹은 눈으로 올려다보던 어린 여우. 도적의 습격에서 구해 주고 조심스레 사요 어깨에 바구니를 메어 주던 몸짓. 그리고 아침 햇살 아래에서 미소 짓던 얼굴.

그것들은 전부 사요를 속이기 위한 연기였을까. ─그럴 리 없다고 생각했다. 하지만….

사요는 저물어 가는 햇빛을 가만히 바라보았다.

6
두 명의 다이로

꼬박 이틀이 지나서야 다이로는 겨우 하야테에 탈 수 있었다.

노비가 첫날에 잡아 온 꿩 말고는 제대로 먹을 것도 없어 약해진 몸이 쉽사리 회복되지 못했기 때문이다.

밖으로 나간 노비는 결국 돌아오지 않았다.

다이로와 함께 하야테에 타고 오두막을 떠날 때도, 사요의 가슴속에는 지워지지 않는 아픔이 남아 있었다. 문득 정신을 차려 보면 혹시라도 근처에 노비가 있지 않을까 눈으로 찾고 있었다.

— 한번 더 노비와 만나고 싶었다. 만나서 이야기하고 싶었다.

그런 사요의 마음을 아는지 모르는지 다이로는 노비 이야기를 더는 꺼내지 않았다.

"…하루모치 영주님께서 걱정하고 계실 거야."

다이로가 불쑥 중얼거렸다. 약속한 날짜까지 대공의 성에 도착하려면 이미 아오리 숙소를 향해 떠난 상태여야 했다.

다이로는 하야테를 타고 달리는 동안 열이 다시 높아지는 것을 느꼈다. 그렇지만 억지로 버티며 하야테의 속도를 최대로 높였다.

다이로와 사요는 날이 저물 무렵에야 간신히 하루모치의 성에 도착할 수 있었다.

그러나 성문은 이미 굳게 닫힌 뒤였다. 문을 지키는 호위병들이 말발굽 소리를 듣고 밖으로 뛰쳐나왔다. 손에는 짧은 창을 들고 있었다.

"매화가지 가옥의 다이로입니다. 문을 열어 주십시오!"

다이로가 외치자 횃불 너머로 이쪽을 바라보던 호위병들이 순식간에 긴장하는 것이 느껴졌다.

'뭔가 이상한데….'

다이로가 그렇게 생각했을 때, 활시위를 팽팽하게 당기는 소리가 들렸다. 놀라서 누문樓門을 올려다보니 궁수가 화살을 메긴 활로 다이로와 사요를 겨냥하고 있는 것이 보였다.

"왜들 이러십니까. 저는 수상한 자가 아닙니다. 저는…."

짧은 창을 겨눈 호위병들이 다이로의 말을 가로막으며 엄한 목소리로 말했다.

"―이 요괴 놈! 매화가지 가옥의 다이로 님은 벌써 영주님과 아오리 숙소로 떠나셨단 말이다!"

사요는 무심결에, 고삐를 바싹 쥔 다이로의 손 위에 자기 손을 포갰다.

차가운 공포가 등줄기를 타고 올라온다. 다이로에게서도 놀라움과 공포의 감정이 전해져 왔다.

'―아뿔싸!'

다이로는 입술을 꽉 깨물었다. 큰길에서 습격해 온 영물여우가 상처 입은 자신의 숨통을 끊으러 쫓아오지 않았던 것은 이 때문이었던가.

그때 영물여우는 다이로의 얼굴을 똑똑히 보았다. 영물여우는 다이로로 변신해 감쪽같이 하루모치를 속여 넘긴 것이었다.

"뻔뻔스럽게 잘도 나타났구나! 다이로 님께서 우리에게 미리 경고해 주셨지. 네 정체는 다 알고 있다."

얄궂은 일이었다. 진짜 영물여우라면 화살 따위는 쉽게 피할 수 있다. 그러나 사요와 함께 말 위에 있는 다이로가 도망치는 것은 불가능했다. 더욱이 오른손도 움직일 수 없고 몸도 약해질 대로 약해져 눈을 속이는 환술幻術조차 쓰기 힘든 상태였다.

화살을 쏜 순간 사방에서 창을 내찌르려는 심산이리라. 완전히 포위되어 도망갈 틈 따위는 전혀 없었다.

'…이제 끝인가.'

활시위가 울렸다!

이를 꽉 깨문 다이로는 눈을 감고 몸으로 사요를 덮었다.

탁, 하는 작은 소리가 났다. 다이로는 부드러운 것이 뺨을 스쳐 지나간 것을 느꼈다.

놀라서 눈을 떠 보니 작은 그림자가 화살을 입에 물고 착지한 후, 화살을 뱉어 버리는 것이 보였다.

"노비야…!"

사요가 소리쳤다.

그림자가 부드럽게 뛰어올랐다. 당황한 목소리와 함께 하야테의 앞을 막고 있던 호위병의 창이 공중으로 튕겨 올랐다.

다이로는 방금 생긴 작은 틈을 놓치지 않고 하야테의 옆구리를 발로 차 재빠르게 포위를 돌파했다.

활시위가 핑, 핑 울고 화살이 휙, 휙 날아온다. 다이로는 작은 발이 자신의 등을 차는 것을 느꼈다. 노비가 다이로의 등을 발판 삼아 몸을 돌린 뒤, 화살 두 발을 멋지게 입으로 낚아챘다. 그리고 그대로 공중을 날아 어둠 속으로 사라졌다.

"노비야! —노비!"

사요는 정신없이 외쳤다. 여기서 헤어지면 두 번 다시 만나지 못할 것 같았다. 너무 크게 소리를 지른 탓에 콜록거리면서도 피가 배어 나올 듯한 목소리로 소리치고 또 소리쳤다.

"노비야—! 돌아와 줘…!"

하야테는 땅거미가 내려 어둑해진 길을 쉬지 않고 달려간다.

"노비야—!!"

바람에 휩쓸려 사라지는 사요의 목소리가 쉬어 갈 무렵, 사요는 옆의 풀숲 속을 달리는 그림자를 보았다.

이유를 알 수는 없지만 눈물이 터져 나왔다. 사요는 한 손으로 얼굴을 마구 문질러 닦았다.

✢✢

유키 모리타다는 대기 중인 쿠나를 뚫어지게 쳐다보았다.

"제정신이냐…?"

모리타다는 믿을 수 없다는 말투로 말했다.

"남에게 알려지지 않는 것이 주술사에게 가장 중요하다고 하지 않았느냐. 하루모치 아들놈의 승인식에는 대공님이 영토를 맡기신 영주들이 전부 모인단 말이다. 그런 자리에 니도 얼굴을 비치겠다는 것이냐?"

쿠나는 쓴웃음을 지었다.

"가능하면 저도 그런 일은 피하고 싶습니다. 적의 눈을 피해 먼 길을 돌아온 「잎그림자」의 보고를 듣고 나서 계속 생각했습니다만, 역시… 그렇게 하는 편이 좋을 것 같습니다."

모리타다는 얼굴을 찌푸렸다.

"「어둠의 문」을 기우는 것이 그리도 대단한 기술이더냐?"

쿠나는 끄덕였다.

"이제껏 하루나국의 수호자가 쓰던 것과는 근본부터가 다른 기술입니다. …그 여자를 죽였을 때 끊어졌을, 저희와 같은 뿌리에서 나온 술법의 재능이 없다면 사용할 수 없는 기술입니다."

쿠나의 옅은 눈동자에는 평소와 달리 흥분한 기색이 살짝 감돌았다.

"그런 힘을 지닌 자가 은밀하게 하루나국에 남아 있다면, 코하루마루에게 걸어 둔 저주를 풀어 버릴지도 모릅니다. ─영물여우나 「잎그림자」에게만 맡겨 두는 것은 마음이 놓이지 않습니다. 그리고 제가 친 덫이 어떻게 될지도 두 눈으로 직접 보고 싶습니다."

모리타다는 신음했다.

"대공님의 성에서 죽이는 건 아무래도 내키지 않아. 혹여 대공님의 분노라도 사게 되는 날이면…."

쿠나는 팔을 어루만지며 말했다.

"아닙니다. 대공님께 저주로 코하루마루를 죽였다는 의심을 받지 않으려면, 이 계략이야말로 가장 좋은 방법입니다."

"그렇다면 역시 성에서 하겠다는 말이냐?"

망설이는 기색을 보이는 모리타다의 얼굴을 올려다보고 쿠나가 물었다.

"…그럼 포기하시겠습니까? 지금이라면 없던 일로 할 수 있습니다."

모리타다의 미간에 깊은 주름이 생겼다. 모리타다는 강한 빛을 띤 눈으로 가만히 쿠나를 노려보다 고개를 저었다.

"무슨 일이 있어도 포기할 순 없지."

쿠나는 끄덕였다.

"그렇다면 할 수밖에 없습니다. 설령, 코하루마루에게 심어 둔 저주가 풀렸다 하더라도 제가 그 자리에 있으면 곧바로 다음 수를 쓸 수 있습니다. 일이 잘못될 가능성은 없으니 걱정하지 마십시오."

쿠나는 담담한 말투로 그렇게 답했다.

7
노비와 다이로

하야테에 타고 밤길을 도망가던 사요는 다이로의 몸이 점점 무겁게 등을 내리누르는 것을 느꼈다. 다이로의 몸은 뜨겁고 호흡도 얕았다. 높은 열 때문에 몽롱한지 필사적으로 몸을 가누려는 것 같았지만, 결국 매달려 있던 실이 끊어진 것처럼 사요 위로 푹 쓰러지고 말았다.

"하야테야, 부탁이니 멈춰…."

사요는 익숙하지 않은 손놀림으로 고삐를 당겨 하야테를 세웠다. 그리고 다이로가 떨어지지 않도록 몸으로 떠받치려 했다. 하지만 안장 위에서 그렇게 하기란 너무나 어려웠다. 이를 악물고 다이로를 지탱하던 사요의 머릿속에 노비의 모습이 번개처럼 스쳐 지나갔다.

길가의 어두운 풀숲 속에 아직 노비가 있을까. 지금 이 상황을 보고 있을까.

노비의 도움은 받고 싶지 않았다. 초조해진 사요는 다이로를 밀어 올리려고 바둥거렸다.

노비는 스스로의 목숨을 위험에 빠뜨리면서까지 도와주었다. 그런데도 믿어 주지 못했다. 그것을 사과하는 말도 고맙다는 말도 아직 제대로 전하지 못했다.

다이로의 몸이 주르르 미끄러져 내린다. 그 몸을 등으로 떠받치던 사요도 다이로의 무게에 끌려가기 시작했다. 발걸이에 걸어 둔 한쪽 발로 버텨 봤지만 소용없었다. 뱃대끈이 삐걱대고 무게를 버티지 못한 안장이 돌아가기 시작했다.

'떨어진다…!'

그 순간 갑자기 다이로의 몸이 가벼워졌다.

노비가 다이로의 몸을 받치고 있었다.

"―내가 받치고 있을 테니 넌 일단 내려."

사요는 노비가 말한 대로 안장에서 미끄러지듯 내려왔다. 노비는 의식을 잃은 다이로의 몸을 앞쪽으로 조금 이동시켜 하야테의 등에 엎드리게 했다. 그런 다음 안장 뒤쪽을 탁 두드리고 말했다.

"여기 타."

노비는 사요가 다이로의 뒤에 앉을 수 있도록 밀어 올려 주었다. 사요는 노비에게 고삐를 건네받고, 하야테의 목과 자기 몸 사이에 있는 다이로가 떨어지지 않도록 지탱하며 천천히 하야테를 몰기 시작했다.

사요는 긴장한 얼굴로 노비를 돌아보았다.

"…고마워."

노비는 말없이 뒤로 한 발짝 물러났다. 또다시 어디론가 가 버릴 듯한 그 동작을 보고 사요는 저도 모르게 가느다란 목소리로 말했다.

"…노비야, 같이 가 줄래? 나, 아직 말을 잘 못 타."

해야 할 말은 그런 게 아닌데, 아무리 노력해도 마음속의 말을 제대로 꺼낼 수 없었다.

노비는 끄덕였다. 그리고 손을 쓱 뻗어 하야테의 입에 물린 재갈을 잡았다.

"―어디로 갈 거야?"

조용한 목소리였다.

'어디로 가야 할까….'

한시라도 빨리 다이로를 치료해야 한다. 그렇다면 매화가지 가옥으로 돌아가는 게 가장 좋지 않을까.

사요는 마음을 굳혔다. 코하루마루가 마음에 걸렸지만 지금은 별다른 수가 없었다.

"매화가지 가옥으로 돌아가는 게 제일 좋을 것 같아. 하야테야, 착하지, 집으로 돌아가자."

사요가 속삭이며 고삐를 조심스레 당기자, 하야테가 말을 알아들은 듯 갑자기 기운을 내며 힘차게 걷기 시작했다.

달이 떠올랐다. 그리고 다시 시간이 흘러 산 너머로 사라져 갔다. 밤바람을 타고 연기 냄새가 희미하게 풍겨 왔다.

매화가지 가옥이 보일 무렵, 다이로가 신음소리를 내며 눈을 떴다.

"다이로 님, 정신이 드세요?"

사요가 속삭였다. 힘겹게 몸을 일으킨 다이로는 주변 어둠 속을 자세히 살펴보다 멀리 보이는 빛을 발견하고 눈길을 멈췄다.

"…매화가지 가옥."

다이로가 중얼거렸다.

"다이로 님께서 열 때문에 정신을 잃으셔서요."

사요가 말하자 다이로는 끄덕였다.

하야테가 갑자기 발을 멈췄다. 재갈을 잡고 있던 노비가 멈춰 섰기 때문이다.

"노비야, 왜…?"

노비가 사요를 올려다보고 말했다.

"난 여기부터는 못 들어가."

부정不淨한 것을 물리치는 매화나무 숲이 바로 앞에 펼쳐져 있었다.

노비는 발걸음을 돌려 떠나려고 했다. 다이로가 그 등에 대고 외쳤다.

"―집주인인 내가 정식으로 초대하네. 들어오게."

놀란 사요는 다이로의 옆얼굴을 쳐다보았다. …또 주술의 힘으로 노비를 사로잡으려는 생각일지도 모른다. 다이로는 노비를 붙잡아서 적의 움직임을 알아내고 싶을 테니까.

노비도 잠시 망설이듯 다이로의 얼굴을 올려다보았다. 그리고 마찬가지로 다이로의 속마음을 종잡을 수 없어 머뭇거리는 사요의 얼굴을 보고 노비의 눈에서 망설임이 사라졌다.

노비는 말없이 하야테 곁으로 돌아왔다.

사요 일행은 꽃이 다 떨어진 매화나무 숲속으로 들어갔다. 그리고 천천히 문을 향해 발걸음을 옮겼다.

✛✛

 아직 신록新綠은 우거지지 않았지만, 햇살이 화창하게 쏟아지는 초봄의 산속은 기분 좋은 향기가 났다.
 나뭇잎 사이로 비치는 햇빛이 앞서가는 노비의 등에서 하얗게 넘실거린다. 바람 냄새를 맡는 것처럼 보이던 노비가 갑자기 발을 멈추더니 쭈그려 앉아 덤불을 헤치기 시작했다.
 "…있어?"
 노비가 몸을 일으켜 뒤돌아보았다. 손에 빨간 잎맥을 지닌 풀을 들고 있었다. 걸어온 노비는 사요가 들고 있는 바구니 안에 풀을 떨어뜨렸다.
 몸속 깊이 스며든 영물여우의 독은 계속해서 다이로를 괴롭혔다. 노비가 상처를 핥아 독을 빨아내지 않았더라면, 다이로는 오두막에서 목숨을 잃었을 것이다.
 "이 풀이구나. 보기 드문 풀이네. 처음 봤어."
 사요가 작게 말하자 노비가 대답했다.
 "이건 독을 몸 밖으로 빼 주는 풀이야. 우리 영물여우들은 뭔가 잘못 먹었을 때 이런 풀을 먹어. 이 풀은 특히 잘 듣지. 그런데 찾기가 어려워."
 온화한 노비의 목소리를 듣고 있으면 마음이 평온해진다.
 "조금 더 찾아보자."
 노비는 그렇게 말하고 걷기 시작했다. 사요는 뒤따라 걸으며 가슴속에서 소용돌이치는 감정을 잘 전할 수 없는 이유가 뭘까 생각했다.

믿지 못하고 의심했던 것을 사과하고 싶었다. …고맙다고 말하고 싶었다.

하지만 모두 입안에서만 맴돌다 지레 겁먹은 것처럼 사라져 버린다.

새가 삑삑 지저귀며 가지를 옮겨 다닌다. 노비가 다시 발을 멈췄다.

"있어?"

노비는 쭈그려 앉아 사요에게 손짓했다. 커다란 밤나무 밑에 하얀 꽃이 한 무더기 피어 있었다.

"이 꽃의 뿌리도 독을 몸 밖으로 빼 줘."

그렇게 말한 노비는 꽃의 줄기를 흔들어 뽑아냈다. 그러자 뿌리에 붙은 흙과 낙엽 속에서, 하얗고 매끈한 애벌레 한 마리가 대구루루 굴러떨어졌다. 따뜻한 땅속에 있다가 갑자기 밖으로 나온 것에 놀라 몸을 둥글게 말고 있었다.

"…아이 추워라, 추워."

사요는 저도 모르게 애벌레를 집어 부엽토 속으로 다시 넣어 주었다.

얼굴을 들자 노비와 눈이 마주쳤다. 노비는 말없이 사요의 바구니에 살며시 꽃의 뿌리를 넣고 자리에서 일어났다.

둘은 거의 말을 하지 않았다. 그래도 봄의 산길을 함께 걷고 있는 것만으로도 봄 햇볕이 가슴속 깊이 깃들어 있는 것처럼 따스했다.

 다이로가 몸속 깊이 스민 영물여우의 독을 간신히 이겨 내고 회복되기 시작한 것은, 매화가지 가옥에 도착한 지 사흘이나 지나서였다.

 스즈는 덧문을 열어 침실 안으로 하얀 아침 햇살을 들였다. 다이로는 작은 먼지들이 빛줄기를 타고 춤추는 것을 바라보며 이부자리에서 몸을 일으켰다. 그리고 스즈에게 물었다.

 "…사요는?"

 솔질이라도 한 것처럼 구름이 넓게 펼쳐진 하늘을 바라보며 스즈가 대답했다.

 "노비랑 약초 따러 갔어요. 어제도 그제도 둘이 같이 나가서 약초를 따 왔어요. 노비가 해독 작용이 있는 약초를 알려 줬거든요. 아주 조금씩밖에 안 난다나 봐요. 그래서 여기 가져다 놓고는 다시 찾으러 나가는 걸 반복하고 있어요."

 다이로는 가만히 정원을 바라보다 중얼거리듯 말했다.

 "코하루마루 도련님 때문에 마음에 여유가 없을 때를 노려 내부 깊숙이 파고든 다음, 이쪽이 어떤 방어를 펼치는지 살피려는 속셈인가…."

 스즈는 몸을 돌려 다이로를 쳐다보았다.

 "오라버니…."

 다이로는 스즈의 말을 가로막았다.

 "난 무슨 일이 있어도 적의 심부름꾼을 믿을 수 없다. ─믿어서는 안 되는 거라고, 스즈야."

강렬하게 빛나는 큰 눈에 희미한 쓴웃음의 그림자가 아른거렸다.

"하나노 님의 뒤를 이어 이 나라를 영적으로 수호하는 임무를 맡게 되었을 때, 나는 아무도 믿지 못하게 되는 저주에 걸리고 말았다."

그렇게 말한 다이로는 하얀 면포가 감긴 오른손에 눈길을 떨구었다.

"어린 여우가 자신을 구해 준 은혜를 잊지 않고 갚는다니, 꾸며 낸 이야기도 아니고 그런 허무맹랑한 소리를 어떻게 믿으란 말이냐."

스즈가 한숨을 내쉬었다.

"전 오라버니처럼 상대의 속임수까지 꿰뚫어 볼 만큼 영리하진 않아요. 하지만 오라버니, 적어도 그것만큼은 틀렸어요. …노비는 은혜를 갚으려는 게 아니에요."

고개를 든 다이로가 의아한 표정으로 스즈를 쳐다보았다. 스즈는 눈썹을 가볍게 치켜세웠다.

"이제껏 눈치 못 챘어요? 오라버닌 어쩜 이리도 둔할까. 노비가 사요를 쳐다보는 눈빛만 봐도 척인데."

다이로는 눈살을 세게 찌푸렸다.

"…노비가 사요를 마음에 두고 있단 말이냐?"

스즈는 한숨을 쉬었다.

"사요도 마찬가지예요. 다만 둘 다 순진해서 자기 마음을 못

깨닫고 있을지도 모르지만요. 이런 건 신기하게도 옆에서 보는 사람이 더 잘 알 때도 있는 거예요."

다이로는 험악한 얼굴로 스즈를 노려보았다.

"바보 같은 소릴! 웃어넘길 일이 아니야. 스즈, 너 사요에게 알려 줬겠지? 영물여우에게 마음을 빼앗기는 게 얼마나 무서운 일인지!"

스즈는 답답하다는 표정으로 다이로를 쳐다보았다.

"이야기 안 해도 사요는 스스로 깨달을 거예요. 우리가 나설 일이 아니라고요. 옆에서 좋아하면 안 된다고 할수록 더 끌리기 마련이에요. 반대로 부채질하는 격이 되어 버린다니까요."

호통을 치려던 다이로는 씁쓸한 얼굴로 입을 다물었다.

스즈는 다이로의 곁에 앉아 험악해진 오빠의 얼굴을 들여다보았다.

"오라버니, 지금쯤 하루모치 님은 코하루마루 도련님과 함께 국경을 넘고 계시겠죠. 지금 쫓아가도 제시간에 맞추기는 힘들 거예요."

다이로의 눈이 한층 더 침울해졌다.

"…그래."

왼손으로 이마를 문지르며 다이로가 말했다.

"난 하나노 님이 맡기신 일을 무엇 하나 제대로 해낸 게 없는 애송이야. 코하루마루 도련님도, 하루모치 영주님도 구하지 못하고, 사요마저도 제대로 지키지 못하고 있으니."

"오라버니, 있잖아요."

스즈가 말했다.

"좀 전에 오라버니가 말했죠. 하나노 님으로부터 이 나라를 영적으로 수호하는 임무를 넘겨받았을 때, 아무도 믿지 못하게 되는 저주에 걸렸다고. ―그 말을 하나노 님이 들으면 슬퍼하지 않으실까요?"

"그건 그냥 말이 그렇다는 거고…."

"그게 아니라 전 계속 생각했어요. 하나노 님은 대체 뭘 하고 싶으셨던 걸까 하고."

스즈는 다이로를 쳐다보았다.

"증오에 증오가 얽히고, 의심에 의심이 얽히는… 그렇게 되어 가는 걸 하나노 님은 항상 마음 아파하셨잖아요? 오라버니, 있잖아요. 전 노비와 사요를 보면서 생각했어요. 어떻게 말해야 할지 잘 모르겠지만, 하나노 님이라면 어떻게 하셨을까요? 오라버니처럼 영물여우와 사람이 맺어지면 위험하다고 고래고래 소리를 지르기보단, 그렇게 되어 버린 둘의 마음을 꼭 안아 주려고 하지 않으실까요?"

다이로는 가슴을 두드려 맞은 듯한 심정으로 스즈를 쳐다보았다.

이제껏 풀리지 않던 의문이 갑자기 풀린 기분이 들었다.

하나노가 어째서 저주의 소용돌이 한복판에 있는 사람과 굳이 아이를 만들었는지…. 눈앞을 가리고 있던 안개가 단숨에 사라지는 느낌이었다.

다이로는 멍한 상태로 왼손을 무릎 위에 내려놓았다. 그리고 휘청대는 다리에 힘을 주고 일어나려 했다. 스즈는 서둘러 일어나 오빠를 도왔다.

"─스즈야, 곳간으로 가야겠다. …도와 다오."

약초를 캐고 돌아온 노비와 사요는 스즈가 툇마루에서 손짓하는 것을 보았다.

"아아, 고마워! 많이 구해 왔구나."

스즈는 풀과 흙 냄새가 나는 바구니를 건네받으며 노비를 쳐다보았다.

"노비야, 오라버니가 널 불러. 방으로 좀 와 달래."

노비는 의아해하며 스즈를 쳐다보았다. 잠시 후 고개를 끄덕이더니 툇마루 위로 올랐다.

불안한 듯 얼굴이 어두워진 사요가 노비 뒤를 쫓으려고 하자 스즈가 말렸다.

"오라버니는 말이지, 우선 노비와 이야기가 하고 싶대."

"그래도…."

"괜찮아. 노비에게 해를 입히지는 않을 거야. 그것보다 사요야, 이쪽으로 와 보렴. 네게 주고 싶은 것이 있어."

짚신을 벗고 스즈가 내민 걸레로 발에 묻은 흙을 닦은 뒤 툇마루에 올랐다. 사요는 스즈를 따라가면서도 몸을 돌려 노비가 들어간 방을 쳐다보지 않을 수 없었다.

노비가 들어가자 기둥에 등을 기대고 앉아 있던 다이로가 얼굴을 들었다.

얼굴에는 핏기가 없고 눈이 움푹 들어가 있었다. 다이로는 입을 열었다.

"우선 구해 준 것에 대해 인사를 하지. —고맙네."

노비는 얼굴을 살짝 찌푸린 채 끄덕였다.

다이로는 말 한마디 하는 것조차 힘겨운 듯 다시 천천히 입을 열었다.

"넌 사요를 어떻게 할 작정이지?"

노비는 한동안 말없이 다이로를 쳐다보다 짧게 답했다.

"지킨다. —내 목숨이 붙어 있는 한."

다이로는 가만히 노비의 눈을 응시했다.

"주인을 거역하더라도 말인가?"

길게 째진 노비의 눈에는 전혀 흔들림이 없었다. 노비는 그저 끄덕여 보였다. 다이로는 노비를 주시한 채 중얼거리듯 말했다.

"진심이냐. …그렇다면 내게 털어놓을 수 있겠느냐? 네 주인이 왜 코하루마루에게 주술을 걸었는지. 그리고 어떤 덫을 쳐 놓았는지를."

노비의 표정이 어두워졌다. 주인이 시킨 일을 비밀에 부치는 것은 뼛속 깊이 새겨져 있다고 해도 좋을 만큼 몸에 단단히 밴 습성이었다. 그래서 막상 털어놓으려니 저도 모르게 온몸의 털이 곤두서는 것처럼 불편했다.

노비가 띄엄띄엄 입 밖으로 말을 짜냈다.

"…주인님은 코하루마루에게 저주를 걸었다. 바로 죽는 게 아니라 대공 앞에 나갔을 때 효과가 나타나는 저주다."

"효과라니?"

"그 이상은 모른다."

다이로의 눈에 차가운 빛이 서리는 것을 보며 노비는 조용히 말을 이었다.

"너로 변해 대공의 성으로 가는 역할은 내가 아니라 카게야가 맡았다. 그래서 난 모른다."

두 사람은 서로의 눈을 한참 동안 바라보았다.

이윽고 다이로는 마음을 정한 듯 고개를 끄덕였다.

"널 믿으마. 사요를 지켜 다오."

괴로운 듯 숨을 크게 내쉰 다이로가 말을 이었다.

"난 이제 사요에게 부탁할 거야. 목숨을 잃을지도 모르는 일이지만 사요는 분명 받아들이겠지. 그러니 네게 부탁하마. 사요를 지켜 다오."

노비는 얼떨떨해하며 다이로를 물끄러미 쳐다보았다.

"…정말로 날 믿는 건가?"

"믿는다. ─그러지 않으면 하루모치 영주님과 코하루마루 도련님을 구할 길이 없으니까."

다이로의 입가에 옅은 미소가 떠올랐다.

"노비야, 나는 조금 전에 대공님이 다스리시는 땅과 하루나국의 경계에 있는 「틈」을 봉인하던 결계를 풀었다."

노비가 놀라며 눈을 크게 떴다. 다이로는 끄덕였다.

"사요를 데리고 「틈」을 빠져나가 대공님이 계신 성으로 달려가 다오."

노비는 다이로의 핏기 없는 얼굴을 바라보며 나직한 목소리로 말했다.

"사요는 인간이야.「틈」에는 못 들어간다."

다이로는 고개를 저었다.

"사요는 들어갈 수 있어. …그런 능력을 어머니로부터 물려받았다."

쓰지 않는 물건들을 모아 둔 헛방 안은 어두웠다. 스즈는 무릎을 꿇고 앉아 커다란 상자의 뚜껑을 열었다. 벌레를 쫓기 위해 넣어 둔 향료 냄새가 훅 풍겨 왔다.

스즈는 색이 살짝 누렇게 바랜 종이 꾸러미를 꺼내 무릎 위에 올려놓고 풀었다. 안에서 다홍빛 끈이 나왔다.

"이건 말이야, 하나노 님이 주신 어깨끈이야. 네게 줄게."

그렇게 말한 스즈는 오글쪼글한 감촉의 비단으로 만든 어깨끈을 사요의 손 위에 올려 주었다.

"옛날에 네가 배 속에 있었을 때, 하나노 님은 항상 이걸 매고 계셨어. 어깨끈은 몸속에 품은 영혼을 지켜 준다면서."

사요는 아무 말도 못 하고 어깨끈을 조심스레 뺨에 갖다 댔다. 향료 냄새 말고도 뭔가 부드러운 냄새가 났다.

"스즈 언니…."

사요는 눈물이 나올 것 같아 눈을 깜빡거리며 스즈를 바라보았다. 스즈는 그런 사요의 머리를 살며시 쓰다듬어 주었다.

"사요야, 있지, 이런 게 아닐까? 자기 자신도 어떻게 할 수 없는 마음이란 게 있잖아. 그 마음을 지키려고 남이 보기에 어리석어 보이는 일을 저지를 때가 있지 않니? 하나노 님은 분명 그러셨을 거야. 그래서 그 사람의 아이를 가지면, 그 아이 역시 저주로 얼룩진 운명의 소용돌이에 휩쓸릴 것을 알면서도… 그 사람에게 곁을 허락하신 걸 거야."

사요는 몸을 떨었다. ―문득 깨달았기 때문이다. 자신의 아버지가 누구인지를.

스즈는 사요의 어깨를 잡았다.

"그래도 하나노 님은 널 지키고 싶으셨던 거야. 그래서 이 어깨끈을 매고 계셨던 거지. …사요야, 이 어깨끈을 늘 몸에 지니고 다니렴."

사요는 볼을 타고 흐르는 눈물을 그대로 내버려 둔 채 고개를 끄덕였다.

사요는 다이로의 이야기를 듣고 나서 잠시 생각할 시간을 달라고 부탁했다. 그리고 정원으로 나왔다.

여러 사람들의 마음이 자신의 등을 떠미는 느낌이 들었다.

그래도 그것은 어디까지나 사요가 느끼는 것이지 노비와는 상관없는 일이었다. 사요는 당연한 듯이 곁에서 도와주고 있는 노비를 돌아보았다. 노비에게 동료들과 싸우는 것 같은 잔혹한 일을 시키고 싶지 않았다.

"노비야…."

사요는 가슴속에 품은 감정을 말로 표현하려고 했다.

"지금까지 정말로 고마워. 목숨이 위험해질 텐데도 주인을 거역하고 구해 줘서…. 그런데도 사과는커녕 의심이나 하고…."

머릿속이 뜨거웠다. 사요는 주먹을 꼭 쥐었다.

"다이로 님이라면 널 구해 주실 거라 생각했는데 결국 이렇게 돼서… 아무 도움도 못 주고… 미안해. 하지만 이제 더는 동료들과 싸우는 일은…."

말이 나오지 않는다.

미안함에 목이 메어 목소리가 나오지 않았다.

"…사요야."

노비의 표정은 담담했다.

"난, 너와 함께 갈 거야."

노비의 눈을 본 순간, 사요는 가슴속에서 계속 소용돌이치던 열기가 쏙 닦여 나간 느낌이 들었다. 눈에서 눈물이 배어 나와 아래로 흘러 떨어졌다.

꾸물거릴 여유는 없었다. 노비와 사요는 다이로와 함께 지금부터 해야 할 일에 대해 의논했다. 이야기가 끝나자 떠날 채비를 갖추고, 다이로와 스즈, 이치타의 배웅을 받으며 길을 떠났다.

주변 일대가 석양빛에 붉게 물들어 장관을 이루고 있었다.

"사요야, 내 등에 업혀. 「틈」 속으로 달려갈 거야."

사요는 끄덕이고 노비의 등에 업혔다. 노비의 목덜미에 볼을 대자 햇볕 냄새가 났다. 처음 노비를 만났을 때도 노비의 몸에서 같은 냄새가 났던 것이 떠올랐다. 이러고 있으니 가슴속에 따스한 해님의 온기가 깃들어 있는 것 같았다.

노비가 달리기 시작했다. 해 질 녘의 들판을 불길이 가로지르듯. 잠시 뒤 그 모습은 스르르 녹아든 것처럼 사라졌다. 감고 있던 눈을 뜨니 햇빛은 사라지고 새벽녘처럼 푸르스름한 빛이 주변을 둘러싸고 있었다.

울창한 나무들과 흔들리는 풀의 정기로부터 숨이 막힐 만큼 진한 냄새가 풍겨 온다. 깊은 물속에 들어간 것처럼 숨을 쉬기가 힘들어 괴로웠다.

반면에 노비의 발은 「틈」에 들어오자마자 단숨에 속도가 빨라졌다. 발을 한 번 찰 때마다 휙휙 공중을 날았다. 새가 나는 것보다 빨랐다.

"…사요야, 괜찮아?"

사요는 목소리를 제대로 낼 수 없었다. 쉰 목소리로 간신히 대답했다.

"괜, 찮, 아."

사실 속마음은 그렇지 않았다. 햇빛이 비치지 않는 여기 숲 전체가 불청객인 자신을 노려보고 있는 것만 같았다. 나뭇잎과 풀숲이 만드는 그늘은 아주 어두웠고, 그 깊숙한 곳에 끝을 알 수 없는 어둠이 펼쳐져 있는 것만 같아서 무서웠다.

"여우 모습이면 도깨비불로 변해 날 수 있지만, 지금 모습으로는 이게 최선을 다하는 거야. 사요야, 조금만 더 참아."

끄덕인 사요는 눈을 감고 노비 등에 얼굴을 바싹 붙였다.

"난, 괜찮, 으, 니까. 정말, 힘들어지면, 말할게. 걱정하지 말,

고, 마음껏, 달려."

속삭이자, 등이 흔들리며 노비가 고개를 끄덕이는 것을 느낄 수 있었다.

사요는 몸에 힘을 꽉 주고 숨이 막히는 괴로움을 필사적으로 참았다. 자신은 이렇게나 괴로운데, 노비의 등에서는 여유로움과 안도감이 전해져 온다.

이곳은 노비의 고향이다. 노비는 이 안에 있을 때가 가장 편안한 것이다….

「틈」의 안개에 젖어서일까. 노비의 등에서는 짐승 털가죽 냄새가 났다.

사람처럼 보여도 노비는 진짜 영물여우다.

노비와 자신은 서로 다른 생물이다. 태어난 곳도 살아야 할 곳도 다르다.

차디찬 슬픔이 가슴속에 퍼져 나갔다.

사요는 꼭 감은 눈꺼풀 너머로 펼쳐진 어둠을 가만히 바라보았다.

4장

저주의 결말

1
사요와 코하루마루

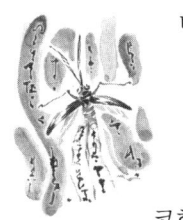
대공의 성으로 들어가기 전, 오랜 여행에 쌓인 피로를 풀고 몸단장을 하기 위해 하루모치가 항상 사용하는 숙소가 있다. 영주 계층을 위해 마련된 커다란 저택 구조의 숙소였다.

코하루마루가 침실로 물러가자 하루모치는 다이로와 술잔을 기울이기 시작했다.

"드디어 내일이구나."

입을 연 하루모치가 다이로의 잔에 술을 따랐다. 다이로는 잔을 공손히 들어 올려 감사를 표한 후, 단숨에 비웠다.

그때 맹장지문 너머로 인기척이 나더니 방 밖을 지키던 무사의 목소리가 들려왔다.

"나리, 사요라는 소녀가 꼭 뵙기를 청하고 있사옵니다."

하루모치가 놀라며 고개를 들었다.

"어서 들여보내라."

맹장지문이 들려 올라가고 사요가 홀로 안으로 들어왔다. 사요는 긴장한 표정으로 하루모치 앞에 단정히 무릎을 꿇고 머리를 숙였다.

"사요야, 얼굴을 들어라. 대체 무슨 일이냐…?"

고개를 든 사요는 하루모치의 온화해 보이는 얼굴을 쳐다보았다.

'이 사람이 바로…' 하고 생각해도 실감이 나지 않았다. 사요는 다만 어깨에 짊어진 짐의 무게를 느끼며 숨을 들이마시고 입을 열었다. 목소리가 나올지 불안했지만, 막상 입을 열자 떨리긴 해도 분명하게 말할 수 있었다.

"실례인 줄 알지만 말씀드리겠습니다. 저는 매화가지 가옥의 주인인 다이로 님의 심부름으로 이곳에 왔습니다."

하루모치가 의아하다는 듯 얼굴을 흐렸다.

"뭣이라…?"

하루모치의 옆에 있던 다이로가 으르렁대듯 말했다.

"ㅡ하루모치 님, 조심하십시오. 이 자는 적이 보낸 심부름꾼입니다."

하루모치는 엉거주춤 일어났다. 그리고 긴장 탓에 이마에 땀이 밴 사요와 곁의 다이로를 번갈아 쳐다보았다.

사요는 떨리는 목소리로 힘껏 외쳤다.

"하루모치 님, 거기 있는 자가 진짜 다이로 님이라면, 제가 누군지 알고 계실 것입니다. 물어봐 주십시오!"

하루모치의 눈이 휘둥그레졌다. 새파랗게 질린 사요의 얼굴에서 하나노의 모습을 똑똑히 볼 수 있었다.

그 순간, 눈앞을 가리던 연기가 사라지듯 풍경이 또렷이 보이기 시작했다.

ㅡ술법에 걸렸던 것인가!

하루모치의 등에 식은땀이 배어 나왔다.

하루모치는 허리에 찬 호신용 단검의 칼자루에 손을 대고 다이로 쪽으로 몸을 돌렸다.

"다이로, 네가 정말 다이로라면 당연히 알고 있겠지. 답해보라. 사요의 어미가 누구인지. …사요의 아비가 누구인지!"

다이로의 얼굴을 한 무언가의 눈에, 궁지에 몰린 짐승의 살기가 번뜩였다. 카게야는 으르렁대듯 말했다.

"하루모치여, 고마운 줄 알아라. 영주인 네 목을 물어뜯을 수는 없지만, 언젠가 그 자리에서 물러나면 내가 그 목을 단숨에 두 동강 내 주마."

다이로의 형체가 출렁거렸나 싶더니, 순식간에 모습이 바뀌어 거무스름한 털을 반짝이는 영물여우가 나타났다.

"네놈이!"

하루모치는 칼을 뽑자마자 양손으로 고쳐 잡을 새도 없이 한 손으로 그대로 내리쳤다. 그러나 그 칼은 영물여우의 털끝조차 스치지 못했다. 방향을 튼 영물여우는 사요를 향해 몸을 날렸다.

그 순간, 맹장지문을 뚫고 검은 그림자가 날아들어 카게야의 목덜미를 옆에서 콱 물은 후 움직이지 못하도록 내리눌렀다.

사요가 곧바로 달려가 손목에 찬 수호의 팔찌를 벗어 카게야의 입에 채웠다.

몸부림치는 카게야는 무시무시한 소리로 으르렁대며 노비를 노려보았다. 노비는 눈길을 딴 곳으로 돌리고 몸을 흔들어 소년의 모습으로 변했다.

사요는 다이로가 미리 준비해 준 것을 소매에서 꺼냈다. 글자가 빼곡히 적힌 좁다란 종이였다. 카게야의 양 눈을 가리듯 갖다 대자, 종이가 눈에 착 달라붙더니 카게야의 움직임이 멈췄다. 사요는 다이로에게 받은 「봉인 자루」를 품속에서 꺼내 펼쳤다. 노비가 그 안에 조심스레 카게야를 집어넣었다.

하루모치는 칼을 든 채, 눈앞에서 벌어지는 일을 넋이 나간 듯 보고 있었다.

"…사요야."

중얼거린 하루모치를 올려다보며 사요가 말했다.

"전부 말씀드리겠습니다."

✢✢

잠을 자던 코하루마루는 맹장지문이 열리는 소리를 듣고 눈을 떴다.

소녀 하나가 작은 등불을 들고 방으로 들어오더니 등 뒤로 손을 움직여 문을 닫았다.

코하루마루는 얼굴을 찌푸렸다.

"…무슨 일이냐?"

사요는 코하루마루의 이부자리 곁으로 다가와 앉았다. 그리고 손잡이가 달린 촛대를 두 사람 사이에 놓았다.

잘할 수 있을까. 긴장 때문에 숨이 막힐 것 같았다.

"코하루마루야, 나 기억나…?"

존칭도 없이 자기 이름을 함부로 부르는 것을 듣고 코하루마루의 미간에 주름이 한층 깊어졌다. 하지만 소녀의 검은 눈동자를 쳐다본 순간, 가슴을 스치는 것이 있었다. 코하루마루는 눈살을 찌푸린 채 사요를 쳐다보았다.

'언젠가 어둠 속에서 이렇게 등불을 사이에 두고 같이 앉아 있었던 적이 있어…' 하는 기억이 일순 머릿속을 스쳤다. 그러나 갑자기 귀가 울리며 그 기억을 멀어지게 만들었다.

코하루마루의 표정을 살피던 사요는 지금이 기회라고 생각했다. 코하루마루가 피할 새도 없이 손을 쭉 뻗어 귀를 만졌다.

심한 통증을 느낀 코하루마루는 소리를 지르며 사요의 손을 쳐 냈다.

그 탓에 사요가 끄집어낸 뭔가가 공중으로 날아가 버렸다. 사요는 황급히 일어나 그것을 쫓아갔다. 그리고 징그러운 듯 얼굴을 찌푸리며 그것을 손가락으로 꼭 눌러 움직이지 못하게 했다.

코하루마루는 손으로 귀를 누른 채 일어나 소리쳤다.

"무슨 짓이야! 넌 대체 누구야!"

"쉿" 하고 손가락을 입에 댄 사요가 손짓했다.

"와서 봐 봐. 어서. 이게 네 귓속에 숨어 있었단 말이야."

코하루마루는 찌푸린 얼굴로 사요의 손이 있는 곳을 보았다. 사요의 손가락 밑에 날벌레 같은 것이 꿈틀거린다. 자세히 보니 사요의 손가락에는 먹으로 작은 글씨가 쓰여 있었다.

"다이로 님이 알려 주셨어. 이 글자를 쓴 손가락으로 저주의 벌레를 잡을 수 있다고."

역겨워서 소름이 돋았다. 하지만 이 벌레를 코하루마루에게 똑똑히 보여 줘야 한다. 사요는 꾹 참고 벌레를 손가락으로 누른 채 코하루마루를 올려다보았다.

"보여? 똑똑히 봐. 이 녀석이 네 귀에 저주를 걸고 있던 녀석이야."

코하루마루는 공포에 질린 얼굴로 벌레를 보더니 짧게 소리쳤다.

"거짓말이야. 네 손에 숨겼던 걸 귀에서 끄집어낸 것처럼 연기한 거지! 안 속아!"

사요는 기가 막혀 코하루마루를 쳐다보았다. 코하루마루의 눈은 증오와 불신으로 가득 차 있었다.

"내가 뭐 하러 그런 짓을 해?"

사요는 간절하게 말했다.

"코하루마루야, 기억 안 나? 우리 같이 놀았잖아. 호두떡도 먹고 감도 먹고 했잖아."

코하루마루의 눈동자가 흔들렸다.

'같이, 놀았다….'

코하루마루는 문득 주위가 아주 고요하다는 사실을 깨달았다. 조금 전까지 계속 나던 소리가 들리지 않는다.

코하루마루는 숨을 마시고 소녀의 검은 눈동자를 바라보았다.

─분명 본 적이 있어.

코하루마루는 이마에 손을 올리고 돗짚자리 위에 털썩 무릎을 꿇었다. 추억이 파도처럼 한꺼번에 밀려들어 가슴속에 퍼져 나갔다.

대나무 등불의 가냘픈 불빛을 사이에 두고 함께 놀았던 밤의 추억이….

코하루마루의 눈빛이 달라진 것을 보고 사요는 가슴을 쓸어 내렸다. ―기억해 냈구나.

"사요…."

중얼거린 순간 등골이 오싹했다.

'―수호신이시여.'

수호신의 기척을 느낄 수 없다. 설마 나는 실패해 버린 걸까.

기억해 내면 안 되는 것을 기억해 냈기 때문에? 수호신께 버림받은 걸까.

갑자기 몸을 떨기 시작한 코하루마루를 보고, 사요는 왼손을 뻗어 코하루마루의 어깨를 만지려 했다. 그러자 코하루마루가 그 손을 홱 밀쳐 냈다.

"만지지 마!"

코하루마루가 겁에 질린 짐승 같은 얼굴로 소리쳤다.

"코하루마루야…."

코하루마루의 마음이 전해져 온다. ―'두 번 다시 숲그림자 저택으로 돌아가고 싶지 않아, 두 번 다시 갇혀 살고 싶지 않아' 라는 불타오르듯 애절한 마음이, 실패하면 다시 저택으로 돌아가게 될 거라는 공포와 뒤섞여 신음처럼 울려 온다.

사요는 식은땀을 흘리기 시작했다.

어떻게 해야 할지 알 수가 없었다. 저주의 벌레를 떼어 냈는데도 코하루마루의 마음 그 자체가 이렇게 변해 있을 줄은….

코하루마루의 눈빛이 순식간에 옅어지며 덮개를 씌운 것처럼 어두워졌다.

코하루마루는 깊게 숨을 들이마시고 호흡을 고른 다음, 스스로를 진정시키듯 눈을 감았다.

잠시 후 눈을 뜨고 사요를 쳐다보며 말했다.

"──걱정하지 마, 사요야. 난 미치지 않았어. 너도 잘 기억하고 있어."

기묘할 정도로 조용한 목소리였다.

"부탁이니까 한동안만 날 가만 내버려 둬. ──내가 진정으로 자유로워지길 바란다면, 날 그냥 내버려 둬."

입안이 바싹 타들어 갔다. 사요는 갈라진 목소리로 말했다.

"코하루마루야. 넌 두 번 다시 그 저택으로 돌아가지 않아. 정말이야. 날 믿어 줘. 넌 이미 자유의 몸이라고."

코하루마루는 옅은 미소를 띠고 끄덕였다. ──그러나 사요는 느낄 수 있었다. 완전히 닫혀 버린 그 마음이 사요의 말 따위는 믿고 있지 않다는 것을.

눈앞에 있는 소년의 얼굴에서는, 자기 자신의 외로움보다 사요의 안전을 걱정해 주던, 의연하고 활발하던 코하루마루의 모습을 더는 찾아볼 수 없었다.

2
노비의 결심

사요가 넋 나간 얼굴로 방에 돌아오자 하루모치가 입을 열었다.
"어떻게 되었느냐? 저주의 벌레인지 뭔지 하는 것은 없애 버렸느냐?"
사요는 손가락 사이에 잡혀 있는 벌레를 보여주었다. 하루모치가 겁에 질린 얼굴로 그것을 쳐다보았다.

방구석에 앉아 있던 노비가 자리에서 일어나 다가왔다. 사요의 손에서 벌레를 꺼내 숨을 후 불자, 벌레는 연기처럼 사라져 버렸다.

"사요야…?"
하루모치의 목소리에 사요는 고개를 들었다.
"저주의 벌레가 사라져도 코하루마루의 마음이…."
하루모치는 창백한 사요의 얼굴을 잠시 바라보다 온화한 목소리로 달래듯 말했다.
"무슨 일이 있었느냐. 진정하고 처음부터 말해 보려무나."
사요는 띄엄띄엄 말하기 시작했다. 이야기를 들은 노비는 눈살을 찌푸렸다.
'…저주의 벌레를 없애도 암시는 그대로란 말인가.'

그렇다면 저주는 완전히 풀린 것이 아닐지도 모른다. 노비는 가슴 한구석에 그런 불안을 느끼며 잠자코 이야기를 듣고 있었다. 자신의 불안을 사요에게 이야기하는 편이 좋을 거라고는 생각조차 하지 못했다.

사요의 이야기를 듣던 하루모치의 얼굴에 깊은 슬픔의 빛이 드리워지기 시작했다.

"…그랬구나. 무리도 아니지. 나 역시 참으로 잔인한 짓을 했다고 생각하고 있단다."

시간이 조금 흐른 뒤 하루모치가 중얼거리듯 말했다.

"그러나 그 아이의 목숨을 지킬 다른 방도가 없었어."

하루모치는 눈을 들고 다정하게 사요를 바라보았다.

"사요야, 코하루마루에게 씐 것을 잘 떼어 내 줬구나. 역시 하나노의 딸이다. 이제부터는 내가 알아서 할 테니 더 이상 네가 마음 쓸 필요는 없다. 십 년이나 갇혀 지냈어. 짧은 시간에 마음이 치유될 리가 없지. 내가 천천히 그 아이의 마음을 풀어 보도록 하마. 걱정하지 마라."

시간을 두고 천천히 코하루마루를 지켜 나간다 한들 — 하고 사요는 생각했다.

설령 코하루마루가 적의 저주에서 살아남아 무사히 영주가 된다 하더라도, 그다음에는 영주 자리에서 물러난 하루모치가 위험해지는 것이다. 코하루마루를 위협하고 슬프게 만들기 위해서라는 이유만으로….

"하루모치 님."

사요는 저도 모르게 입을 열었다.

"이제 그만두면 안 될까요?"

사요의 갑작스러운 말에 하루모치는 고개를 갸우뚱했다.

"그만두다니, 뭘 말이냐? 진정하고 알아듣게 말해 보아라."

사요는 주먹을 꼭 쥐고 간절하게 말했다.

"와카사 들판 말입니다. 그곳이 모든 원한의 뿌리 아닌가요? 대공님께 그곳을 다시 돌려드리면 원한을 품을 이유도 사라지지 않을까요?"

그 말을 듣는 순간, 하루모치의 눈에는 사요의 얼굴과 하나노의 얼굴이 겹쳐 보였다. 죽은 하나노가 자신을 비난하고 있는 것 같아 가슴이 미어지는 듯했다.

'하나노, 나를 비난하느냐…'

돌연 분노가 치밀어 올랐다.

'비난받아 마땅한 건, 저주 때문에 몸이 찢겨 나갈 듯한 슬픔을 끝없이 맛보고 있는 내가 아니라, 바로 저주를 걸고 있는 장본인, 모리타다가 아니더냐!'

온후溫厚하던 하루모치의 눈빛이 소리 없이 변하는 것을 사요는 슬픈 기분으로 바라보았다.

"너는 정말 아무것도 모르는 게냐. 이제까지 얼마나 참혹한 일들이 있었는지…. 코하루마루의 어미가 어떻게 죽임을 당했는지 알고 있느냐? 코하루마루가 세 살 때다. 정원에서 놀던 코하루마루는 떼를 쓰다 몸에 걸친 부적의 끈을 뜯어 던져 버렸지. 부적은 연못에 떨어졌다. 내 아내는 그것을 보고 급히 자기 몸을 지켜 주던 부적을 풀어 코하루마루에게 걸어 주었어. 그 순간 바람 같은 것이 덮쳐 와 아내를 쓰러뜨렸다. ―내가 소식을 듣고 달려갔을 때, 아내는 피투성이가 된 채 이미 숨이 끊어져 있었어. 그렇게 죽었단 말이다. 소중한 친구도… 그리고 네 어미도."

하루모치는 으르렁대듯 말했다.

"네 어미는 코하루마루를 지키기 위해 몸을 던졌다. ―코하루마루를 저택에 가둬 둔 동안 얼마나 괴로웠는지 모른다. 그러나 설령 괴롭다 하더라도 아내와 하나노가 목숨을 희생하면서까지 지켜 준 그 아이를 살리자니 다른 방법이 없었다. 네 외조부가 죽고 방비가 허술해져 있던 무렵, 코하루마루는 너무 어렸어. 부적이 뭔지도 모르고 떼를 쓰며 던져 버릴 정도로 어렸다. 적의 덫을 미리 알아채고 피할 만큼 성장하지 못한 상태였어. 그 아이를 살릴 다른 길은 없었던 거야."

하루모치는 치미는 분노와 증오를 목소리에 담지 않으려고 필사적으로 노력했다. 그 목소리는 낮게 갈라져 있었다.

"네가 뭘 안단 말이냐. …그런 짓을 한 놈에게 상이라도 내리라고? 죗값을 치르게 하는 대신, 그놈이 염원해 온 것을 이루어 주라는 말이냐? 내 곁에 놈의 주술사만큼 힘 있는 자가 없다는 이유만으로, 내게 그런 심한 굴욕을 견디라고 말하는 것이냐?"

하루모치는 양손으로 얼굴을 덮고 말을 멈추었다. 하지만 하루모치에게서 울려오는 「마음」이 사요에게는 아플 만큼 또렷이 들려왔다.

'…아아, 내 곁에 강한 힘을 지닌 주술사가 있었으면. 내가 맞

본 고통과 똑같은 고통을 적에게 맛보여 줄 주술사가. 놈이 대가를 다 치르고 난 다음이라면 와카사 들판 따위, 얼마든지 돌려줘도 좋아. 하나노는 그런 힘이 있으면서도 내 바람을 이루어 주지 않았지. 사요는…? 가엽긴 해도 역시 내 딸로서 성에 데려와야 할까? 애지중지 키우다 보면 언젠가 이 아이가 내 소원을 이루어 주는 날이 오는 건 아닐까. 등 뒤의 영물여우를 붙잡고 있는 그 힘으로….'

더는 듣고 있을 수 없었다. 사요는 자리에서 불쑥 일어났다. 슬픔인지 분노인지 알 수 없는 감정이 복받쳐 올라와 당장이라도 눈물이 터져 나올 것만 같았다.

놀란 하루모치가 손을 내리고 사요를 쳐다보았다. 하지만 사요는 하루모치의 얼굴을 쳐다볼 수 없었다.

사요는 가볍게 인사하고 발길을 돌려 방을 뛰쳐나왔다.

하루모치에게서 그저 멀리 떨어지고 싶었다. 복도로 나온 사요는 목적지도 없이 마구 달리기 시작했다. 복도를 지키던 호위병들이 멀어져 가는 사요의 뒷모습을 놀란 얼굴로 바라보았다.

인기척이 없는 넓은 정원으로 뛰어 내려와 쉬지 않고 달렸다. 나무 사이로 정신없이 달리다 보니 담에 막혀 더는 나아갈 수 없는 곳에 이르렀다. 사요는 땅바닥에 쪼그려 앉아 울음을 터뜨리고 말았다. 노비가 곁에 다가와 앉는 것을 느끼고 울음소리를 멈추려 숨을 참아 보았지만, 기침이 쿨럭하고 터져 나왔다. 아무리 애를 써도 왈칵 쏟아지는 눈물을 참을 수가 없었다.

모두 다 바보 같았다.

사람들이 품은 원한도 증오도 슬픔도 이해는 간다. 더는 손댈 수 없을 만큼 뒤엉켜 버린 이 실타래를 이제 그 누구도 풀 수 없으리라.

코하루마루가 불쌍해서 견딜 수 없었다. 아버지와 만날 날만 손꼽아 기다리던, 그 밝고 생기 넘치던 코하루마루. 아무런 죄도 없이 십 년이나 갇혀 지냈으니 얼마나 괴로웠을까.

그리고 엄마와… 아버지. 엄마는 왜 저 사람과….

스즈는 엄마가 자기 자신도 어떻게 할 수 없는 마음을 품었기에, 아이를 낳으면 그 아이 역시 저주의 소용돌이 속으로 들어가게 될 것을 알면서도 아버지와 부부의 연을 맺었다고 했다. 그것은 사요도 이해할 수 있었다.

하지만 사요와 코하루마루는 거의 같은 나이다. 그렇다는 것은 엄마와 코하루마루의 어머니는 하루모치와 함께, 같은 성에서, 같은 시간을 보냈다는 말이다. ─세 사람은 대체 어떤 기분이었을까. 사요는 엄마가 어떤 마음으로 그랬는지 도무지 이해할 수 없었다.

'엄마도 바보야.'

아버지는 엄마가 지닌 주술사의 능력을 원했다. 사요가 살아 있는 것을 기뻐하면서도 주술사로 써먹을 수 없을까 생각하는 그런 사람인 것이다.

슬픔과 화 때문에 몸이 터져 버릴 것만 같았다.

대체 왜, 그리고 언제까지 이 끔찍한 고통이 계속되는 걸까.

"…멀리 도망쳐 버리고 싶어."

사요는 양손으로 얼굴을 감싸고 신음하듯 말했다.

"여기 있으면 이용만 당할 뿐인걸. 복수의 도구로."

곁의 노비는 슬픈 얼굴로 조용히 사요를 바라보았다.

그렇게 되겠지—하고 노비는 생각했다. 이대로 여기 있으면 사요는 언젠가 틀림없이 주술사가 될 것이다.

마음씨 고운 사요는 저주의 소용돌이 속에서 고통받는 사람들을 그냥 내버려 두지 못할 것이다. 결국, 원하지 않아도 소용돌이 속으로 질질 휩쓸려 가듯 주술사가 되어 가리라.

'사요는 주술사가 되면 분명 괴로울 거야….'

심부름꾼의 삶이 노비에게 너무나 힘들었던 것처럼.

노비는 무심결에 중얼거렸다.

"—사요야, 주술사가 되면 안 돼. 주술사가 될 거라면 차라리 도망쳐."

놀란 사요가 얼굴을 들고 노비를 쳐다보았다.

"저주는 괴로운 기술이야."

노비가 고개를 숙인 채 말했다.

"옛날에… 네가 날 구해 줬을 때, 난 사람을 죽인 뒤였어."

가슴이 철렁한 사요는 그대로 얼어붙었다.

참억새 들판에서 뛰쳐나온 적갈색 어린 여우의 얼굴이 떠올랐다. 그때 콧등에 묻어 있던 피는 사람의 피였단 말인가….

"나는 주인님의 도구였어. 시키는 대로 누군가를 죽이는 건 당연한 일이었지."

노비의 눈에 서글퍼 보이는 쓴웃음 같은 것이 떠올랐다.

"난 여우니까 배고플 때 쥐를 발견하면 침이 고여. 앞다리로 쥐를 누르면 찍찍대며 비명을 지르지만, 엄니를 꽂을 때 가슴이 아팠던 적은 없어. 하지만 배가 고픈 것도 아닌데 비명을 지르는 생물을 죽이는 건 왠지 가슴이 아팠어. 처음으로 사람을 죽이고 도망치던 그때, 쇠칼에 베인 곳이 너무 아파서 '이제 죽겠구나' 하고 생각했지. …들판을 달리면서도 불안하고 슬펐어."

사요는 콧등을 피로 적신 채 자신을 올려다보던 노비의 눈을 떠올렸다.

"그래서 네 품에 안겼을 때 그 따듯함에 맘이 놓였어. 코하루마루가 쇠칼의 독을 조심조심 닦아 주었을 때도 기뻤지."

사요는 숙였던 고개를 들어 노비를 쳐다보았다. 어두운 하늘에 어느샌가 달이 떠올라 밤의 정원을 밝게 비춰 주고 있었다. 노비의 머리카락에도 서리가 내린 것처럼 반짝이는 빛이 감돌았다.

갑자기 생각난 듯 노비의 눈에 부드러운 미소가 떠올랐다.

"…그 뒤에 넌 코하루마루한테 호두떡을 주러 갔었지?"

"응?"

사요가 놀라며 되물었다.

"보고 있었어?"

"응, 나무 뒤에서 보고 있었어. 두 사람이 웃으며 게걸스럽게 먹는 모습을 지켜봤지. 정말 맛있어 보였어."

대나무에 작은 불을 밝히고 호두떡을 먹던 사요와 코하루마루는, 보금자리 속의 아기 여우처럼 즐거워 보였다.

그 뒤로도 노비는 두 사람이 만나는 밤이면 요나 숲으로 찾아가 몸을 숨긴 채 두 사람이 노는 모습을 구경했다. 천둥 치던 밤을 마지막으로 두 사람이 더는 만나지 않게 되었을 때, 얼마나 외롭고 슬펐는지 모른다.

사요는 노비의 얼굴을 가만히 바라보았다. ―그때 노비도 옆에 있었던 것이다.

"숨어 있지 말고 밖으로 나왔으면 좋았을 텐데. 우린 분명 크게 신경 안 쓰고 다 같이 놀았을 거야."

그 시절의 코하루마루라면 정말 기뻐했을 것이다. 노비, 코하루마루와 다 함께 불을 둘러싸고 놀았다면 얼마나 즐거웠을까.

노비는 빙긋 웃었다.

"날 불렀으면 후회했을걸? 그땐 아직 사람에 대해 잘 모르는 어린 여우였으니까, 만약 불러 줬다면 선물로 쥐를 입에 물고 나갔을 거야."

사요는 어린 여우가 쥐를 물고 다가오는 모습을 상상하고 저도 모르게 웃음을 터뜨렸다.

"―쥐는 좀 싫다."

얼굴을 마주 보며 웃으니 가슴속에 불이 밝혀진 것 같았다.

노비는 사요의 웃는 얼굴을 바라보며 조금 진지한 표정으로 말했다.

"나는 먼발치에서 널 계속 보고 있었어. 가까이 다가가면 안 된다고 생각했지. ―나는 저주를 나르는 심부름꾼이었으니까."

사요도 진지한 표정이 되었다.

노비와 자신을 이어 준 인연은 어떻게 이리도 신비로울까.

빨려 들어갈 듯 아름다운 노비의 눈동자를 보고 있자니 가슴 깊은 곳이 떨려 온다.

사람인지 여우인지는 중요하지 않았다.

스스로를 외톨이라고 여기던 그 시절에도 노비는 항상 곁에 있었던 것이다. 서로에게 닿는 것을 허락하지 않는 깊은 골짜기가 두 사람 사이를 가로막고 있긴 했지만.

별안간 서늘한 불안이 가슴속에 퍼져 나갔다. ―노비의 목숨이 얼마나 위험한 상태인지 떠올랐기 때문이다. 주인을 배신한 노비의 생명은 지금 바로 꺼져 버린대도 이상할 것이 없었다.

그 순간 생명이란 것이 참 덧없게 느껴졌다.

지금껏 막연하게 이 생명이 앞으로도 계속 이어지리라 생각했다. 하지만 이제는 언제 터질지 모르는 수면 위 거품의 운명처럼 그 끝이 또렷이 보이는 것 같았다.

노비가 양손으로 건져 올려 주지 않았다면 존재하지 않았을, 두 사람이 함께 살아가는 「지금」이라는 투명한 거품.

노비가 베풀어 준 한결같은 마음과 자신을 위해 노비가 포기해야 했던 것들의 무게를 새삼 깊이 깨달았다. 사요는 저도 모르게 노비를 향해 손을 뻗었다.

노비는 주저하면서도 사요 등에 살며시 팔을 둘렀다. 그리고 힘주어 껴안았다.

'―사요는 어쩌면 이렇게 부드러울까.'

맞닿은 곳이 짜릿했다. 노비는 사요의 온기를 느끼며 눈을 감왔다.

이대로 멀리 떠날 수만 있다면. 그 꿈이 이뤄진다면….

하지만 노비는 그 꿈이 결코 이루어질 수 없으리라는 것을 알고 있었다.

'내가 보통 영물여우였다면, 심부름꾼이 되지 않았다면, 영물여우라는 걸 잊은 채 사요를 안고 멀리 도망칠 수 있었을 텐데.'

자식을 낳고 키우는… 그런 삶이 가능했을 텐데.

'주인은 배신한 심부름꾼을 절대 용서하지 않아.'

다이로로 변한 카게야가 내일 대공의 성에 나타나지 않으면, 주인은 타마오를 추궁해 노비의 배신을 알게 될 것이다. ―이 목숨은 이제 얼마 남지 않았다.

품 안에 있는 사요의 따듯함이, 전율을 느낄 만큼 사랑스러웠다. 노비는 여우가 하는 것처럼 사요의 볼에 자기 볼을 대고 가볍게 문질렀다.

이제야 간신히 서로에게 닿았는데 또다시 헤어져야 한다니.

사요를 구해 줄 수 없는 자신의 무력함이 원망스러웠다.

'…나는.'

주인의 손에 끌려 올라갔다, 결국 주인의 손안에서 으스러지는, 그런 존재에 불과한 것이다. 주인은 손에 쥔 목숨을 절대로 그냥 내줄 사람이 아니다. 주인이 저주를 걸면 아무리 발버둥을 쳐도 벗어나지 못하고 손안에서 으스러질 뿐이다.

문득 번개가 허공을 가르듯 어떤 사실이 떠올랐다.

'아….'

코하루마루에게 붙은 저주의 벌레는 떼어 냈지만, 아직 암시는 풀리지 않았다. 카게야를 봉인했다 하더라도 철두철미한 주인은 코하루마루를 죽이기 위해 겹겹이 덫을 쳐 두었을 것이 분명했다.

목덜미의 털이 곤두섰다.

그 소년도 죽고 마는 건가. …풀로 상처를 닦아 주고 눈빛이 좋다며 칭찬해 주던 코하루마루. 대나무 등불을 사이에 두고 사요와 행복하게 웃던 코하루마루의 얼굴과 그 반짝이는 눈동자를 떠올리자 가슴이 죄여 왔다.

어둠 속에서 지켜본 그 따뜻한 빛. 가슴에 품은 사요의 따뜻함. ─무엇과도 바꿀 수 없는 소중한 보물들.

'할 수 있는 일이 없을까? 내가 할 수 있는 것이….'

주인이 코하루마루에게 어떤 암시를 걸었는지 알면 할 수 있는 일이 있을지도 모르는데. 카게야는 다이로로 변해서 대체 뭘 하기로 되어 있었을까…?

노비는 돌연 눈을 떴다.

'그래….'

한 가지 할 수 있는 것이 있다.

그것은 어두운 밤에 보이지도 않는 적에게 화살을 쏘는 것처럼 승산 없는 도박이었다. 그렇다 하더라도 어쩌면 사요가 기뻐할 일을 해 줄 수 있을지도 모른다.

노비는 눈을 감고 사요의 목덜미에 얼굴을 파묻었다.

'…사요야, 잘 있어.'

「깊이 듣는 귀」를 지닌 사요가 눈치채지 못하도록 노비는 조심스럽게 마음속으로 중얼거렸다.

그리고 사요의 귀에 깊은 잠으로 이끄는 숨을 살며시 불어 넣었다.

노비는 안고 온 사요를 침실에 깔린 이부자리에 눕힌 뒤, 잠시 그 잠든 얼굴을 바라보았다.

그리고 일어나 하루모치가 있는 곳으로 향했다.

침실로 숨어들었을 때 하루모치는 아직 잠들기 전이었다. 떨군 머리를 양손으로 싸쥔 채 이부자리에 앉아 가만히 생각에 잠겨 있었다.

"…하루모치 님."

말을 걸자 하루모치는 움찔하며 손에 칼을 쥐었다.

"뭐냐…, 무슨 일이냐!"

노비는 하루모치의 마음이 진정될 때까지 조용히 기다렸다. 경계를 풀지는 않았지만, 이야기를 들어 줄 수 있을 정도로 하루모치의 마음이 진정되자 노비는 말했다.

"내일 제가 다이로로 변신할 것입니다. 성까지 모시고 갈 수 있게 해 주십시오."

하루모치는 칼을 무릎 위에 내려놓았다.

"— 왜지?"

"심부름꾼이 변한 다이로가 없으면 계략을 짠 자들이 수상하게 여길 테니 그렇게 해 달라고 사요가 부탁하였습니다."

하루모치는 이해가 간다는 표정을 지었다.

"과연. 그 말대로구나. 잘 알았다."

하루모치는 잠시 노비의 얼굴을 바라보다 나직이 물었다.

"사요는… 어떠냐?"

노비는 조용히 답했다.

"울고 있었습니다. ─지금은 자고 있습니다."

하루모치의 눈빛이 어두워졌다.

"그래…."

✤✤

노비는 정원으로 내려와 달을 쳐다보았다.

그때였다. 흰 달이 밝게 빛나는 군청색 밤하늘에 피리 소리가 짧게 울려 퍼졌다.

노비는 목덜미의 털이 곤두서는 것을 느끼고 몸을 떨었다.
─여우피리다. 주인이 부르고 있다.

'소리가 가까워. 주인이 근처에 와 있구나….'

부름에 응하지 않으면 배신이 바로 들통날 것이다. 그러나 주인에게 간다고 해도 주인을 완전히 속여 넘기기란 불가능하다. 타마오나 카게야는 빈틈없고 당차지만, 자신은 그렇지 못하다는 것을 노비 자신도 잘 알고 있었다.

노비는 이를 악물었다. ─내일이 끝날 때까지만이라도 목숨이 붙어 있다면 할 수 있는 일이 있는데, 결국 아무것도 못 하고 여기서 죽는 것인가….

"…안 갈 거니?"

정원의 나무 그림자가 흔들리더니 날씬한 타마오의 모습이 나타났다. 눈이 푸르스름하게 빛나 보인다.

"제대로 한 방 먹었구나, 노비야. 주인님이 시킨 일을 완전히 망쳐 놓은 것 같던데."

노비는 말없이 타마오를 쳐다보았다. 타마오는 화를 내지도 미소를 짓지도 않았다. 그저 가만히 노비를 바라보았다.

"카게야는 어디 있니?"

"「봉인 자루」 안에서 자고 있다."

타마오는 흥 하고 콧방귀를 뀌었다.

"자비라도 베푼 셈이야? 안 죽이고 놔두다니 아직 세상 무서운 줄 모르는구나."

"…내게 그런 짓까지 시키고 싶지는 않았겠지."

노비가 중얼거리자 타마오의 눈이 휘둥그레졌다.

타마오는 말없이 노비를 쳐다보다 눈길을 쓱 돌렸다.

"난 갈 테니까."

노비는 끄덕였다.

타마오는 마지막으로 노비를 힐끗 쳐다보고 몸을 한 바퀴 돌려 여우로 돌아왔다. 그리고 공중으로 휙 뛰어올라 군청색 밤하늘 속으로 모습을 감추었다.

3
변장하다

사요는 그릇을 옮기는 달그락 소리에 눈을 떴다.
아침 햇살이 장지문 너머로 쏟아져 들어온다.
무슨 일이 벌어진 것인지 전혀 알 수가 없었다. 사요는 잠시 멍하니 천장을 쳐다보다 자리에서 벌떡 일어났다.

노비를 찾으려고 복도로 뛰쳐나가자 물건을 정리하던 하녀들이 놀란 듯 사요를 바라보았다.

"저기… 하루모치 님 일행분들은 어디 계시죠?"

하녀 한 명이 눈을 깜빡이고 대답했다.

"이미 출발하셨어요. 사요 님은 점심때까지 주무시게 놔두라는 분부를 받아서 깨우지 않았고요."

사요는 넋이 나간 듯 그 자리에 얼어붙었다.

하녀들은 그런 사요를 이상하다는 듯 쳐다보며 고개를 살짝 숙여 인사하고 복도를 떠나갔다.

사요는 이마에 손을 올렸다. 노비를 세게 껴안고… 그 뒤가 기억나지 않는다.

노비는 어디로 간 걸까.

'설마… 주인에게 들켜 목숨을 빼앗긴 건…' 하는 생각이 들자 순식간에 핏기가 가시고 몸이 차가워졌다.

사요는 크게 숨을 들이마시고 입술을 꽉 깨물었다. 그리고 방으로 돌아와 부리나케 떠날 채비를 했다.

어떡하면 좋을지 전혀 알 수 없었지만, 그냥 손 놓고 있을 수만은 없었다. 사요는 일단 모두가 향한 성으로 가 보기로 하고 숙소를 뛰쳐나왔다.

숙소에서 일하는 사람이 알려 준 길을 따라 달리기 시작했다. 태어나서 처음 보는 크고 번화한 거리의 모습도 전혀 눈에 들어오지 않았다. 그저 온 힘을 다해 달리고 또 달렸다.

멀리서도 성탑이 보여 방향은 알 수 있었다. 하지만 막상 가까이 와 보니 깊은 도랑못으로 둘러싸인 거대한 성벽이 끝없이 이어져 있어 어디로 들어가야 할지 알 수가 없었다.

거친 숨을 몰아쉬며 도랑 근처의 버드나무 사이를 서성이고 있는데 갑자기 등 뒤에서 누군가가 말을 걸어왔다.

"잠깐만."

뒤돌아본 사요는 화들짝 놀라며 뒷걸음질 쳤다.

"뭘 그렇게 겁내고 그러니."

아름다운 여인이 서 있었다. 노비가 타마오라고 부른 영물여우다. 타마오는 사요가 움직이기 전에 재빨리 사요의 팔을 홱 낚아챘다. 사요는 타마오의 손에 목을 잡히고 말았다.

"어이쿠, 이상한 술법을 쓸 생각은 하지 마. 노비가 도와줬다고는 해도 카게야를 봉인하다니 솜씨가 제법이지 뭐니. 나는 네가 계집애라고 얕보지 않아. 그러니까 조심해. 조금이라도 허튼 짓을 하면 네 목을 비틀어 버릴지도 모르니까."

그렇게 말한 타마오는 사람들 눈에 띄지 않도록 사요를 나무 뒤로 끌고 갔다.

"어젯밤에 주인님이 불러서 명령을 내렸어. 널 찾아서 붙잡으라고."

사요는 저항 한번 제대로 못 하는 자신의 무력함이 비참해서 이를 꽉 깨물었다.

"…붙잡아서 어쩔 건데요?"

"어머나, 꽤 기가 센걸. 영물여우한테 목을 잡히고도 그런 목소리를 내다니 말이야."

목을 잡은 채로 타마오는 사요의 몸을 휙 돌렸다. 사요의 얼굴이 자신을 향하자, 타마오는 그 눈을 들여다보았다.

"주인님은 널 죽이고 싶어 해. 하지만 그 전에 이것저것 알고 싶어 하지. 네가 누구고, 어떻게 「어둠의 문」을 기웠는지, 너 같은 사람이 또 살아남아 있는지를."

옅은 빛깔의 눈은 틀림없는 여우의 것이었다.

"──그런 이야기를 할 바에는 차라리 혀를 깨물고 죽겠어요."

사요는 굳은 얼굴로 타마오를 노려보았다. 타마오는 생긋 웃어 보였다.

"네 맘대로 해. 하지만 죽을 정도의 각오가 있다면, 있지, 나랑 거래해 볼 생각 없니?"

타마오는 얼굴을 가까이 대고 속삭였다.

"…주인님과 말고, 나랑 거래하지 않겠냐고 묻는 거야."

사요는 얼굴을 찌푸렸다. 타마오는 다시 속삭였다.

"너, 지금 노비가 어디 있는지 알고 있니?"

타마오는 사요의 눈에 떠오른 강렬한 빛을 만족스럽게 바라보며 말했다.

"노비는 말이야, 다이로인지 뭔지 하는 수호자로 변해서 하루모치와 함께 성으로 들어갔어."

'…왜 그런 짓을!'

사요는 순간 숨이 턱 막혔다. 노비는 왜 그랬을까.

그렇다면 사람들이 떠나는 것도 모르고 깊이 잠들어 있었던 것은, 노비가 나를 두고 가려고 뭔가 손을 쓴 탓이란 말인가…? 대체 왜?

타마오는 사요의 눈동자가 불안과 놀라움으로 흔들리는 것을 가만히 지켜보았다.

"영물여우를 얕보면 안 돼. 우리를 아무 생각도 없이 그냥 시키는 일만 완수하는 심부름꾼이라고 생각하지? 하지만 우리 영물여우들은 인간 모습으로 이 더러운 세상 속에 던져졌을 때부터 많은 것을 배우기 시작해. 살아남으려고 말이야."

그렇게 말한 타마오는 얼굴을 살짝 뒤로 당기고 속삭였다.

"노비는 분명 뭔가를 하려는 거야."

사요는 엉겁결에 큰 목소리로 되물었다.

"뭘 하려는 거죠?"

타마오는 눈썹을 쓱 치켜세웠다.

"알고 싶지? 나도 그래. 네 눈으로 볼 수 있게 해 줄 테니까, 대신에 분발해서 내가 시키는 일을 좀 해 주렴."

사요는 타마오를 노려보았다. 타마오는 눈썹을 치켜세우고 생긋 웃었다.

"그런 눈으로 노려보지 마. 난 노비를 구해 줬으니까. 노비랑 카게야가 어디서 뭘 하는지 주인님이 알 수 없도록 적당히 둘러댄 게 바로 나야. 안 그랬으면 지금쯤 노비도 너도 저세상에 가 있겠지."

"…네?"

타마오는 얼떨떨해하는 사요에게 얼굴을 바싹 가져다 대고 속삭였다.

"있잖아, 노비를 구하고 싶으면 우리 주인님을 좀 찾아내 줘."

눈을 깜빡인 사요가 미간을 찌푸렸다. 타마오는 미소 지었다.

"어제 불려 간 곳이 말이야, 유키 모리타다가 숙소로 잡은 역참 뒤의 숲이었어. 다시 말하면, 생각지도 못했던 너란 복병伏兵이 나타나는 바람에, 주인님은 평소처럼 집에 숨어 있지 못하고 유키국을 떠나 이곳에 와 있는 거야."

타마오의 눈에서 미소가 사라졌다.

"우리는 주인님의 모습을 볼 수 없어. 불러서 명령을 내릴 때는 심부름꾼의 눈에 모습이 보이지 않도록 반드시 둔갑을 하고 나오거든. 게다가 워낙 예리해서 우리가 뒤를 캐려 한다면 바로 눈치를 채고 우리 목숨을 쥐어 으스러트릴 거야."

타마오는 날카로운 눈동자에 어두운 빛을 띠고 말했다.

"…심부름꾼의 삶이 괴로운 것은 노비만이 아니야. 나 역시 사람 손에 목숨을 잡혀 노예처럼 사는 게 얼마나 싫은지 몰라."

타마오는 으르렁거리듯 말했다.

"내게 어떤 사내가 주인인지 알려 주렴. 물론 내가 부탁했단 것은 들키지 않게 말이야. 그거면 돼. 그렇게 해 준다면 널 성안으로 데려가 줄게. 넌 신분이 낮은 평민이니까 혼자서는 절대로 성에 못 들어가. …자, 어떡할래?"

사요가 목을 잡힌 채로 힘차게 끄덕이는 바람에 타마오는 움찔했다.

"그야 물론, 성으로… 노비가 있는 곳으로 가고 싶어요. 데려가 주세요."

사요의 기세에 놀린 듯 타마오의 얼굴이 살짝 뒤로 물러났다.

사요는 마음이 앞선 탓에 혀가 꼬일 듯하면서도 빠른 말투로 계속 말을 이어 나갔다.

"그 주인이란 사람을 찾아내면 여우피리를 훔칠 수 있나요? 당신 피리만 아니라 노비의 피리도 훔쳐 줄래요? 여우피리만 없으면 주인은 노비를 죽일 수 없는 거죠?"

타마오는 열기를 띠며 말하는 사요를 아연한 표정으로 바라보았다.

쉴 새 없이 이야기하던 사요의 눈에 문득 난감해하는 기색이 떠올랐다.

"…그렇지만 어떡하죠? 무슨 수로 그 사람을 찾아낼 수 있을까요? 어떻게 해야 할지 모르겠어요. 그런 술법을 배운 적도 없고. 만나면 알 수 있을까요…?"

별안간 타마오가 웃음을 터뜨렸다. 사요는 놀라서 말을 멈췄다. 그것은 이제까지처럼 어딘가 비웃는 듯한 웃음이 아니라 속 시원하게 웃는 웃음이었다.

"넌 참 솔직한 애구나."

타마오는 웃음기가 여전히 남아 있는 눈으로 사요를 바라보며 말했다.

"노비가 반할 만해. 개랑 심지가 판박이인걸."

타마오는 사요의 목을 놓아준 뒤, 허리에 손을 대고 말했다.

"네 영안靈眼이 주인님을 잘 가려내 준다면 더 바랄 게 없고. 뭐, 어쨌든 성에는 데려가 줄게. 널 잡으라는 게 주인님의 명령이니까, 혹시나 들키더라도 널 붙잡아서 성으로 끌고 왔다고 둘러대면 어떻게든 넘길 수 있을 거야."

그렇게 말한 타마오가 놀리듯 덧붙였다.

"네 마음씨를 보아하니 이렇게 은혜를 베풀어 놓으면 나중에 무슨 일이 있을 때 날 도와줄 것 같기도 하고. 뭐 주인님 손에 죽어 버리면 그걸로 끝이지만."

넓은 녹지와 깊은 도랑못으로 둘러싸인 대공의 성은 시가지 하나 규모의 장대한 것이었다.

코하루마루가 유지 일족의 정식 후계자로 승인을 받기 위한 의식은 대공에게 영토를 하사받은 영주들이 늘어앉은 앞에서 치러진다. 그래서 이른 아침부터 많은 영주들이 중신重臣과 아들들을 데리고 정문을 통해 성으로 들어갔다.

동쪽에 있는 작은 뒷문에는 많은 광대들이 대기하고 있었다. 승인식이 일단락되면 벌어질 연회에서 축하의 춤을 추기 위해 모인 광대들이었다.

금실로 수놓은 주홍색 천으로 얼굴을 가린 채 눈만 내놓고 있는 이들이 축하의 춤을 추는 주역들이었다. 상당한 수였다.

이른 아침부터 모인 여자들은 연회 준비가 끝나기를 기다리며 뒷문 옆의 울창한 나무숲으로 볼일을 보러 가기도 하고 근처 간이 찻집에 차를 마시러 가기도 했다.

무용수 두 사람도 지금 막 잡담을 하며 나무숲 속으로 들어오는 참이었다.

"잠깐만…."

부르는 소리에 두 사람은 주위를 둘러보았다. 아름다운 여인이 나무 그늘에서 손짓하고 있었다.

"거기 두 사람, 얼굴 가리는 천이 찢어졌네요."

여자들은 얼굴을 가린 천을 만져 보고는,

"어머, 세상에! 정말이잖아. 어쩜 좋아!"

하며 법석을 떨기 시작했다.

수풀 속에 숨어 이 모습을 지켜보던 사요는 깜짝 놀랐다. 두 사람의 얼굴을 가린 천은 찢어진 곳이 전혀 없었기 때문이다.

타마오는 교묘한 말솜씨로 여자들에게 얼굴 가리는 천과 겉옷을 벗게 했다. 평범한 통소매 옷차림이 된 두 여자에게 타마오는 미소 지어 보였다.

"화창한 게 참 좋은 날이네요. 이런 날은 졸리지 않던가요?"

부드러운 목소리로 말하고 입김을 훅 불자 여자들은 순식간에 땅바닥에 쓰러져 고른 숨소리를 내며 잠들었다.

"사요야, 그쪽 여자애를 들어."

불쌍한 마음이 들었지만 그런 걸 따질 때가 아니었다. 사요는 타마오가 시키는 대로 여자들을 우거진 수풀 속 깊숙이 숨겼다.

"밤이 되면 눈을 뜰 거야. 자, 천으로 얼굴을 가려. 의상도 입고. 서둘러."

타마오는 사요에게 천과 의상을 건네주었다. 타마오 자신은 몸을 한 번 부르르 흔들어 순식간에 수풀 속에 잠든 여자와 똑같은 모습으로 변했다.

타마오는 사요를 데리고 뒷문에 대기 중인 광대들 속으로 당당하게 섞여 들었다.

잠시 후, 성안으로 들어와 연회장 아래의 정원에서 대기하라는 통지가 내려왔다.

사요는 두근대는 가슴으로 광대들 사이에 섞여 뒷문을 통과했다.

이렇게 타마오와 함께 있으면 결국 무서운 유키국 주술사의 손에 넘겨져 괴롭힘을 당하다 목숨을 잃을 것이다. 무서웠지만 지금은 노비 걱정 때문에 도망칠 마음조차 들지 않았다.

노비는 대체 뭘 하려는 것일까.

연마된 돌이 빈틈없이 깔린 넓은 길을 가다 보니 아름다운 솔숲이 나타나고 그 너머로 큰 연못이 보였다. 대공의 명령으로 아득히 먼 산의 눈 녹은 물을 끌어와 만든 소우텐蒼天 연못이었다.

바닥의 흰 모래가 흔들려 보일 정도로 투명한 물에 배 한 척이 떠 있었다. 그 배의 뱃머리는 신기한 모양을 하고 주홍색과 금색 문양으로 장식되어 있었다.

처음 보는 새가 수면을 노닐고, 때때로 금빛 잉어가 등을 불쑥 드러내고 몸을 흔들다 다시 물속으로 사라진다.

연못에서 바라보면, 성의 동서남북에 지어진 종루 중 두 개만 눈에 들어왔다. 가장 멀리 떨어진 북쪽 종루가 어렴풋하게 보이는 것을 보고 사요는 대공이 거주하는 성이 얼마나 넓은지를 깨달았다.

잠시 뒤, 사요는 내곽 안쪽 길로 들어섰다. 미로처럼 정원을 나눈 흰색 담장에는 멋지게 가지를 뻗은 소나무 그림자가 흔들렸다. 길을 따라 걷다 보니 정면에 으리으리한 건물이 보이기 시작했다. 건물 위에는 검게 윤나는 기와지붕이 양팔을 쫙 펼친 듯한 모습으로 얹혀 있었다.

흰 모래가 깔린 정원에 발을 딛자, 모든 문과 맹장지문을 활짝 열어 둔 커다란 방이 보였다. 그리고 방 안에는 양옆으로 줄지어 꿇어앉은 영주들의 모습이 보였다.

그 방 한가운데, 정원을 등지고 외따로 무릎을 꿇고 앉은 두 사람이 보였다. 멀리서도 하루모치와 코하루마루라는 것을 알 수 있었다.

타마오는 노비가 다이로의 모습을 하고 있다고 말했다. 어디일까…?

방 아랫자리에는 많은 수행원들이 앉아 있었다. 사요는 원래

대로라면 그 안에 있을 리 없는 다이로의 모습을 발견했다.

'…찾았다.'

노비는 다이로로 변해서 대체 뭘 하려는 걸까….

사요는 인상을 쓰고 수많은 남자들을 한 사람씩 살펴보았다. 저 안에 세 영물여우의 주인—유키쿠니 주술사가 있을까? 있다면 영물여우나 「잎그림자」를 보았을 때처럼 뭔가를 느낄 수 있지 않을까.

하지만 정원과 거리가 너무 먼 탓인지, 아니면 주술사는 영물여우나 「잎그림자」와 달리 사람 냄새만 나는 것인지, 아무리 애를 써도 찾아낼 수 없었다.

"…어떡하면 좋지. 찾을 수가 없어."

낮게 중얼거리자 타마오가 콧소리를 냈다.

"뭐, 너무 조급해하지 말고 눈이나 크게 뜨고 있으렴. 뭔가 일이 생기면 눈치를 채고 찾아낼 수 있을지도 모르니까."

멀리서 퉁, 퉁, 북소리가 들려왔다.

툇마루 아래쪽의 흰 모랫바닥에는 융단이 깔려 있었다. 그 융단 위에 늘어서 있던 악사들이 북소리를 듣고 가로피리橫笛를 입에 쓱 가져다 댔다.

한 호흡 쉰 다음, 땅속에서 터져 나오듯 각각의 피리에서 나오는 섬세한 음색들이 겹겹으로 포개지며 울려 퍼졌다.

"대공님이 나오신다. —승인식의 시작이야."

타마오가 귓가에 대고 속삭였다.

4
저주의 힘

대공이 모습을 드러내자 방 안에 늘어앉은 사람들이 일제히 고개를 숙였다.

의식을 치르는 방은 천장이 높고 삼면三面이 활짝 열려 있다. 그 한가운데 앉아 있으니 마치 몸이 줄어든 것 같은 착각이 든다.

코하루마루는 고개를 숙인 채 바닥에 깔린 화초 문양 돗짚자리를 바라보았다. 이마에는 식은땀이 가득 배어나 있었다.

어디선가 봄꽃 향기가 바람을 타고 날아왔지만, 코하루마루는 전혀 느낄 수 없었다. 오로지 윗자리로 향하는 대공의 발소리와 옷자락 스치는 소리에만 귀를 기울였다.

찬물을 끼얹은 듯 조용해진 방 안에 힘이 느껴지는 목소리가 울려 퍼졌다.

"모두 얼굴을 들라."

천천히 고개를 들자 병풍이 눈에 들어왔다. 차분한 빛깔의 금박 배경에 은은한 녹색의 쭉 뻗은 햇대나무가 그려져 있었다. 그리고 그 병풍 앞에 기품 있는 옷을 입은 노인이 책상다리로 앉아 있었다.

쏟아져 들어오는 봄 햇살이 노인의 가슴 부근까지를 밝게 드러내 주었다. 그러나 한 단 높은 윗자리에 앉아 있는 대공의 얼굴은, 옅은 그늘 속에 잠긴 것처럼 보였다.

상상하던 것보다 훨씬 작은 체구의 노인이었다. ─하지만 졸린 듯 보이는 눈꺼풀 아래로 냉철한 빛이 감도는 눈이 번뜩였다.

이요 대공은 가신들을 둘러보고 온화한 어조로 말했다.

"우리 나라에서 제일 먼저 벚꽃을 피우는 타카사貴狹 들판의 벚나무가, 슬슬 꽃을 피우기 시작했다고 한다. 그대들이 힘써 준 덕에 이 나라는 풍요로운 봄을 누리고 있다."

그렇게 말한 대공은 정면에 단정하게 무릎을 꿇고 앉아 있는 하루모치와 코하루마루를 응시했다.

"그리고 이 나라의 다음 대代를 떠받칠 젊은 무사 하나가 여기 있다. 이 얼마나 기쁜 일인가. 자, 다들 잘 봐 두게."

코하루마루는 방 안 사람들의 시선을 한 몸에 받고 긴장으로 얼어붙었다.

"유지 하루모치는 다들 잘 아는 대로 성실하고 올곧은 사람일세. 그러나 무슨 까닭인지 가족사가 불행해. 바로 얼마 전에 후계자인 장남을 잃었다만, 이미 그전에도 부인과 충신이었던 조카를 잃었지."

대공의 어조는 담담했다. 그러나 유지 하루모치와 유키 모리타다가 서로를 얼마나 증오하며 다퉈 왔는지, 방 안의 영주들은 한 사람도 빠짐없이 알고 있었다. 그렇기에 대공의 말 속에 숨겨진 날카로운 가시를 모두가 느낄 수 있었다.

그래도 유키 모리타다는 얼굴색 하나 바뀌지 않았다.

대공도 유키 모리타다에게 눈길을 주는 일 없이, 그저 조용히 말을 이었다.

"하루모치가 가족을 지키고자 지나치게 경계하는 모습을 보여도 어쩔 수 없겠지. 나는 오랜 시간 동안 눈앞의 젊은 무사가 죽었다고 알고 있었다. 그러나 보는 바와 같이 유지 코하루마루는 건강한 모습으로 내 눈앞에 살아 있다."

대공은 유지 하루모치를 가만히 쳐다보았다.

"원래라면 나를 속인 것은 용서할 수 없는 큰 죄다. 그러나 오로지 자식을 지키고자 한 그대의 마음도 이해할 수 있다. ─부모 된 도리로 마땅히 그럴 수 있다고 말이다. 따라서 나는, 여기 있는 코하루마루를 유지 하루모치의 정당한 후계자로 인정하고, 승인식을 거행하기로 하였다."

무릎을 꿇고 앉은 영주들은 눈썹 하나 움직이지 않았다. 넓은 방 안에 들리는 것은 대공의 목소리뿐이었다.

문득 대공의 목소리가 살짝 부드러워졌다.

"유지 코하루마루여, ─십 년이라니 참으로 길었구나."

그 목소리는 코하루마루의 가슴 깊은 곳을 때렸다. 울컥 눈물이 솟아 코끝이 찡해진 코하루마루는 엉겁결에 고개를 숙였다.

길다… 따위의 말로는 절대 충분하지 않았다.

어릴 때부터 쌓인 온갖 감정들이 한꺼번에 복받쳐 올라왔다. 작은 상자 속에 갇힌 것 같았던 그 길고 긴 나날들. 왜 이런 곳에 갇혀 있어야 하는지도, 언제쯤 밖으로 나갈 수 있는지도 전혀 알 수 없었다. 미친 듯이 주변의 물건들을 부수고 날뛰지 않고서는 견딜 수 없었던 적조차 있었다.

그런가 하면 진흙 밑으로 가라앉은 것처럼, 넋이 나간 상태로 축 처져 우울하게 보내는 날들도 있었다.

열네 살이 되던 날, 다이로가 찾아와 자신의 출생과 그에 얽힌 저주의 이야기를 들려주었다. 그제야 자신이 숲그림자 저택에 갇혀 지내는 이유를 알 수 있었다.

하지만 이유를 알아도 바뀌는 것은 없었다.

코하루마루는 다이로에게 말했다. 영물여우에게 물려 죽어도 좋으니 밖에 나가고 싶다고. 명주솜 안에 살그머니 넣어 둔 인형처럼 살다 가는 삶에 대체 무슨 의미가 있겠냐고.

그러나 다이로는 밖으로 나가는 것을 허락해 주지 않았다.

츠네유키의 지도를 받으며 계속 무술 수행을 쌓을 것. 다이로는 그것이 아버지의 명이라고 했다. 영물여우의 공격에도 몸을 지킬 수 있을 정도의 무사가 되어야 밖으로 나가는 것을 허락할 수 있다고.

그러나 그것은 너무나 가혹한 말이었다. 츠네유키만큼 검을 잘 다루려면 족히 십 년은 걸릴 것이다. 지금부터 또 십 년의 세월을 여기서 보내야 한다니….

충격을 받고 의기소침해 있던 때, 수호신이 나타나 이 꿈이 시작되었다.

'수호신이시여….'

코하루마루는 매달리기라도 하듯 속으로 중얼거렸다.

수호신의 목소리는 이제 들리지 않았지만,「약속」을 완수하기로 한 시간은 시시각각 다가온다.

대공이 손을 살짝 드는 것이 보였다.

"유지 코하루마루에게 내 인정의 증표를 내린다."

대공의 오른쪽 대각선 위치에 앉아 있던 가신 중 한 명이 쓱 일어나 대공 앞에 놓여 있던 작은 백골白骨 상을 받쳐 들었다. 그리고 발길을 되돌려 사락사락 옷자락 스치는 소리와 함께 민첩하게 상을 날라 코하루마루 앞에 내려놓았다.

작은 상 위에는 자개로 아름답게 장식된 칼 한 자루가 보라색 보자기 위에 놓여 있었다.

대공의 목소리가 들려왔다.

"증표로 내린 칼을 들어 이마에 갖다 대라. 후일 영주의 지위를 물려받으면, 나의 칼이 되어 목숨을 걸고 영국領國을 지키겠다고 맹세하라."

쿠나는 코하루마루가 칼에 손을 뻗는 모습을 숨죽여 바라보았다.

우려했던 대로 코하루마루에게서는 저주의 벌레가 내는 소리가 들려오지 않는다. 하지만 걸어 둔 암시는 코하루마루의 강한 염원이기도 하다. 설령 저주의 벌레가 사라졌다 해도 암시가 그대로라면 시킨 대로 움직일지도 모른다.

일단 어떻게 흘러갈지 두고 봐야 한다. 섣불리 움직일 수는 없다. 만약 코하루마루가 시킨 대로 움직이지 않으면 그때 주술의 염念을 날리면 된다.

쿠나는 코하루마루의 손을 가만히 지켜보았다.

싸늘한 칼집에 닿은 손이 부들부들 떨렸다. 코하루마루는 입술을 꽉 깨물었다.

'수호신이시여…'

자, 「약속」을 완수할 때가 왔다. 이번 일만 잘 해내면 저주는 사라질 것이다. 그리고 두 번 다시 숲그림자 저택에 갇혀 살 일도 없을 것이다.

하지만 앞에 놓인 칼을 들어 올려 칼자루를 쥔 순간, 마음이 갑자기 흔들렸다.

그 기분 나쁜 벌레 — 그것이 정말 저주의 벌레고, 그것을 손가락으로 누르고 있던 사람이 정말로 옛날에 함께 놀던 사요라면…? 수호신 따윈 원래 없고 이것이야말로 진짜 「저주」라면…?

코하루마루는 이가 딱딱 부딪치는 소리가 날 만큼 몸을 떨며 칼자루를 쥔 손에 힘을 주었다.

'의심하지 마. 수호신께서 하신 말씀을 믿는 거야.'

이것은 모두 수호신께서 보여 주시는 꿈 — 나를 시험하는 꿈이니까. 이 손으로 저 죽도록 미운 원수 놈을 멋지게 물리치면 저주는 영원히 사라질 것이다…!

눈을 감은 코하루마루는 칼집 아가리를 늦추고 단숨에 칼을 뽑아 들었다.

그리고 느닷없이 일어나,

"어머니의 원수, 각오해랏!"

하고 외친 후, 유키 모리타다를 향해 돌진했다.

모리타다가 엉거주춤 일어섰다. 코하루마루가 칼을 높이 쳐들고 다가온다. 모리타다의 곁에서 대기하던 무사가 마치 기다리고 있었다는 듯 칼을 빼 들고 맞섰다.
그 순간 검은 사람 그림자가 코하루마루와 무사 사이로 재빨리 껴들었다. 그림자는 코하루마루를 밀쳐 내고 단숨에 칼을 뽑았다. 허공으로 튕겨 오른 코하루마루의 배에 빛이 번뜩였다.
"코하루마루…!"
나가떨어진 코하루마루의 배에서 피가 조금씩 배어 나왔다. 달려온 하루모치는 그것을 보고 분노로 몸을 떨며 코하루마루를 벤 남자를 뒤돌아보았다.
"네놈이… 잘도!"
하루모치는 칼을 빼 들었다. 다이로가 피 묻은 칼을 오른손에 든 채 뒷걸음치며 말했다.
"나리, 진정하십시오. 저는 그저 발작을 일으키신 코하루마루 님을…."
그 목소리를 덮어 버리듯 하루모치가 소리쳤다.
"모두 네놈의 흉계였구나, 영물여우 놈…!"
날카롭게 발을 내디딘 하루모치는 곧바로 다이로를 향해 칼을 내리쳤다. 그 칼을 여유 있게 튕겨 낸 다이로는 한발 파고들어 반격하려다… 발이 미끄러져 몸을 크게 비틀거렸다.
그 순간 하루모치가 튕겨 올랐던 칼을 다시 내려쳤다.

비명을 지를 뻔한 사요의 입을 타마오가 재빨리 막았다.

"움직이지 마. ―지금 움직이면 노비가 목숨을 걸고 하려는 일이 모두 물거품이 돼 버려."

어깻죽지부터 배까지를 칼날에 쫙 베인 다이로는 비틀거리다 바닥에 푹 쓰러졌다. 그리고 떨리는 몸을 비틀어 모리타다를 쳐다본 뒤 입을 움직였다.

별안간 모리타다의 얼굴이 굳어졌다.

숨을 죽이고 지켜보는 사람들 앞에서 다이로는 점차 작아지며 피투성이 여우로 변했다.

"…들었나, 모리타다. 이놈은 너를 주인이라고 불렀다."

그렇게 말한 하루모치는 힘없이 누워 있는 노비의 목을 잡고 들어 올려 모리타다에게 내던졌다.

"무슨 짓이야…!"

모리타다는 날아온 노비의 몸을 받자마자 새빨개진 얼굴로 고함쳤다.

"이건 생트집이야. 난 이런 놈 따윈 몰라!"

모리타다는 아주 더러운 것이라도 만진 양 노비의 몸을 있는 힘껏 밖으로 던져 버렸다.

노비의 몸은 한차례 복도로 떨어진 뒤, 그대로 미끄러져 정원의 흰 모래 위에 떨어졌다. 그리고 잠깐 몸이 떨리더니 흐릿해지며 사라졌다.

'노비…!'

사요는 발버둥 치고 또 발버둥 쳐서 타마오의 손을 뿌리친 뒤, 쏜살같이 달려갔다. 흰 모래 위에는 사라진 노비의 모습 대신 핏자국만 남아 있었다. 사요는 이마를 모래 위에 대고 문지르기 시작했다.

가슴이 미어질 것 같았다. 머릿속이 하얘진 사요는 그저 사시나무 떨듯 온몸을 떨었다.

사람들이 자신을 멀찍감치 둘러싸고 웅성대는 것은 물론, 호위 무사들이 칼을 뽑고 다가오는 것조차 깨닫지 못했다.

노비는 죽은 걸까. 죽어서 사라져 버린 걸까.

그렇게 생각한 순간 뇌리에 하얀빛이 번뜩였다.

「틈」이다…. 수명이 얼마 남지 않은 짐승들이 숨을 거둘 장소를 찾듯, 노비는 분명 태어난 곳에서 죽으려는 것이다.

사요는 눈을 꼭 감았다.

"와아…!" 하는 소리가 사람들 사이에서 새어 나왔다.

웅크린 소녀의 모습이 흔들렸나 싶더니 스르르 사라져 버렸기 때문이다.

"저 계집애도 여우였나. 무섭네…."

광대 한 명이 중얼거렸다.

영주의 수행원들 사이에 쿠나의 모습이 섞여 있었다. 쿠나는 눈에 띄지 않게 가장 뒤쪽에서 대기하며 골똘히 생각했다.

'— 왜 카게야가 아니라 노비가….'

바로 조금 전까지만 해도 모든 것이 쿠나의 계획대로 돌아가고 있었다.

코하루마루는 대공과 영주들이 모두 지켜보는 앞에서 칼을 들고 원수라고 외치며 모리타다에게 덤벼들었다. 그때 호위 무사가 차질 없이 코하루마루를 베어 죽였다면 아무런 문제도 없었을 것이다.

'— 왜 노비는 하필 그때 뛰어들었을까?'

만약 호위 무사가 실패할 경우, 다음 수단으로 다이로로 변한 카게야가 코하루마루를 말리는 척하며 칼로 베어 죽이기로 한 것은 맞다. 그러나 저렇게 중간에 끼어들라는 명령은 내리지 않았다.

'— 왜 노비는 모리타다 님을 주인이라고 불렀을까…?'

하루모치의 칼에 베여 노비의 정체가 드러난 순간, 모든 것이 뒤집혀 버렸다.

쿠나의 미간에 깊은 주름이 생겼다.

진정하라고 명령하는 대공의 목소리가 울려 퍼졌다. 누군가가 하루모치에게 코하루마루의 상처는 깊지 않으니 걱정하지 말라고 이야기하는 목소리도 들렸다.

얼마 후, 한층 더 쩌렁쩌렁한 대공의 목소리가 방 전체에 울려 퍼졌다.

"…다들 물러가라. 하루모치와 모리타다에게는 추후에 처분을 내릴 터이니, 지금부터 근신토록 하라."

쿠나는 그 목소리를 들으며 계속 머리를 굴렸다.

잠시 후, 쿠나는 문득 노비가 사라진 흰 모래 위로 넌지시 눈길을 던졌다. ─처음 본 소녀가 노비의 뒤를 쫓아 「틈」으로 사라진 곳을.

조용히 시선을 거둔 쿠나의 눈동자는 차가운 빛을 머금고 있었다.

✢✢

근신 처분을 받은 하루모치는 코하루마루와 단둘이 성 후미진 곳의 방에 갇혀 있었다.

다이로로 변한 노비가 코하루마루에게 입힌 상처는 그렇게 깊지 않았다. 그래서 생명에 별지장은 없었지만 고통은 심했다. 코하루마루는 자리에 누운 채, 새파래진 얼굴로 신음이 나오려는 것을 억지로 참고 있었다.

"탕약이 곧 듣기 시작할 것이다. 조금만 더 버티면 돼."

하루모치는 땀이 가득한 아들 이마에 손을 올리고 말했다.

코하루마루는 살짝 눈을 뜨고 아버지를 쳐다보았다. …아버지가 이렇게 만져 준 것은 처음이었기 때문이다.

아버지의 마른 손은 따듯했다. 코하루마루의 가슴에 서글픔이 번졌다.

유키 모리타다를 죽이지 못했는데도 꿈에서 깨지 않았다. 결국 사요의 말대로 이것은 꿈이 아니었던 것이다.

"…나는, 완전히, 적의 손안에서 놀아나고 말았어."

코하루마루는 띄엄띄엄 중얼거렸다.

"역시, 그것은 「수호신」이 아니라, 저주의 벌레에서 나온 목소리였던 거야. …약속대로 일을 완수하면 저주가 풀린댔는데. 두 번 다시 숲그림자 저택에 돌아가지 않아도 된다기에, 그만…."

하루모치가 코하루마루의 이마를 어루만졌다.

"이제 됐다. 다 지난 일이야."

그러나 코하루마루는 치밀어 오르는 분노 때문에 몸을 떨었다. 자신의 간절한 마음을 이용했다고 생각하니, 밉고 또 미워서 견딜 수가 없었다. 이불 끄트머리를 꽉 쥐고 부득부득 이를 갈던 코하루마루는 더는 참지 못하고 큰 소리로 울기 시작했다.

하루모치는 아들의 울음소리를 들으며 눈을 감았다.

아들의 마음을 이렇게까지 가지고 놀다니. 모리타다를 향한 불같은 분노로 감은 눈의 뒤가 붉게 변할 정도였다.

하지만 코하루마루의 울음소리가, 참았던 울분을 터뜨리는 듯한 것에서 가냘픈 흐느낌으로 바뀌었을 때, 하루모치의 가슴에 분노와는 다른 감정이 천천히 고개를 들기 시작했다.

왜 우리는 이렇게까지 분노하고 슬퍼하며 괴로워해야만 하는 걸까.

언제까지 이것이 계속되는 걸까….

탐욕스러웠던 아버지를 끝없이 원망했던 젊은 날의 기억이 되살아났다. 하루모치는 몸을 떨며 숨을 깊이 들이마셨다.

── 모든 것은 아버님의 지독한 욕심 탓이야. 그 업보를 왜 내

가… 내 소중한 사람들이 받아야 한단 말인가!

그렇게 소리친 하루모치의 손을 살며시 잡아 주던 하나노의 모습이 가슴속에 되살아났다.

——아무리 원망해도 지나간 시간을 되돌릴 수는 없어요. 우리가 할 수 있는 거라곤 앞날을 바꾸는 것뿐이에요….

'…앞날이라.'

하루모치는 생각했다. ——이대로라면 코하루마루 역시 자신과 같은 인생길을 걷게 될 것이다.

눈을 뜬 하루모치는 어린아이처럼 흐느껴 우는 코하루마루를 가만히 지켜보았다.

해가 기울기 시작할 무렵, 하루모치와 코하루마루는 대공 앞으로 끌려 나왔다.

좁은 방은 아니지만 삼면의 널문이 닫혀 있는 데다, 무사들이 삼엄한 모습으로 방을 지키고 있어 압박감이 느껴졌다.

모리타다와 두 아들이 먼저 와서 대기하고 있었다. 하루모치와 코하루마루는 그들과 나란히 앉아 기다려야 했다.

방으로 들어온 대공은, 방바닥에 낮게 몸을 엎드린 채 이마를 조아리고 있는 다섯 사람을 내려다보았다. 그리고 천천히 윗자리에 앉았다.

"얼굴을 들라."

대공은 낮은 목소리로 말했다.

고개를 든 하루모치는 대공의 눈에 차가운 빛이 서려 있는 것을 보았다.

그 순간 하루모치는 영국領國을 몰수당할지도 모른다고 생각했다. 추악하게 서로를 계속 저주하고 싸우면 어떻게 되는지, 다른 영주들에게 본을 보여 줄 절호의 기회이기도 했다.

대공은 천천히 입을 열었다.

"내 눈앞에서 칼부림하며 사사로운 싸움을 한 것이 얼마나 무거운 죄인지는 알렷다."

조용했지만 자비를 느낄 수 없는 목소리였다.

"이 죄는 영지領地를 몰수하는 것이 마땅하다. …그러나 그대들은 이제까지 충성을 다해 나를 섬겨 왔으니 그렇게 하지는 않겠다."

하루모치는 속으로 깊은숨을 내쉬었다.

대공의 엄한 목소리가 울려 퍼졌다.

"유지 하루모치와 그 일족, 그리고 유키 모리타다와 그 일족에게 「유치留置」의 형을 내린다. 다음 전투에서 그대들은 무가武家의 명예를 얻는 것을 금한다. 식량과 병사만을 바치도록 하라."

깜짝 놀란 모리타다가 얼굴을 들었다.

「유치」란 이요 대공을 섬기는 무사로서 참기 힘든 치욕이었다. 다른 영주들이 전쟁터에서 공을 세워 상을 받는 동안, 자신의 영지에서 한 발짝도 움직일 수 없는 것도 모자라, 전쟁을 치르기 위한 식량과 비용은 물론 병사까지 바쳐야 한다. ─즉 명예도 보상도 얻지 못하고, 그저 비용만 부담해야 하는 것이다.

'…대공님은 원래 이런 분이시지.'

하루모치는 마음속으로 생각했다. 영지를 몰수하면 유지 일족과 유키 일족의 충성을 잃는다. 그래서 대공은 그렇게 하기보다, 엄한 벌을 내리되 대공 자신에게는 전혀 손해가 없도록 한 것이었다.

"아뢰옵기 황송하오나 한 말씀 여쭙겠나이다."

모리타다가 뺨을 파르르 떨며 말했다.

"이번 일은 유지 코하루마루가 발작을 일으켜 저를 베려 했기 때문에 일어난 일. 어째서 저희 일족이 유지 일족과 같은 벌을 받아야 하옵니까?"

순간 대공의 눈이 번뜩였다.

"그 입 다물라, 모리타다!"

천둥소리처럼 화난 목소리였다.

"나를 바보로 아느냐! 그 영물여우가 죽기 전에 뭐라고 했는지, 내가 그 입 모양을 못 보았다고 생각하는 것이냐!"

모리타다의 얼굴이 뒤로 살짝 물러났다. 대공은 목소리를 낮추고 내뱉듯 말했다.

"지금까지 말없이 눈감아 준 일들을 내 입으로 듣고 싶은 게냐, 모리타다. 나도 정말 넌덜머리가 날 참이다. 그대들이 서로 증오하며 다투는 것이 도를 넘는다면… 그 다툼의 의미 자체를 없애 줄 수도 있다!"

영지를 몰수해 두 일족 모두 뿌리를 뽑겠다. —대공의 말 뒤에 숨겨진 위협이 너무도 뚜렷해서 모리타다는 고개를 숙였다.

모리타다는 분노를 참지 못하고 창백한 얼굴로 몸을 떨었다. 그 모습을 지켜보던 대공은 잠시 후 천천히 고개를 저었다.

"그대들 사이의 다툼은 해결될 것 같지가 않구나. …그렇다면 할 수 없지. 지금까지의 상황을 보아하니, 유키 일족의 주술사가 훨씬 힘이 강한 것 같구나. 그 힘의 불균형을 내가 조금 바꿔 주마. ― 유키 모리타다에게 명한다. 그대의 차남 스케타다를 유지하루모치의 양자로 보내라."

모리타다의 얼굴이 얻어맞은 것처럼 일그러졌다.

그것은 차남을 인질로 내놓으란 말이었다. 코하루마루가 살아 있는 지금, 스케타다가 양자로 들어가게 된다는 것은, 만약 유키 쪽에서 코하루마루를 해하려 하면 스케타다의 목숨은 끝이라는 뜻이었다. 즉, 코하루마루를 덮칠지 모를 저주에 대한 방패로서 일생을 보내야 하는 것이다.

모리타다는 곁에 앉아 있는 아들, 아직 열세 살인 스케타다가 몸을 살짝 움찔하는 것을 느꼈다.

코하루마루는 저도 모르게 옆에 있는 스케타다의 얼굴을 바라보았다. 갑작스러운 일에 당황해하던 얼굴이 곧 창백하게 굳어졌다. 표정을 숨기려 했지만 입술이 떨리고 있었다.

처음 보는 스케타다의 얼굴은 아직 어려 보였다. 원수의 아들이라는 실감은 나지 않았다. 그래서 이렇게 된 것이 통쾌하다는 기분은 들지 않았다.

코하루마루의 가슴에 떠오른 것은 자기처럼 갇혀 살도록 명받은 이 아이가 불쌍하다는 감정뿐이었다.

하루모치는 살짝 몸을 돌려 곁에 있는 코하루마루의 얼굴과 스케타다의 얼굴을 쳐다보았다.

아직 어린 티가 남아 있는 두 소년의 얼굴을 보고 있자니 가슴 깊이 와닿는 것이 있었다.

"…아뢰옵기 황공하오나 대공님께 한 말씀 올리나이다."

하루모치는 그렇게 말하고 있는 자기 목소리를 들었다.

"저희 사이의 증오와 다툼을 뿌리 뽑을 수 있는, 다른 한 가지 방법이 있사옵니다…."

5
여우피리

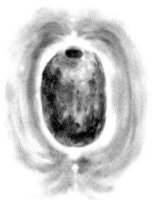
큰 나무 밑의 어두운 풀숲 뒤에 여우가 널브러져 있었다. 그 모습을 본 사요는 「틈」에 들어오면 숨을 쉬기 힘들다는 것도 잊고 달리기 시작했다.
"노비야…!"
조심스레 몸을 만지려고 하자 노비가 힘겹게 실눈을 떴다. 그리고 몸을 흔들어 사람 모습으로 변하려고 했다.
"노비야, 그만해!"

사요는 서둘러 노비 등에 손을 대고 변신을 멈추게 했다. 이런 몸 상태로 변신했다가는 상처가 심해질 뿐이다.

그래도 노비는 사람 모습이 되려고 했다. 사요 앞에서는 사람 모습으로 있고 싶었기 때문이다. 같은 생물의 모습으로. …그러나 이젠 그럴 힘조차 남아 있지 않았다.

사요는 나무 밑동에 앉아 조심스레 노비를 안아 올렸다. 뜨뜻미지근한 피가 옷을 적시는 것을 느끼며 사요는 눈물을 흘렸다.

──사요야, 울지 마. …코하루마루는, 괜찮으니까.

들려온 노비의 마음에 사요는 움찔했다.

──칼로, 살짝 베었을 뿐이야. 불쌍해도, 벨 수밖에, 없었어.

가늘게 뜬 노비의 금색 눈동자를 바라보며, 사요는 노비가 성에서 뭘 했는지를 겨우 깨달았다.

"…노비는 코하루마루를 구해 준 거구나."

그때 노비가 끼어들지 않았다면 코하루마루는 무사의 칼에 베여 죽었을 것이다.

노비는 코하루마루를 구하려고 뛰쳐나갔다. 그리고 일부러 하루모치의 칼에 베인 것이다. 누구의 잘못인지를 명명백백하게 보여 주기 위해서. 심부름꾼을 이용한 저주의 실체를 눈으로 볼 수 있게 만들기 위해서.

사요는 노비 몸에 얼굴을 파묻었다. 눈물이 볼을 타고 끝없이 흘러내렸다.

"고마워…."

가슴이 아파서 견딜 수 없었다.

노비가 어떤 마음을 먹었는지, 눈치채지도 말리지도 못한 스스로가 한심했다. 물론 코하루마루의 목숨은 중요하다. 하지만 그렇다고 노비가 목숨을 희생해야 할 이유는 없다. 그런 잔혹한 일을 왜 말리지 못했을까….

——사요야, 울지 마.

노비의 마음이 다시 들려왔다.

——어차피, 내 목숨은, 얼마, 남지 않았어. …하고 싶다고, 생각한 것을, 해 보고 싶었어.

그 마음은 신기할 정도로 밝았다.

——주인님은 그때, 가슴이, 철렁했겠지. …유쾌한걸.

노비가 웃고 있어…! 사요는 깜짝 놀랐다. 전해져 오는 노비의 마음은 아침 햇살처럼 환했다.

눈물이 주르르 흐르는 사요의 얼굴에도 어느새 옅은 미소가 번졌다.

노비가 좋아. 정말 좋아…. 노비를 향한 감정이 파도처럼 밀려와 사요의 가슴을 가득 채웠다.

「틈」에 있으면 깊은 바닷속에 있는 것처럼 숨을 쉬기가 힘들지만, 지금은 전혀 신경 쓰이지 않았다.

뭔가 할 수 있는 일이 없을까? 노비를 구할 방법은 없을까? 「어둠의 문」을 기운 것처럼 다친 곳을 낫게 할 수는 없을까?

사요는 노비의 상처에 살며시 손을 대고 눈을 감았다. ― 손에서 생명이 배어 나와 노비의 몸으로 스며들기를 기도하면서.

그러나 방법을 몰라서인지 아무리 간절하게 빌어도 사요의 생명이 노비의 몸에 스며드는 일은 없었다.

사요는 노비를 안은 채 간절히 기도했다.

'신령님…, 「틈」 깊숙한 곳에 살고 계신다는 신령님. 제발 노비를 구해 주세요. 노비만 구해 주시면 뭐든 하겠습니다.'

그러나 아무리 빌어도 나뭇잎 하나, 풀잎 하나 움직이지 않았다. 신령이 나타나는 일도 없었다.

얼마쯤 그러고 있었을까. 갑자기 멀리서 바스락대는 발소리가 들려왔다.

퍼뜩 얼굴을 든 사요는 숲 안쪽에서 뭔가 기분 나쁜 것이 다가오는 것을 보았다. 온몸을 가리는 옷을 입고 얼굴에는 진흙이 잔뜩 발려 있었다.

순간 사요는 신령님이 기도에 응답해 나타나신 줄 알았다. 하지만 그 곁에 있는 사람을 보고 자신이 지금 마주한 상대가 누구인지를 바로 깨달았다.

"주인님, 노비입니다."

타마오가 중얼거리듯 말했다. 주인의 명령으로 노비의 냄새를 따라 여기까지 주인을 데려온 것이다.

짙은 향냄새가 코를 찔렀다. 주술사의 옷에서 나는 것이리라. 여우의 예민한 코로도 주인의 체취를 알지 못하도록 미리 옷에 배게 해 둔 아주 진한 냄새였다.

"…참 잘도 해 줬구나, 노비야."

쿠나의 목소리는 사요가 상상하던 것보다 훨씬 부드러웠다. 하지만 그 목소리가 들린 순간, 이제는 눈을 뜰 기력조차 없는 노비의 목덜미 털이 살짝 곤두섰다.

사요는 노비를 감싸듯 꼭 끌어안고 쿠나를 매섭게 노려보았다. 쿠나는 진흙 사이로 빛나는 눈을 사요에게로 향했다.

"그러나 네 덕에 이 계집과 만날 수 있었어. 그것만은 칭찬해 주마."

쿠나가 가까이 다가왔다. 사요의 눈앞에 서서 가만히 사요를 내려다보았다.

"틀림없군. 넌 주술사 하나노의 딸이지? …용케도 살아 있었구나."

사요는 눈살을 찌푸리고 쿠나의 옅은 색 눈동자를 똑바로 주시했다. 쿠나는 눈 한번 깜빡이지 않고 말을 이었다.

"너와 난 아주 멀긴 해도 피가 이어져 있지. 알고 있었느냐?"

사요는 흠칫하며 얼굴을 뒤로 피했다.

"몰랐나 보군. 그럴 만도 해. 네가 어릴 때 어미가 죽었으니, 일족에 대해서 들을 기회가 없었을 거야."

쿠나는 「틈」을 둘러보며 부드러운 목소리로 말했다.

"우리는 신령들을 모시는 사제 일족이었다. 아주 먼 옛날에는, 여기 「틈」의 깊숙한 곳에 살고 계신 신령들께 제사를 올리고 춤을 바쳐 땅을 축복하는 것이 우리의 일이었다고 한다. 그 무렵 선조들은, 사람과 신령 사이를 이어주는 사자使者로서 이곳 「틈」에서 태어난 짐승을 이용했을 거야."

쿠나는 시선을 다시 사요에게로 돌렸다.

"그러나 시대가 변하고 나라가 커지면서 우리의 역할도 바뀌었지. 살던 땅이 하나둘씩 영주의 지배를 받는 나라로 바뀌면서 일족 사람들은 각기 다른 주인을 섬기게 되었다."

쿠나는 담담한 말투로 말했다.

"우리는 강한 영력靈力을 지니고 태어나지만, 어째선지 아이가 잘 생기지 않아. ―사람을 저주로 죽일 때 심부름꾼을 쓰기 시작하면서, 더더욱 아이가 태어나지 않게 되었지."

그 목소리에 옅은 쓴웃음의 울림이 섞였다.

"내 눈이 보이지? 정기精氣를 쓸 때마다 색이 사라지는 거야."

사요는 저도 모르게 입을 열었다.

"…그런데도 왜 계속 주술사를 하는 거죠?"

"달리 아무것도 없어서겠지."

생각지도 못한 대답에 사요의 눈이 휘둥그레졌다.

"아무것도 없다니요?"

"그래, 주술사로 태어난 이상, 다른 길 따위는 없다."

쿠나는 웃었다.

"나는 자식이 없어. 어릴 때부터 곁에서 지켜 온 모리타다는 내겐 동생과 마찬가지다. 녀석의 바람을 이루어 주고 안락한 인생을 보낼 수 있게 해 주는 것이 내 임무야. 이렇게 내 몸을 보호하고 있는 것도 그 때문이지. ─가지고 태어난 힘을 마음껏 발휘해서 모리타다의 바람을 이뤄 주는 거야."

'멀어…' 하고 사요는 생각했다. 이 사람의 마음은 어딘가 멀리 떨어진 곳에 있는 것 같았다.

쇠퇴의 길을 걷는 일족의 후예로서, 자기 일조차도 마치 남의 일처럼 멀리서 웃으며 지켜보는 듯한, 희미하고 차가운 인상….

쿠나가 얼굴을 쓱 들이밀었다.

"살고 싶으냐?"

그 목소리는 사람의 온기가 느껴지지 않았다.

"넌 내게 아주 큰 방해물이야. 죽이면 그만이지만, 얼마 남지 않은 같은 일족의 후예이니 그냥 죽여 버리기는 아깝지."

물건을 앞에 두고 평가라도 하는 듯한 말투였다.

"살고 싶으냐? 그렇다면 머리카락을 하나 뽑아 입김을 분 다음 내게 넘겨라."

심장 박동이 빨라졌다. 싫다고 말하는 순간 죽는다. 그것을 확실히 느낄 수 있었다.

—사요야, 넘기면 안 돼…. 그렇게 되면 주인이 네 목숨을 손에 쥐게 돼. 나처럼 매인 몸이 되고 말아.

노비는 어질어질한 머리를 세우고 엄니를 드러냈다. 그리고 쿠나를 향해 으르렁거렸다.

쿠나는 놀라며 노비의 엄니가 닿지 않는 곳까지 물러났다.

"…아직 살아 있었느냐."

그렇게 말한 쿠나는 곧바로 품속에 손을 넣어 둥근 구슬처럼 보이는 것을 꺼냈다. 그것을 손바닥 위에서 뱅그르르 돌리며 사요를 쳐다보았다.

"이건 여우피리라는 거야. 네가 머리카락을 넘겨주면, 이 안에 영물여우의 목숨을 담아 자유롭게 조종하는 법을 가르쳐 주마. …이 기술이 네게 전해지면, 아주 먼 옛날부터 전해 내려온 일족의 기술을 앞으로도 계속 이어지게 할 수 있다. 그건 너에게도 좋은 일이 아니더냐?"

쿠나는 그렇게 말하고 여우피리를 세게 쥐었다.

"거부하면 피리를 부수고 너도 죽여 주마. —어차피 노비의 목숨은 길지 않다만…."

그때 비웃는 듯한 목소리가 쿠나의 말끝을 이었다.

"그래도 잠깐은 살 수 있어. 그 피리에 숨을 불어 넣어 생명을 나눠 주면 좀 더 살 수 있을지도 모르지. …하긴 이제까지 해 본 사람이 없으니, 어떤 일이 벌어질지는 아무도 모르지만 말이야."

쿠나는 타마오를 돌아보고 나무라듯 말했다.

"쓸데없는 소리…."

쿠나의 시선이 딴 곳을 향한 순간, 노비의 마음이 울려왔다.

―사요야, 날, 주인을 향해 던져 줘. 죽더라도, 놈을 물어뜯고, 죽고 싶어.

사요는 고개를 저었다. 던진다 해도 남자는 노비를 쳐 낼 것이다. 지금 노비에게는 스스로 뛰어오를 힘조차 없다.

하지만 노비의 마음은 뼈아플 정도로 잘 알 수 있었다.

뭐라도 해야 한다. 지금 바로. 맨손으로 덤비기라도….

양손을 자유롭게 쓸 수 있도록 옷깃을 살짝 열고 노비를 품속에 넣었다. 그때 사요의 손에 닿은 것이 있었다.

'어깨끈….'

몸속에 품은 영혼을 지켜 준다는 엄마의 어깨끈이었다. ―순간 사요의 마음에 아주 작은 희망이 싹텄다.

다시 몸을 돌린 쿠나는, 사요가 한쪽 무릎을 세우고 앉아 어깨끈 한쪽을 입에 물고 나머지 부분을 재빠르게 몸에 두른 뒤 꽉 매듭짓는 것을 보았다.

"무슨 수작이냐?"

사요는 왼손을 품에 대고 쿠나의 눈을 똑바로 응시했다.

쿠나는 눈썹을 추켜세우고 손안에 있는 노비의 여우피리를 꽉 쥐어 으스러뜨리려 했다.

사요는 심장을 콱 움켜잡힌 듯한 고통을 느꼈다. 그러나 숨을 참고 그것을 되밀었다.

쿠나는 여우피리 안쪽에서 되돌아오는 힘을 느끼고 눈이 휘둥그레졌다.

"영혼 수호술이라…. 제법 신통한 기술을 알고 있구나. 그러나 그 기술로는 노비의 목숨은 지켜도 네 몸은 지킬 수 없다. 너희가 죽는 것은 변함없어."

그래도 사요는 쿠나에게서 눈을 떼지 않았다. ─살고 싶다는 마음이 온몸에 용솟음치며 활활 타오르는 것 같았다.

조금 전에 노비가 웃은 이유를 잘 알 수 있었다. 맨몸 하나로 당당하게 자신의 목숨을 움켜쥐고 서 있는 이 순간, 사요는 하늘이라도 뚫고 오를 듯한 가슴 후련함을 느꼈다.

사요의 눈을 본 쿠나는 한숨 쉬듯 말했다.

"어쩔 수 없지. …타마오, 저 계집을 물어 죽여라."

타마오의 몸이 변하려는 순간, 사요는 쿠나에게 왈칵 덤벼들었다. 사요의 몸을 막아 낸 쿠나는 쥐고 있던 여우피리를 내던지고 오른손으로 사요의 목을 잡았다.

엄청난 손아귀 힘이었다. 그래도 사요는 양손으로 쿠나의 오른손을 잡고 매달린 뒤, 있는 힘껏 체중을 실어 빠져나왔다. 손이 풀릴 때, 쿠나의 손이 튕겨 오르며 그 손톱이 사요의 턱부터 눈가까지를 길게 할퀴었다.

사요는 손톱이 할퀴고 지나간 쪽의 눈을 감고 마구잡이로 손을 휘둘러 쿠나의 품속으로 파고들었다. 그리고 필사적으로 손을 뻗어 쿠나의 이마에 손톱을 세우고 얼굴을 덮고 있는 진흙을 긁어냈다.

순간, 영물여우로 변한 타마오의 눈에 주인의 얼굴이 보였다.

타마오는 하얀 섬광처럼 털을 반짝이며 허공을 날았다.

사요는 엉겁결에 눈을 돌렸다. 쿠나의 비명이 들리더니, 곧… 조용해졌다.

품속의 노비는 더 이상 움직이지 않았다.

노비를 안은 채 웅크려 앉아 있는 사요의 몸 위로 그림자가 드리워졌다.

사요는 얼굴을 들었다. 타마오가 무서운 얼굴로 입가에 묻은 피를 핥고 있었다. 타마오는 쪼그려 앉아 사요의 손 위에 여우피리를 올려 주었다.

"…한번 불어 보지 그러니."

타마오가 속삭이듯 말했다.

"무슨 일이 일어날지는 나도 몰라. 아마 넌 더 이상 사람이 아니게 될 거야. 사람과 영물여우, 그 어느 쪽도 아닌 생물이 될지도 모르지. 목숨을… 잃을지도 모르고."

사요는 아무 말 하지 않았다.

다만 둥근 피리의 한쪽 구멍을 노비의 입에 대고 다른 쪽 구멍에 자기 입을 가져다 댔다.

그리고 눈을 감고 숨을 후 불어 넣었다.

몸이 스르르 입 밖으로 빠져나와 어두운 구멍 속으로 미끄러져 들어간다. 둥근 어둠 속을 빙그르르 돌자 작은 빛이 보였다. 사요는 빛 속으로 뛰어들었다….

종장

와카사 들판을

활짝 핀 벚꽃이 하얀 구름처럼 산과 들을 뒤덮었다.

"…아름답구나."

말에 탄 청년이 봄 햇살을 뺨에 받으며 흐뭇한 얼굴로 와카사 들판을 바라보고 있었다. 성년식을 치르고 하루노부春信로 이름을 바꾼 코하루마루에게, 이곳 와카사 들판은 특별한 장소였다.

다이로도 조용히 그 곁에 하야테를 세우고 천천히 경치를 바라보았다.

눈 녹은 물이 참방참방 경쾌한 소리를 내며 흘러내려 와 이곳 와카사 들판에서 두 갈래로 나뉘었다. 한 줄기는 하루나국으로, 또 한 줄기는 유키국으로.

와카사 들판은 두 해 전부터 대공이 직접 다스리는 땅으로 되돌아갔다. 그와 함께 물의 흐름을 막던 돌둑은 흔적도 없이 사라졌다.

코하루마루는 열일곱 살이 된 지금도 이곳에 올 때면, 이 년 전 그날, 와카사 들판을 대공에게 반환하겠다고 말하던 아버지의 얼굴이 떠올랐다.

그동안 흘린 많은 피도, 비틀어져 버린 인생의 시간도 되돌릴 방법은 없다. 그러나 그때부터 분명 큰 변화가 생기기 시작했다.

"여기 있으면 사요와 만날 수 있을지도 모릅니다."

다이로의 말에 놀란 코하루마루가 고개를 돌려 쳐다보았다. 다이로는 미소 지었다.

"사요는 지난겨울에 아기를 낳았습니다. 스즈의 말로는 사요가 아이에게 벚꽃을 보여 주려고 와카사 들판에 자주 나타난다고 합니다."

코하루마루의 얼굴이 일그러졌다.

"…이제 더는 사람 모습이 아닌 거야?"

다이로는 고개를 살짝 갸우뚱거렸다.

"글쎄요. 그것은 때에 따라 다릅니다. 다만 사람 모습으로 있는 시간이 줄어든 것은 확실한 듯합니다."

이 년 전, 매화가지 가옥으로 돌아와 무슨 일이 있었는지를 말해 주던 사요는 아직 사람의 모습을 하고 있었다. 하나노가 전수해 준 춤을 스즈에게 가르쳐 주기도 하고 다 같이 맛있는 음식을 먹기도 했다.

그러나 한 해 두 해 시간이 지나면서 사람 모습을 한 사요를 보는 일이 줄어들었다.

"딱한 일이야."

그렇게 중얼거린 코하루마루에게 다이로는 온화한 목소리로 말했다.

"과연 그럴까요…?"

말을 하다 시야의 끝자락에서 뭔가를 발견한 다이로의 얼굴이 순식간에 밝아졌다.

"보십시오. 저기 사요가 있습니다."

깜짝 놀라며 다이로가 가리킨 쪽을 쳐다보았다. 코하루마루는 순간 숨이 턱 막혔다.

벚나무 아래로 어렴풋하게 사람 모습이 보였다. 아련한 아지랑이 같았지만, 분명 사요와 노비의 모습이었다. 사요는 작은 사내아이를 어르고 있었다.

숨죽여 바라보는 코하루마루의 시선을 느낀 것일까. 사요가 얼굴을 들고 이쪽을 쳐다보았다.

코하루마루를 발견한 사요가 미소 지었다. 햇살이 안에서 퍼져 나오는 것처럼 환하게 웃는 얼굴이었다.

사요가 손을 흔들었다. 나무 사이로 빠져나가는 산들바람에 수많은 벚꽃잎이 흔들리며 주변이 부드러운 하얀빛에 휩싸였다.

가슴이 벅차올라 눈물이 나올 것 같았다. 코하루마루는 사요에게 손을 높이 흔들었다.

사요의 무릎 위에 안겨 있던 사내아이가 칭얼대나 싶더니 몸을 부르르 흔들어 작은 여우로 변했다.

좋아서 견딜 수가 없는 것처럼 폴짝 뛰어올라 사요의 손을 빠져나갔다. 그리고 재빠르게 달리기 시작했다.

사요와 노비가 얼굴을 마주 보며 웃었다. 두 사람의 모습이 흔들리며 적갈색과 백색의 여우로 변했나 싶더니, 서로 코를 비비고 어린 여우와 장난치며 달리기 시작했다.

벚꽃잎이 흩날리는 들판을, 여우 세 마리가 봄 햇살에 등을 반짝이며 기분 좋게 달려간다.

✣ 지은이 후기

　진홍색 털가죽을 반짝이며 메마른 들판을 달리는 여우 한 마리가 가슴속으로 뛰어든 순간, 이 이야기의 씨앗이 싹을 틔웠습니다.
　여우 노비는 가슴속 깊은 곳을 향해 일직선으로 뛰어들어 와, 어느샌가 잊고 지내던 그리운 풍경을 머릿속에 되살아나게 해 주었습니다.
　저는 일본에서 태어나고 자랐기 때문에 그 풍경은 일본의 산과 들이 지닌 향기로 가득 차 있습니다만, 이야기의 시대와 장소에 대해서는 굳이 정해 두지 않았습니다.
　『여우피리』는 제 마음속 깊은 곳에 존재하는 '그리운 장소'를 배경으로 한 이야기입니다.
　하루하루 살아가며 저도 모르게 조금씩 쌓인 수많은 심상心象들이, 가슴 밑바닥에 스미고 녹아 하나의 깊은 호수를 이루고… 그런 장소에서 태어난 빛을 손바닥 안에 고이 품어 빛나게 하듯, 그렇게 이야기를 쓰고 싶다고 계속 생각했습니다.
　이 이야기를 읽는 여러분들이 노비와 사요가 함께 달리는 봄 들판의 향기를 느끼실 수 있다면 좋겠습니다.
　원고를 완성해 넘겨 드릴 때까지 무려 십 년이 넘는 긴 시간을 묵묵히 기다려 주시고 멋진 책으로 태어날 수 있게 도와주신 리론샤理論社 출판사의 키시이岸井 님, 그리고 제 이야기의 깊은 부분과 공명하며 소박하고 따듯한 그림을 그려 주신 시라이白井 님께 감사의 말씀을 전합니다. 정말 고맙습니다!

2003년 9월
우에하시 나호코

✤ 옮긴이 후기

  겨울의 끝자락에 다다르면 집 주변의 매화나무가 꽃을 피워 봄이 머지않았음을 알려 줍니다. 제게 있어『여우피리』는 그 무렵만 되면 괜스레 다시 읽고 싶어지는, 그런 이야기였습니다.

  책에서 즐거움을 찾는 사람들이 점점 줄면서, 책만이 품을 수 있는 이런 아름다운 이야기도 함께 사라져 버리는 게 아닐까 두려웠습니다. 그래서 잠시나마 이런 이야기들이 쉬어 가는 곳이 되었으면 하는 바람으로 매화책방의 문을 열었습니다. 그리고 첫 번째 책으로 제 가슴속 깊이 남아 있는 사요와 노비의 이야기를 우리나라 말로 옮겨 펴내게 되었습니다.

  자연의 신비와 아름다움, 그리고 모든 생명에 대한 차별 없는 애정을 느낄 수 있는 우에하시 선생님의 작품들을 참 좋아합니다. 그중에서도 제가 특별히 좋아하는 작품인『여우피리』를 직접 소개할 수 있어서 얼마나 기뻤는지 모릅니다.

  시련 속에서도 꿋꿋이 서로를 아끼고 지키는 두 영혼의 이야기가, 여러분께 용기와 희망을 전해 줄 수 있으면 좋겠습니다. 읽어 주신 모든 분께 깊이 감사드립니다.

봄을 기다리며
매화책방지기

지은이 우에하시 나호코

1962년, 도쿄 출생. 작가이자 문화 인류학자로 호주 원주민을 연구하였다. 현재는 가와무라 학원 여자대학의 특임교수로 재직 중이다. 1989년, 『정령의 나무』를 발표하며 작가로 데뷔한 이래 아동 문학, 판타지, 공상 과학 소설 등 다양한 장르를 넘나들며 활발한 작품 활동을 펼치고 있다. 2014년, 아동 문학의 노벨상이라고 불리는 국제 안데르센상 작가상을 수상하였다. 한국에는 『정령의 수호자』를 비롯한 〈수호자〉 시리즈, 『사슴의 왕』 등의 작품이 소개되어 있다.

본문 그림 시라이 유미코

『WOMBS』, 『천현제』 등의 만화 작품을 그린 일러스트레이터 겸 만화가.

표지 그림 차운님

부산에 거주하는 산수화가.

🌸 **매화책방**

오래된 이야기와 아름다운 이야기
그리고 조금은 신비로운 이야기가 머무는 곳,
매화책방입니다.

청소년부터 성인까지 함께 읽는
매화문고 컬렉션 1

『여우피리』

2019년 11월 30일 발행한 초판의 모양새를 바꾸어 2022년 2월 28일 신판 1쇄를 발행합니다. 우에하시 나호코가 지은 이야기를 함태호가 옮겨 펴냈고, 최은주와 서은화가 교정을 도왔으며, 세결음의 정호영이 제작을 맡았습니다. 국제표준도서번호는 979-11-961180-1-3 43830입니다. 매화책방은 부산에 소재하는 출판사로 홈페이지apricot-books.kr와 전자우편apricot531@daum.net을 통해 책에 대한 감상을 들려주실 수 있습니다. 이 책이 나올 수 있도록 용기를 주신 리론샤 출판사의 키시이 편집장님, 고홍준 님, 송다임 님, 윤광운 님 그리고 김혜정 님을 비롯한 북마미 회원님들께 깊은 감사의 마음을 전합니다.